강릉, 겨울 그림자

강릉, 겨울 그림자

박문구 소설집

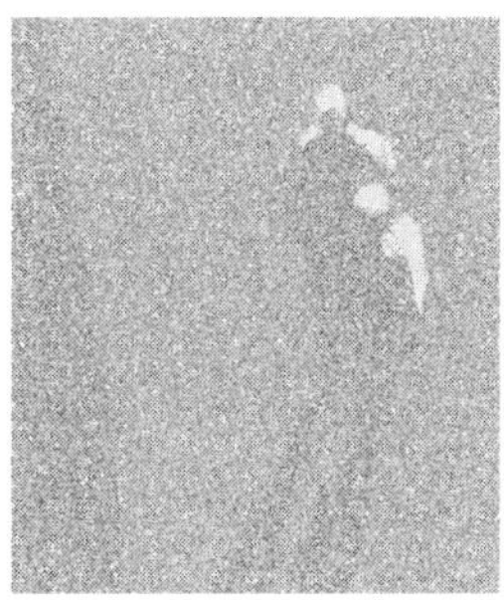

도서출판 북인

Contents

강릉, 겨울 그림자

프롤로그

비는 바람을 안고 작은 도시를 두드리기 시작했다.

오월 마지막 토요일 오후. 낮부터 습습한 바람을 동반한 매지구름이 서쪽 두타산 능선에서부터 시가지 하늘을 누르며 슬슬 바다 쪽으로 밀려오더니 오후 늦게 비바람이 몰아쳤다. 도로를 달리던 차량들은 서둘러 와이퍼를 휘젓기 시작했다. 우산을 미리 준비한 사람들은 우산을 펼쳤으나 사선으로 몰아치는 바람 탓에 무릎 아래는 비에 내맡길 수밖에 없었다. 우산 없이 걷던 사람들은 황급히 건물 입구나 카페 혹은 시내버스 간이정류장 밑으로 잠시 몸을 피했다.

남궁현은 '김씨네막걸리집' 눅눅한 실내에서 토요일이 주는 한가함에 스며들어 밖을 내다보고 있었다. 늦은 오후라 아직 실내등을 모두 켜지 않아 조금 어둑한 실내는 남궁현 혼자였다. 둥근 탁자가 다섯. 각 탁자에는 의자가 다섯 개씩 놓여 있어 만약 손님들이 가득 찬다면 스물다섯 명이 앉을 수 있다. 탁자에서 키 높이 정도 벽에 붙은 선풍기는 아직 먼지 낀 반투명 비닐봉지 속에 심정지 상태로 잠겨 있지만 곧 다가올 여름이면 심장박동기를 달고 짧고 넓게 뒤틀린 팔을 힘있게 돌릴 것이다. 벽지는 처음에는 베이비핑크 계열이었겠지만 지금은 주객들의 주정과 안줏거리에서 뿜어져 나온 매운 기운에 잠겨 누렇게 변해서 취한 손님들의 어지러운 낙서에 속절없이 낡아가고 있었다. 출입구 옆 벽에는 작은 나무조각을 이어서 늘어뜨린 차림표가 손님들의 눈길을 붙들 듯이 걸려 있다. 두부구이 계란말이 닭똥집 배추전 홍어회 과메기 명태찜 두루치기 감자적 어묵탕…. 이만 원이 넘어가는 안주는 단 하나, 과메기였다. 일금 이만오천 원. 차림표를 위아래로 훑어내리며 머릿속에는 이미 오늘의 술을 장식할 안주를 뽑아냈다. 주머니 사정과 맞아떨어지는.

술집과 인도를 갈라놓은 창문 틈으로 쉬우— 하는 가늘고 긴 비바람 소리가 어릴 적 한밤에 문풍지 스치는 소리처럼 들렸다. 아직은 어둠에 잠기기 전이지만 도시는 날리는 빗줄기에 낮게 깔려 있어서 사방은 벌써 회색빛으로 전이되고 있었다. 순간 으스스 떨렸다. 현은 걷어올린 소매 밑으로 드러난 팔뚝에 슬며시 돋는 잔소름을 느끼며 소매를 손목까지 내렸다. 현이 앉아 있는 원탁은 주방 바로 앞에 있었다. 천장과 탁자 옆 벽에 붙은 실내등은 막걸리집 특유의 침침한 조명으로 그리 밝지 못했다.

삼척시 척주로 59 김씨네막걸리집.

오십대 주인 부부는 현과 친한 사이였다. 술집 주인과 손님의 관계는 얼마나 많이 술집을 이용하는가에 따라 사이가 좁혀지거나 멀어지지만 딱히 그런 관계에서만은 아니다. 서로 믿을 수 있는 손님으로서의 적합한 언행과 직업도 관계된다. 그 밖에 서로를 편안하게 하는 웃음과 유머도 한몫할 수 있다. 얼마 후면 육십을 버릴 나이. 오랫동안 직업 없이 길거리로 스며든 탓에 유감스럽게도 직업란에 이르러서는 그리 높은 점수를 얻을 수 없었지만 아마 다른 문항에서 높은 점수를 받은 모양이었다. 현은 이 술집에 들어오면 항상 마음이 푸근해졌다. 소주나 막걸리를 주문하면 그리 비싸지 않은 안줏거리를 풍성하게 내오는 면도 그렇지만 결정적으로 귄과 가까운 인정을 서로 공유하게 된 사건이 있었다.

작년 초 공사판에서 뼈가 굵은 후배와 같이 대낮부터 소주 다섯 병을 마신 적이 있었다. 술판이 거의 끝나갈 즈음 허리가 심하게 굽은 노인이 들어와 자리에 앉자 여주인은 잠시 후 라면을 끓여 냄비째 들고 와서 노인의 앞에 놓았다. 노인은 허겁지겁 김치와 라면 국물까지 다 먹고는 자리에서 일어났다. 들어올 때보다 허리가 더 굽어졌다. 이때 여주인은, '할아버지, 허리를 펴세요' 하고 말했다. 우리는 이미 그 노인이 들어올 때보다 라면을 먹고 난 후 허리가 더 굽어진 상황을 이해하고 있었다. 먹었지만 주머니가 텅 빈 노인의 난처함. 노인이 주인의 배웅으로 나간 후 술값을 계산할 때였다.

"아주머니, 저 노인이 다시 오실 때 밥 한 공기라도 더 올려주세요."

후배는 술값 외에 시퍼런 지폐 세 장을 계산대 위에 올렸다.

"아니, 이러실 필요 없어요. 마침 공깃밥이 떨어져서 그런 거지, 저 노인이 가끔 오시는데 그럴 때마다 밥도 한 공기 드려요."

"그래도 받으세요."

"받아두세요."

현도 거들었다. 사양하는 주인의 손에 반강제로 쥐어주고 우리는 밖으로 나왔다. 그날 후배의 발걸음이 유난히도 가벼워 보였다. 그 후 술 생각이 나면 이 집에 들러 혼술에 취하곤 했다. 그러나 올해 들어 주량이 급격히 줄어들어서 두 병을 마신 다음날 아침이면 속이 거북해졌다. 나이는 속일 수 없었다. 육십 말엽의 만만치 않은 나이.

"술을 드릴까요? 안주는 전처럼 감자부침으로 할까요?"

남자 주인이 다가와 현의 얼굴을 살피며 조심스럽게 말했다.

"네, 소주. 안주는 감자전으로 주시오."

감자부침이란 말보다 감자전이 현에게는 더 친숙했다. 어릴 때부터 머릿속에 박힌 음식 이름은 좀처럼 바뀌지 않았다. 주문을 받은 주인은 주방 창문으로 조용히 말했다. '감자부침 하나!' 잠시 후 전채로 나온 안주접시에는 검은 콩자반과 무채김치, 그리고 앙증맞은 반원 모양의 순두부 두 덩이가 얌전히 놓였다. 음악이 흐르기 시작했다. 현이 들어올 때부터 음악은 흐르고 있었다. 단지 빗소리에 마음을 쏟느라 애써 지우고 있었을 뿐이었다. 칠팔십년대에 유행하던 가요와 올드 팝송이 어둑한 실내를 차곡차곡 채웠다. 빗소리와 음악이 뒤섞이면서 현의 몸도 시간 속으로 떠다녔다. 잠시 후 소주와 감자전 두 덩이가 탁자에 놓였다. 주방에서 여주인이 감자를 직접 갈아서 기름을 넉넉히 두르고 부친 누르스름한 감자전이 먹음직스럽게 펼쳐지자 현은 성급하게 소주를 마시면서 감자전 귀퉁이를 큼직하게 떼내어 매운 양념간장에 찍어서 입에 넣었다. 구수한 내음이 입안에서 부서졌다. 오후부터 피곤에 마른 혓바닥은 소주와 감자전을 성급하게 빨아들였다. 순식간에 소주 한 병이 날아갔다. 속이 짜릿하면서 작은 포만감이 일었다. 다시 한 병을 시켰다. 고적한 실내에는 빗소리와 지나간 팝송만 넘실거렸다.

출입문이 슬며시 열리며 습기 먹은 바람을 안고 검은 그림자가 들어왔다. 그림자는 빗물이 흐르는 청색 우산을 접어 들고는 실내를 죽 훑어보는 듯하다가 망설이지 않고 현 앞으로 걸어와 탁자 앞에 조용히 앉았다. 원탁 앞 의자는 검은 그림자를 무겁게 받아들이는 듯 삐걱대며 낮은 비명을 질렀으나 비명은 곧 바닥으로 스며들었다. 현은 젓가락을 든 채로 앞을 보았다. 천장과 벽에서 비치는 불빛은 둥근 전구를 얇은 천으로 감싸서 그리 밝지 못했고 현이 앉은 정면은 실외로 향한 대형 유리창을 마주하고 있어서 그의 면모가 선뜻 다가오지 않았다. 그는 당당하게 앉아 현을 잠잠히 바라봤다. 현도 그를 좀 더 자세히 보기 위해 몸을 곧추세우다가 다시 등받이를 뒤로 밀어 상체를 젖히며 눈에 힘을 줬다. 현은 혼자가 좋았다. 당연히 혼술을 즐겼다. 누구에게 같이 마시자고 부른 적도 없었지만 그림자는 당당하게 앞에 앉아 현을 지긋이 바라보고 있었다.

차츰 그림자가 눈에 들어왔다. 언뜻 보기에 이십 말엽이나 서른 초반인 듯. 몸체는 크지도 작지도 않은 듯했지만 검고 낡은 겨울용 상의를 입어 듬직하게 보였다. 자세히 보니 군용 야전잠바를 검게 염색한 옷. 요즘은 보기 드문 옷이지만 몇 십 년 전에는 가난한 젊은이들이 즐겨 입던 방한복이었다. 더위 탓인지 앞 지퍼를 풀어놓았다. 색바랜 낡은 청바지 아랫단에는 풀어진 실밥이 모지라지고 그 밑으로 희새 운동화가 탁자 옆으로 비죽이 튀어나왔다. 이 모든 형상이 어딘지 낯이 익었지만 구체적인 기억은 떠오르지 않았다.

"날 아는가?"

그는 슬쩍 웃었다. 눈썹꼬리와 관자놀이가 조금 움직였다.

"잘 알고 있습니다. 남궁현 님. 잘 알고말고요. 너무도 잘 압니다."

목소리는 낮았지만 또렷했다. 현은 그를 살폈다. 본 듯하면서도 모르는 얼굴이었다. 요즘 보기 드문 장발이 귀를 덮었고 이마는 넓고 반듯했지만 머리숱은 그리 풍성하지는 않았다. 검고 짙은 눈썹 사이 미간은 두툼하니 넓었고 살이 붙지 않은 볼과 깊게 파인 인중. 갸름하면서도 달걀형 얼굴이 희었다. 유난히 크게 보이는 눈과 깊은 쌍꺼풀이 여성성을 드러내지만 반듯한 콧등과 도톰한 콧방울 아래로 굳게 펴진 두터운 입술은 지적이면서도 젊은 청년의 의지와 신념을 드러내고 있었다. 현은 청년의 모습에서 무언가 떠오를 듯한 막연한 기시감에 잠겨들었지만 확연하지는 않았다.

"나를 잘 안다고? 난 자네를 잘 모르는데?"

현은 과거의 모든 기억을 한 바퀴 돌리면서 청년의 흔적을 찾았으나, 없었다. 단지 과거의 한 점에 흐릿하게 박힌 누런 사진 여러 장이 머릿속에서 아른거렸지만 이 청년과의 그 어떤 연결선도 이을 수 없었다.

"난 자네를 전혀 모르겠어. 또 자네를 이 자리에 부른 적도 없고."

"아닙니다. 당신은 나를 수없이 불렀어요. 오늘도 아침부터 지금까지, 저 빗속 거리 귀퉁이에서, 이 자리에서도 나를 찾지 않았나요? 하여간 나도 목이 마른데 술 한잔 주시겠어요?"

청년은 안차게 현을 '당신'이라고 호칭했지만 현은 그 말이 마음에 거슬리지 않았다. 오히려 차분하고 당당하면서도 자신 있게 말하는 청년의 태도에서 다시 희미한 기시감에 잠겨들었다. 현은 앞에 놓인 술을 마신 후 뒤쪽으로 몸을 돌려 여주인에게 눈짓했다. 술잔 하나 더 줘요. 실내는 두 사람밖에 없었다. 비는 계속 내렸다.

"내가 자네를 찾았다고? 그럴 리가. 우리는 방금 이 자리에서 만났을 뿐인데. 그리고 자네는 저기 탁자가 네 개나 비어 있는 걸 보고 있는 건가? 아무래도 자넨 뭔가 착각하고 있는 모양이야. 자네가 앉아 마실 자리는 저쪽 탁자일 것 같은데. 뭐, 상관은 없네. 나도 때로는 혼술이 지겨울 때도 있으니까."

주인이 작은 쟁반에 술잔과 수저를 가져오자 청년은 술병을 잡고 앞에 놓인 술잔에 술을 가득 따라 마신 후 빈 잔에 술을 다시 부었다. 당당한 모습이었다. 자신은 이 자리에서 술을 먹을 자격이 충분하다는 듯. 안주는 쳐다보기만 했다. 잠시 묵묵하다가 왼손으로 긴 머리칼을 쓸어올렸다. 현은 청년의 갸름한 얼굴을 다시 세밀하게 관찰했다. 밝고 넓은 이마 밑으로 단정하게 뻗은 콧등과 알맞게 붙은 콧방울. 귓바퀴는 긴 머리카락에 거의 덮여 보이지 않았지만 희고 두툼한 귓불이 부끄러운 듯 귀엽게 내밀고 있는 타원형의 얼굴. 시골바닥에서 굴러먹은 동네붙이는 분명 아니었다. 이런 젊은이가 흰소리나 하려고 술집에 들어왔을 리는 없겠다, 고 생각하면서도 허락도 없이 불쑥 앞에 앉아 당신이 나를 불렀느니 하는, 다분히 불경스러운 말을 서른 이상이나 차이가 날 사람에게 거침없이 해댄다는 사실에 의아했다. 현은 결코 청년 말대로 아침부터 빗속 거리에서나 이 자리에서 청년을 찾은 적은 당연히 없었다.

청년은 아담하게 잘생긴 입술을 왼손으로 한번 쓱 문지르고는 스치듯 웃음을 보였는데, 당신 속을 잘 알고 있다는 뜻인지 자신의 실수를 인정한다는 의미인지 현은 짐작할 수 없었다.

"남궁현. 삼척 원덕 바닷가 출신. 초등학교부터 중학교까지 구 년 동안 열두 번을 전학했으면서도 거의 우등상을 놓치지 않았던 명석한 분, 아니 명석했던 분."

현의 가슴 복판에 작은 스침이 있었다.

"이 젊은 친구가 도대체 무슨 말을 하는지 모르겠군. 자넨 누군가? 어디서 살았기에 그런 헛소리를 떠들어? 터무니없는 말을 낫살이나 먹은 사람에게 그렇게 함부로 말하는 건 어디서 배웠어?"

조금 거칠게 말을 뱉고는 성급히 술잔을 비웠다. 현은 따끈한 감자전을 젓가락으로 한 조각 뜯어 양념간장에 찍어 먹으면서 다시 청년의 얼굴을 세밀하게 바라봤다. 잘생긴 얼굴에 바늘귀 같은 약점이라도 찾으려는 듯.

"제 말이 맞다는 건 본인 스스로 잘 알고 있을 텐데요. 틀렸습니까?"

현은 창 너머 거리로 시선을 옮겼다. 빗살이 약해지면서 점차 어둠이 슬금슬금 거리를 덮고 있었다. 생각이 어지러웠다. 삼척 인구는 7만. 고성부터 경북 울진까지 영동 바닷가 라인을 머릿속에서 죽 훑어 내렸지만 잡히는 그림은 없었다. 마음을 영 넘어 정선 영월 평창까지, 심지어 원주 춘천으로 던져봤지만 걸리는 건 숱하게 떠오르는 술자리와 허기진 잔해만 갈피를 잡을 수 없이 날렸다. 뭐야, 이 시건방진 녀석은. 현은 혼란스러웠다. 머릿속에서 여러 장면들이 작은 사전 넘기듯 펄럭거렸다.

“어디서 뭘 듣고 와서 떠드는지 모르겠지만 난 자네와 전혀 상관없는 사람이라는 건 자네도 잘 알고 있겠지? 보다시피 이렇게 생긴 사람이고 또 이렇게 혼술에 빠진 사람, 그 이상도 그 이하도 아닐세. 지금 한 병 마시고 온몸이 나른한데 자리를 좀 비켜주겠나? 웬만하면 같이 마실 수도 있겠지만 서로 얘기가 어긋나니 혼자 마시는 게 좋겠어. 혼자 마시는 즐거움을 요즘 젊은이들은 잘 모를 수도 있겠지만.”

“나갈 때가 되면, 달리 말해서 당신의 마음이 결정하면 나가게 될 겁니다. 하지만 아직은 저를 쫓아낼 마음이 없다는 사실을 인정하시리라 생각합니다만. 그렇지 않습니까?”

“함부로 말하지 말게. 거듭 말하지만 자네는 이 자리에 앉아 나와 이런 쓸데없는 이야기를 나눌 그 어떤 인연도 최소한의 자격도 없어. 자네는 마치 내 마음속에 들앉아 있는 것처럼 말하는군. 그 어떤 사람도 자신의 마음을 정확히 끄집어낼 수 없어. 내가 자네 말을 들으면서 또 다른 어떤 생각을 떠올렸다면 자넨 믿을 수 있겠나? 마음이란 게 그리 단순하지 않지.”

청년은 씨익 웃었다. 붉은 입술 사이로 아랫니 서너 개가 반쯤 하얗게 드러났다. 다시 웃음은 비웃음으로 기울었다. 적어도 현이 보기에는 그렇게 보였다. 이 녀석은 나를 비웃는군. 어린 녀석이.

"으흐음!"

현은 자신도 모르게 목에 잠긴 가래를 끌어올렸다. 옆 벽에 붙어 있는 둥근 휴지말이를 뜯어 뱉었다.

"우린 지금 쓸데없이 생각을 낭비하고 있습니다. 사실 이렇게 자꾸 곁다리를 걸쳐 핵심에서 벗어날 시간도 없습니다. 벌써 비도 그치고 조금 있으면 밤이 다가옵니다. 저의 말을 회피하지 않으신다면 전 빨리 이 자리를 벗어날 수도 있다는 걸 말씀드립니다."

청년은 앞에 놓인 술잔을 훌쩍 마셔버린 후 다시 스스로 따랐다. 현은 창밖을 보았다. 청년 말처럼 어느새 비는 그치고 엷은 어둠이 희미하게 깔리고 있었다. 이런 때 술 마시기 좋지.

혼자 이 집에 들르면 이러저러한 사람들의 시선을 당당히 맞으며 빈 탁자에서 술을 마셨다. 안주는 감자전이나 군두부로 만족했다. 평소 육류를 즐기지 않는 편이었다. 술을 천천히 마시다보면 주객들의 의아한 눈초리가 사방으로 날아다녔다. 젊은이도 아닌, 그렇다고 노인도 아닌 남자가 혼자 술을 마시는 장면은 시골 소도시인 삼척에서는 흔치 않은 일일 터. 가끔 옆 좌석에서 툭 던지기도 했다.

"혼자 드십니까? 전에도 혼자 드시는 걸 봤습니다만."

"편하잖소? 지나가다가 술 생각이 나면 이거저거 잴 것 없이 바로 들어와서 한잔하고는 가오만."

"대단하십니다. 노장께서 혼술을 드시는 모습은 보기 드문데. 멋있습니다. 제가 한잔 올릴까요?"

도리어 귀찮았다. 내 술을 내가 마시는 것일 뿐 어느 누구에게 방해받고 싶지 않았다. 주머니가 허락하는 한 적당한 안주에 몇 잔의 술은 삶의 유일한 즐거움이었다. 얇은 주머니에서 두 장 이상 술값을 쓸 수도 없었다. 모든 잡비의 삼 분의 이는 술값이었다. 그러니 항상 주머니에 손을 넣고 헤아려가며 마실 수밖에 없었다. 한 주에 세 번 정도 들르면 월말에는 주머니가 말라버렸다. 답답한 일이지만 현실이었다. 실업수당을 받으며 지낼 때는 그래도 술값은 있었지만 그마저 사라진 지 오래였다. 작은 식당을 운영하는 아내의 손끝에서 가끔 전해지는 몇 푼과 낮은 연금이 그의 유일한 수입원이었다. 때로는 임시직으로 잠시 근무하곤 했다. 시멘트 회사 하청업체에 이름을 올려도 시도 때도 없이 직원 명부에 들락거리는 신세였다. 명부에 지워졌다가 다시 적히는 삶에 불평하는 말이 떠도는 순간 그 인간은 업계에서 영원히 지워져버리는 신세로 전락하게 된다. 더럽다고 더러운 말을 함부로 내뱉지 못하는 동료들의 순박하면서도 불만과 허탈이 꼬이고 섞인 얼굴들.

혼술 속에 천천히 잠기면서, 잊어버렸거나 앞뒤 맥락이 불분명한 흔적을 잇거나 꿰매는 작업은 속쓰린 즐거움이었다. 앉은 자리 바로 뒤 주방 곁에서 흘러나오는 팝송과 칠팔십년대 가요도 한몫했다. 모든 회상의 흔적은 어지러웠고 쉽사리 완편을 보여주지 못했다. 세월의 간섭은 멀리 돌아갈수록 깊게 기억을 흔들었다. 그 갭을 메우는 작업에 덧붙일 가장 확실한 재료는 술이었다.

“원덕읍 호산 골짜기 옥원리. 당신의 본적이지요. 옥원리. 지명이 참 예뻐요. 선들바람에 구슬이 가로로 굴러가는 듯한 냇가가 떠오르는 지명이지요. 중학교는 다섯 군데를 다니다가 바닷가 작은 포구의 중학교를 졸업. 최우수 성적이지만 강릉으로 겨우 진학했습니다. 시골 중학교 일등이란 건 도시에서는 명함도 내밀지 못할 수준이란 사실, 당신은 알고 있었지요. 240명 정원에 이 대 일 경쟁을 겨우 뚫었을 겁니다. 그리고 그 수많은 행각 속에서 허우적거렸던 당신이 아니었습니까?"

현은 생각을 차분히 정리했다. 이 녀석이 함부로 지껄이고 있군. 그런데 도무지 알 수가 없는 녀석이네. 어디서 굴러온지도 모를 놈이 나를 몇 마디로 덧씌우고 있어. 분명히 먹물깨나 먹은 놈이 분명한데, 이 자리에 왜 나타나서 이런저런 삽소리를 해대는 거야. 하여간 재밌는 놈 같기도 하군. 오늘은 혼술 말고 이 녀석과 같이 취해볼까. 제법 말솜씨도 있고 말야. 현은 청년을 쫓아낼 생각을 지웠다.

"흐흐. 젊은이답지 않게 제법 말솜씨가 있는 녀석이군. 당신 당신 해가면서 말이야. 쫓아내지는 않겠어. 나도 때로는 이렇게 둘이 마시는 술을 바랄 때도 있었으니까. 계속 떠들어보게. 가상의 세계를 얼마나 그럴싸하게 풀어내는가가 오늘의 승패를 결정하게 될 거야. 흥미 있군. 매우 흥미 있어."

청년은 고개를 숙이다가 술잔을 잡으면서 정면을 향했다. 조금 전과는 다르게 단호함을 밑으로 내리고 온화한 미소를 끌어올린 표정이었다. 청년은 현 앞에 앉아 처음으로 주변에 시선을 돌렸다. 현의 어깨 너머 주방으로 눈이 가자 현도 따라 뒤로 상체를 움직였다. 부부는 두 사람을 보고 있었다. 실내에는 두 사람밖에 없었고, 나이 차이가 꽤나 나는 두 사람 사이에 그리 친밀감이 흐르는 분위기가 아니라는 점을 눈치챈 표정이었다. 두 사람이 동시에 눈길을 돌리자 무안한 듯 고개를 돌렸다. 현은 손등까지 덮은 팔소매를 걷어올렸다. 어쩐지 더웠다. 청년은 두터운 겨울 야전잠바 앞 지퍼를 내린 그대로였다. 속에는 푸른 티셔츠를 입었다. 현은 주머니에서 담배와 라이터를 꺼내들고 일어서서 주방 곁을 지나 뒤편 좁은 뜰로 나왔다. 담뱃불을 붙이고 깊게 연기를 마셨다. 무언가 답답한 가슴 속으로 연기를 급히 구겨넣었다. 몇 모금에 담뱃불은 필터 부근까지 타들어오고 손가락 한마디 길이의 새빨간 꽁초만 흉하게 남더니 점차 회색 먼지로 변해 가벼운 떨림 속에 날리면서 사라졌다. 화장실에서 볼일을 본 후 자리에 돌아왔다. 잠시 주변을 살피던 청년은 현이 들어오자 술잔 속 액체를 입속 깊이 털어버리고는 냉수를 한 컵 주문한 후 부드러운 음성으로 말했다.

첫 번째 이야기

시골 학생이 있었습니다. 소년이 총명했는지 어떤지는 말하지 않겠습니다. 초등학교 시절도 말하지 않겠습니다. 왜 초등학교를 일곱 번이나 돌아다녔는지, 또 그의 집안에 대해서도. 굳이 말하지 않아도 제가 앞으로 말할 내용에서 짐작할 수 있으리라 믿기 때문입니다.

여기서 잠시 멈추고는 현을 물끄러미 바라보며 반응을 살피는 듯 냉수를 반 컵 마시고는 의자를 앞으로 당기며 다시 말하기 시작했다.

그의 중학교 마지막 학기는 강원도 내륙에서 바닷가 작은 항구로 이사하고부터 시작되었습니다. 삼학년 이학기였습니다. 중학교 3년 동안 네 학교를 옮겨 다니다가 다섯 번째로 정착한 마지막 학교였습니다. 그가 머문 곳은 작은 항구였고 주민 가구 수는 육십 호 정도였지요. 항구 정면에 큰 기와집이 무겁게 앉아 있었는데, 마을 어촌계장 댁이었고 나머지 집들은 녹슨 생철집이거나 때묻은 슬레이트 혹은 처마 낮은 초가였습니다. 순박한 주민들 사이에서 그의 집은 그리 환영을 받지 못하는 집이었습니다. 술만 들어가면 나오는 아버지의 안하무인격인 행동과, 아무 앞에서 담배 연기를 뿜어대거나 술자리에 끼어드는 새엄마의 행실 때문이었습니다. 그렇지만 그는 마을 동급생들과 어울려 즐겁게 여름과 가을을 보냈습니다. 그는 초등학교를 만 여섯 살에 입학해서 이 마을 중학교 동급생들에 비하면 나이 차이가 컸지요. 동급생들은 개교 후 첫 1회로 입학한 터라 몇 년 묵은, 거의 고교생이라 해도 무방할 나이였습니다.

그는 첫 입학한 중학교엔 다녀보지도 못하고 두어 달 놀다가 홍천 산골 면 소재지 학교에 오월부터 다녔습니다. 몇 달 늦었지만 학습 진도는 금방 따라잡을 수 있었어요. 특이한 점은 1학년 동안 독서카드를 세 장이나 채운 독서광이었습니다. 카드 한 장에 백 권이 찍혔으니 모두 삼백 권을 읽은 셈입니다. 어린 학생으로선 대단한 독서량이었어요. 그러나 학습에는 등한히 했었고 시골 애들과 마찬가지로 지게 지고 산으로 나무하러 다니고 누에 먹일 뽕잎을 따러 온 사방으로 돌아다녔습니다. 산과 들과 강은 진정한 학교였고 배움터였습니다. 산토끼 잡아서 껍질을 벗기고 구워먹는 방법, 다양한 물고기 잡는 법이나 산에서 뱀을 피하는 법, 독버섯과 이롭고 해로운 나무를 구분하는 법은 자연스럽게 익혔습니다. 그러고 보니 요즘 아이들은 얼마나 불행한 족속들인지. 오직 아파트와 학원만이 그들의 터전이니까요.

그러나 2학년이 되자 다른 학교로 전학을 갔었고, 그곳은 인제군 면 소재지였어요. 거기서 어머니와 이별하게 됐습니다. 자세한 내막은 말씀드릴 필요가 없겠지만 하여간 그의 부모는 거의 매일 싸웠다는 점만 말할 수 있습니다. 누나는 인근 군 소재지에서 고교를 다녔습니다. 어머니는 막내동생을 데리고 가버렸고 그는 아버지와 둘째

동생 이렇게 셋이 밥을 해먹으며 지냈지만 역시 그의 긍정적인 행동은 회색빛 현실을 밟고 활발했습니다.

당시 냇가에는 육이오 때 버려진 고물 쇳덩이가 많았고 하교 후 냇가에서 고물을 주워 팔아서 푼돈을 모았습니다. 새 학교는 도서관이 없었고 별 수 없이 작은 동네서점에서 돈을 주고 책을 빌려볼 수밖에 없었습니다. 고물을 팔아서 모은 푼돈은 매우 유익하게 쓰였습니다. 토끼장도 직접 만들어 두 마리를 키우며 하교 후에 항상 토끼 먹이를 뜯으러 돌아다녔지요. 요즘 토끼장을 직접 만들 수 있는 중학생은 희귀인종에 속하지 않겠습니까?

그러나 이 생활도 오래 가지 못했습니다. 2학기에 다시 인제군청 소재지 중학교로 전학을 가게 됐으니까요. 그리고 남동생과 같이 자취를 하게 됐습니다. 중학교 2학년과 초등학교 5학년의 자취생활이었습니다. 구공탄이 떨어질 때면 한밤이라도 사러가야 했지요. 인제의 겨울밤은 매서웠습니다. 칼날 같은 바람이 한길을 휘감아들어도 불은 때야 했습니다. 남들처럼 구공탄 백 장 이백 장씩 살 형편이 못되어 그는 몇 푼 주머니에 넣고 한밤중에도 일 킬로 넘게 떨어진 연탄가게를 찾았습니다. 많이 살 수도 없었습니다. 단 두 장. 연탄구멍에 매듭이 진 새끼줄을 넣어서 양손에 들고 자취방으로 걸어올 때, 바람은 온몸의 모든 숨구멍으로 파고들었습니다. 손가락이 떨어져 나갈 것처럼 아릴 때면 잠시 바람 반대 방향으로 몸을 돌리고는 손을 앞섶에 넣고 녹이다가 다시 집에 오곤 했습니다.

이런 얘기도 해야겠네요. 나이든 사람들은 누구나 경험했으면서도 지금은 모른 척하는 이야깁니다. 끔찍하면서도 당연한, 지금의 안락함에 젖은 어른들이 영원히 잊고 싶어하는, 바늘귀처럼 보잘것없고 소소한 이야기를 말입니다. 당시에는 이가 많았어요. 환경이 불결한데다가 목욕이나 빨래를 자주 못하게 되는 겨울이면 어김없이 옷에 붙어 기생하는 작은 흡혈곤충. 목욕 시설이 없는 시골에서는 당연히 있어야 할 곤충이었지요. 9월이 지나 냇가에서 목욕할 수 없으면 다음 해 5월이나 돼야 겨우 몸을 씻을 수 있는 형편이었음을 당신도 잘 알고 있을 겁니다.

겨울 내복 깊숙이 붙어서, 밤이 되면 더욱 기승을 부려 온몸을 긁어대면서 잠을 자야만 했던 두 남자 아이들에게 이는 정말 고역이었지요. 밤에 신체 한 부분이 근질거리면 손으로 그 부분을 꼭 누르고는 다른 손을 집어넣어 그놈을 잡아서 양 엄지손톱 사이에 끼워 터뜨려 죽이면 붉은 피가 손톱에 벌겋게 튀었어요. 너무 끔찍스러워 고놈을 벽에 붙이고는 손톱으로 눌러 터뜨리면 벽면에 추상화 같은 무늬가 사방으로 번졌고요. 혹은 석유램프 심지의 그을음을 막는 얇은 생철 막 위에 올려놓으면 고놈은 뜨거움에 몸을 비틀다가 순식간에 타 죽었는데, 하룻밤에 대충 십여 마리나 화형을 시키기도 했습니다. 이런 말을 하는 저도 끔찍하군요. 내복을 벗으면 옷 솔기에 가득 붙어 있는, 성충의 새끼들인 수백 개의 서캐가 바늘귀보다 작은 몸체로 붙어 있었어요. 꼭 빛나는 진주알처럼 반짝이면서. 그 부분을 양 손톱에 대고 부딪히면 드드득 하는 작은 소리와 함께 서캐들이 터져버렸어요. 그 쾌감도 제법 즐거웠습니다만 어느 날 불쑥 아버지가 찾아와서는 사라지고 말았습니다. 아버지는 하룻밤을 자고는 혀를 끌끌 차면서 말했어요.

"야 이거, 너무 심하구나. 무슨 이가 이리도 많아서야…. 내가 아무래도 디디티를 사와야겠구나."

디디티란 채소에 붙은 벌레를 죽이는 강성 살충제였지만 사람에게 뿌리는 약도 있었어요. 그는 디디티란 말을 듣는 순간 청백색 배추에 아버지와 같이 뿌리던 농약을 생각하고 몸서리쳤지만 인체에 뿌리는 디디티도 있다는 아버지 말에 안심했습니다. 아버지는 작은 봉지를 가지고 와서는, "옷에 조금 뿌리고 자면 괜찮을 게다" 하고 바로 떠났습니다.

밤이 되고 남포등을 켜고 동생과 그는 내복 속에 흰 가루약을 뿌렸습니다. 새 내복은 발목에 탄력 있는 고무 성분이 있어서 발목을 꽉 조여줬지만, 낡은 내복은 그냥 바지처럼 너덜거렸고 역시 양말도 마찬가지여서 내복을 입고 양말을 신으면 검은 고무줄로 양말이 흘러내리지 않도록 조여 매었습니다. 허리춤에 살충제를 뿌리고 동생의 내복에도 뿌렸습니다. 그리고는 아버지가 말한, 삼십 분을 넘겨 거의 한 시간 가량 가만히 누워 있었습니다. 그의 눈앞에는 내복 속에 붙은 이가 살충제를 먹고 몸을 비틀며 몸에서 빨아먹은 피를 토하고 죽어가는 모습이 수없이 그려졌습니다. 참을 수 없을 만큼 시간이 흐르고 그는 일어서서 내복 발목을 조이는 고무줄을 풀고 방바닥에 서서 가볍게 뛰면서 내복을 훌훌 털었습니다.

"야아, 형. 막 떨어진다!"

동생이 얼굴에 기괴한 웃음을 가득 담고 외친 그 말을 그는 아직도 기억하고 있을까요? 대략 작은 스푼 한 가득 정도 쓸어 모았습니다.

연탄화덕에 밥을 하면 반찬은 고추장과 김치뿐이었습니다. 밥에 김치와 고추장을 넣고 비벼먹기도 지겨울 때 하루는 동생이 들어와서 말했습니다.

"형아. 안집이 마루에서 밥 먹는데 두부찌개가 있어. 우리도 두부 먹어."

두부 살 돈이 있을 리가 없었지요. 종일 두부 생각을 떨치지 못하고 지내다가 밤중에 멀리서 찹쌀떡 장수의 목소리가 겨울바람을 타고 들려왔습니다. 벌떡 일어나 창을 열고 고개를 빼서 자세히 들었습니다. '차아압싸알—떡' 잠시 후 다시 '차압싸알—떡'. '차압싸알—떡' 목소리 뒤에 바람 스치는 소리에 섞여 '제에바알' 이란 말을 들은 것 같았습니다. 다시 들었지만 분명하지는 않았습니다. 하얀 찹쌀가루에 달콤한 팥고물을 넣은 찹쌀떡. 속이 막 쓰려왔습니다. 먹어본 지가 언젠지 기억도 없었습니다. 그날 밤 뜬눈으로 몸을 뒤척이다가 늦은 아침에 나섰습니다.

찹쌀떡 공장은 그도 잘 알고 있는 곳이었습니다. 그의 말을 들은 아저씨는 교복을 입은 모습과 명찰을 훑어보더니 저녁 먹고 다시 오라고 했습니다. 밤이 깊어 동생과 같이 갔습니다. 떡판에 찹쌀떡 쉰 개를 넣고, 마지막 계산할 때는 마흔 개 값만 내면 된다고 했습니다. 그러니까 오십 개 팔면 마흔 개 값만 주인에게 주고 열 개 판 돈은 파는 사람이 갖는 것이었습니다. 그와 동생은 군 소재지의 술집 부근이나 번화가, 주택가를 돌며 연신 '차압싸알—떡'을 외쳤습니다. 처음에는 쑥스러움에 말이 잘 나오지 않았지만 초등학교 4학년 여름 때 '아이스케키' 통을 들고 돌아다니며 '아이스케키'를 외치던 기억을 살려 차츰 목소리가 커졌습니다. 동생도 재미난 모양이었습니다. 가끔 따라 외쳤습니다. '차압싸알—떠억!' 그의 목소리는 멀리 퍼졌지만 동생의 목소리는 발 앞에서 겨울의 추위에 짤막하게 얼어버렸습니다. '찹쌀떡'. 한겨울 골목을 치고 도는 찬바람을 맞으며 변변한 방한복도 없이 돌아다녔으니 목소리가 얼지 않은 것이 이상할 정도였지요. '차압싸알—떠억!' 뒤이어 '제에바알' 이란 말을 붙였는지는 모르겠습니다. 사이사이에 둘은 찹쌀떡을 한 개씩 꺼내 먹었습니다. 얼마나 팔았는지, 이익이 남아서 두부를 샀는지는 모르겠군요.

당시 인제군은 전체가 군사도시를 방불케 했습니다. 중심가 주변은 모두 군부대 주둔지로 꽉 차 있었지요. 늦가을이면 고등학교 여학생들이 단체로 군부대에 가서 김장을 하는데 동원되었고 학생들의 반공의식 고취를 위한 강연에도 어린 중학생들이 동원되었습니다. 어느 겨울 점심시간 후 전교생이 운동장에 모였습니다. 앞에는 군인 몇 명과 고교생 누나 셋이 서 있었지요. 군인 한 명이 사열대에 올라갔습니다.

"자, 학생 여러분! 우리나라는 지금 북괴의 침략야욕 앞에 풍전등화의 위험한 상황에 처해 있음을 여러 학생들은 잘 알고 있겠지요? 그러므로 우리는 더욱 더 반공의식을 생활화하여 굳건한 나라를 건설하는 데 앞장서야겠습니다. 특히 우리 주변에 독사 같은 눈으로 군

시설과 우리들의 평화로운 생활터전을 살피고 부수는 간첩들이 날뛰고 있는 현실을 우리는 결코 잊어서는 안 되겠습니다. 그래서 오늘 여러 학생들에게 간첩을 색출하는 법과 멸공의 방첩 노래를 가르쳐 드릴 것입니다. 모두 잘 배워서 간악한 북괴의 남침야욕에 앞장서는 선봉 학생이 되어야 합니다. 그럼 여기 고등학교 누나들의 노래를 듣고 여러분들은 따라 배워서 방첩의 일꾼으로 커가기를 바랍니다."

말을 마치고 단을 내려가자 고등학교 누나들 셋이 올라와서 악보를 적은 종이를 앞에 들었습니다. 앞에 도열한 중학생 모두에게도 가사가 적힌 악보가 배부되었고요. 제목은 '멸공의 방첩'. 누나들이 선창하면 학생들은 그대로 따라 불렀습니다.

자유 천지 평화의 성벽을 뚫고
생명까지 빼앗는 독사와 같이
도시에도 농촌에도 숨은 스파이
아침저녁 인사도 웃음소리도
간첩에겐 탄약이 되는 정보다
삼천만을 노예의 철사로 얽을
모략전술 부수자 멸공의 방첩

현은 돌연 하하 웃음을 터뜨렸다. 청년은 재미있다는 표정으로 앞을 보면서 말했다.

"우습지요? 허긴 현 시대와 너무 동떨어진 당시 상황에 저도 웃음이 날 정도니."

"이보게. 그 노래는 당시 삼팔선 부근에서 학교를 다닌 애들은 다 배웠을 거구만. 뭐 특별한 노래는 아냐."

"그렇지만 지금 그 학교 출신 당신 또래들에게 물어보면 그 노래를 기억하고 있는 사람이 얼마나 될까요? 거의 기억 못할 겁니다. 당신은 음악신경과 기억력이 매우 명민했죠. 선율을 받아들이는 능력이 탁월하다고 할까요. 당시 귀한 트랜지스터 라디오에서 흘러나오는 노래는 두어 번만 들으면 당신은 콧노래로 흥얼거릴 정도였으니까요."

"정말 웃프지만 대충 기억하고 있지. 당시 교납금을 못 내서 눈 쌓인 운동장 구석에서 맨손으로 엎드려뻗쳐를 당하기도 했고. 한 손으로 손목 위까지 덮은 차가운 눈 속을 짚고 있다가 손 시리면 다른 손으로 바꾸면서…. 흐응. 다 지난 일이야. 그런 쓸데없는 추억은 버릴 때도 됐어. 지금 어떤 시대라고 아직도 그런 철부지 기억을 담고 다니나."

"당시 상황을 나타내는 에피소드지만 이야기가 너무 진부합니까? 하지만 당신은 그런 세계를 뚫고 나왔다는 건 분명한 일입니다. 그렇게 학교생활은 지나가고 다시 삼학년 한 학기를 더 다니다가 바닷가 작은 포구 학교로 전학했습니다. 그의 마지막 중학교가 된, 포구 언덕에 처음 설립된 학교였습니다. 그곳에서 졸업했습니다. 그동안 초등학교 일곱 번과 다섯 중학교를 전전한 기록은 아마 우리나라에서 찾기 힘든 경우로 남을 겁니다."

청년은 잠시 이야기를 멈추고 고개를 갸우듬히 숙였다. 앞가슴이 크게 부풀어 올랐다가 수그러들었다. 가슴 속을 차분히 억누르는 모습처럼 보였다. 그리고 술잔을 입에 털어넣고는 컵에 든 냉수를 안주 대신 마셨다. 현도 천천히 술잔을 들고 마셨다. 그리고 이미 식어버린 감자전 조각을 떼어내 간장에 찍어 먹었다. 담배를 들고 일어나서 주방 곁을 지나 뒤편 뜰로 가서 담배를 피웠다.

하늘은 두터운 구름으로 덮여 별이 보이지 않았지만 비거스렁이 때문에 조금 시원했다. 담배 맛이 소태맛처럼 느껴졌지만 다 태우고 다시 한 개비를 꺼내 불을 붙여서 천천히 빨아들이자 들어오는 연기에 가슴이 먹먹했다. 발로 비벼 꺼버리고 잠시 하늘을 바라봤다. 서쪽부터 비구름이 열어지고 어둑한 하늘 한 귀퉁이에 별빛이 보일 듯 말 듯했다. 집에는 서울서 내려온 딸아이가 엄마와 같이 있을 터였다. 대학원생인 딸애는 곧 취업할 때도 됐지만 이 또한 걱정거리였다. 어둡게 우려나오는 잿빛 구름을 발걸음으로 지워버리고 현은 다시 안으로 들어갔다. 청년은 역시 음전하게 앉아 있었다. 자리에 앉는 현을 기다렸다는 듯 부드러운 표정으로 말했다.

"당신은 오늘 제 이야기를 다 들어야만 합니다. 그래야 다시는 저를 찾지 않을 테니까요."

"난, 물론 자네가 누군지 모르고 알 필요도 없지만 나 같은 백수가 시간 때우기에는 그런대로 이야기가 재밌게 구르는군. 아직 진짜 할 말은 나오지도 않은 것 같고."

"그렇습니다. 아직 긴 이야기가 남았습니다. 술이 부족한데 한 병 더 주문해도 될까요?"

현이 뒤로 돌아보자 남자 주인은 기다렸다는 듯 내왔다. 청년은 마개를 비틀고는 직접 술을 따라 단숨에 한 잔 마신 후 역시 물을 찾았다.

그는 겨울방학 내내 고교 진학 공부에 매진했습니다. 삼학년 육십여 명 중 진학 예정자는 십오 명 정도였습니다. 읍에 나가서 고교 입시용 낡은 문제집을 샀습니다. 입시 과목인 국·영·수·사·과·실업 여섯 과목을 묶어놓은 문제집이었습니다. 당시에는 마을에 전기가 들어오지 않았습니다. 낮에는 동네 친구들과 어울렸지만 역시 진학은 미래를 결정짓는 심각한 문제라는 점을 인식하고 있었습니다. 밤에는 남포등 아래서 사과궤짝을 신문지로 덮고 그 위에서 공부했습니다.

눈이 벼락처럼 쏟아진 어느 날이었습니다. 온 천지는 오직 하양과 검정으로만 이루어진 세계가 있다면 바로 그런 날일 것입니다. 무릎까지 쌓인 눈을 헤치고 동네 친구들이 찾아왔습니다. 1회로 입학한 친구들이라 그에 비해 대부분 한두 살 정도 더 많았고 어떤 동급생은 네 살이나 많았습니다. 당시 어촌에서는 열여덟 살이면 장정 대접을 받았고 모든 조업선에 능숙한 선원으로 승선할 수 있었습니다. 그런 친구들과 정상적 나이로 중학교를 다닌 어린 녀석이 첫눈 기념으로 친구집 뒷방에서 막걸리를 퍼마셨습니다. 그리고 어떻게 집에 돌아왔는지 몰랐는데, 정신을 차리니 마당 한복판이었고 아버지는 바지

랑대를 집어들고 그를 노려보고 있었습니다.

"요 배라먹을 녀석이. 게우 중학교나 다니는 녀석이 어디서 술은 처먹고 집구석에 겁 없이 들어오나. 요런 망할 놈!"

다짜고짜 휘두르는 바지랑대에 꼼짝없이 몸을 맡길 수밖에 없었습니다. 그로부터 며칠간 몸을 가눌 수 없었지만, 하나 얻은 게 있었지요. 이렇게 지내다가는 이곳을 벗어나지 못할 것이라는. 마음을 다잡았습니다. 낮밤을 가리지 않고 공부했습니다. 목표는 강릉에 있는 공립 인문고였습니다. 당시 그 고교는 강원도에서 가장 경쟁력이 있는 학교였고, 시골에서 반 육십 명 중 일등을 해도 겨우 합격하느니 마느니 하는 고교였습니다. 까짓것. 한번 붙어보자. 고교 입시 문제집을 깡그리 풀었고 모조리 외웠습니다.

그를 가로막을 장애물은 새엄마였습니다. 어머니가 집을 나간 후 새로 들어온 여자는 요렇게 쪼아보는 독기어린 눈초리 아래 뾰족한 콧구멍으로 항상 담배 연기를 내뿜는 여자였습니다. 한복 입기를 즐겼는데, 구구단도 못 외는 일자무식이었지만 셈이 빠르고 술 담배를 늘 달고 다니는 여자였지요. 이 여자가 반대하면 만사가 틀어질 판이었지만 어쩐 일인지 그의 진학에 별다른 반응이 없었습니다. 그 후에야 짐작했지만 그가 장남이란 점, 장차 자신의 버팀목이 될 수도 있는 존재라는 점에 눈감았는지 모른다고 생각했습니다. 하여간 준비를 마치고 시험을 쳤습니다. 경쟁률은 이 대 일. 이백사십 명 모집에 오백 명 가량이 응시했습니다. 초조한 발표날, 우체국에 가서 전화로 합격 사실을 알고는 또다시 친구들과 어울려 술을 마셨습니다. 그날도 마침 눈이 엄청 내렸지만 합격 축하로 마신 술은 거칠 게 없었습니다. 친구들도 축하했습니다.

"씨발노마, 대단하구나. 축하주나 맘껏 마셔라. 강릉엔 자주 놀러 갈 테니 촌놈 보고 모른 척 고개 돌리지나 말고. 흐흐. 그러면 너, 죽어 짜슥아!"

다음날 아침이었습니다. 마을 어른들이 모여 수군거리는 모습이 심상치 않았습니다. 평소에는 지난 밤 매서운 바닷바람을 뚫고 작업한 어획물을 풀어놓는 어판장이 활기 있게 돌아가는 때였지만 사람들의 분위기는 뭔가 가라앉아 있었습니다. 그는 아직 중학교를 갓 졸업하고 곧 고교에 입학할 나이에 불과했습니다. 그러니 어른들이 모여 수군거리는 내용에 접근할 수 없었지요. 오후에 친구들 방에서 자세한 소식을 들었습니다. 대통령을 죽이고자 이북 민족보위성 소속 124군부대 31명의 무장공비들이 청와대를 습격하다가 미수에 그치고, 지금 서울 근방과 휴전선은 초비상사태에 들어갔다는 방송을 들었다는 겁니다. 사실 북한은 우리나라에 틈만 있으면 휴전협정을 어기는 행위를 심심치 않게 벌이고 있었던 때였지요. 물론 지금도 남북이 그렇게 지내고 있습니다만. 그래도 총격전은 휴전선 부근에서 벌어지는 일이었지만 지금처럼 대통령을 죽이려고 청와대를 목표로 직접 무장공비들이 대거 밀려내려온 적은 없었지요.

불안했습니다. 비록 어린 나이지만 무언가 어둡고 검은 구름이 맑은 하늘을 조금씩 잠식해 들어오고 있는 느낌이었습니다. 얼마 후 대부분 소탕되었다는 소식과 함께 이백만 향토예비군을 무장시킨다는 정부 발표로 세상은 더욱 무거운 기운에 잠겼습니다. '모든 국민들이 긴장감을 갖고 북괴의 도발에 예의주시해야 할 때'라는 정부 발표를 신문과 방송은 사살한 공비들의 시체를 보여주면서 대서특필했습니다. 그는 이런 사회의 무거운 분위기 속에서 혹시나 강릉으로의 진학이 좌절되지나 않을까 노심초사했습니다. 세상 무서운데 고교 진학을 꼭 강릉으로 가야만 되는 것이냐. 근처 삼척으로 가도 될 일이 아니냐. 이런 말이 아버지 입에서 떨어질 수도 있다는 생각에 그는 집에서도 아무 소리 못하고 조용히 지냈습니다. 그러나 아버지는 그럴 생각은 없었던 모양이었습니다. 조건은 간단했습니다. 세 달만 하숙하고 나머지는 자취를 한다, 였습니다. 알다시피 그는 동생과 뼈저린 자취생활을 겪은 터라 자취에는 이력이 뒷산만큼이나 쌓여 있었으니 걱정할 것도 없었지요. 자취에 미립이 넘칠 정도였으니까요. 결국 2월 말 강릉으로 가서 3월 입학식을 치르고 고교생활을 시작했습니다.

첫 한 달이 어떻게 지나갔는지도 모르게 학교생활은 바빴습니다. 오전 여덟 시까지 등교해서 저녁 여섯 시에 돌아오고, 다시 일곱 시부터 밤 열 시까지 학교에서 공부했습니다. 보름이 지나자 세숫물에 코피가 흐르기도 했지요. 시골 중학교 때와는 판이한 생활이었습니다. 시골에서는 오후 세 시 반이면 모든 일과는 끝났으니까요. 그를 더욱 곤경으로 몬 것은 성적이었습니다. 중학교 시절에는 시험 때만 며칠 공부하면 최상위 성적은 단연했지만 이곳 고교생들은 달랐습니다. 초등학교부터 공부에 단련된 학생들이었습니다. 중학교 때 벌써 고교 영어를 다 학습하고 들어온 학생들도 많았습니다. 매달 보는 모의고사 석차는 거의 중하위 수준이었습니다. 한마디로 지금까지의 모든 학습량이 강릉 출신 학생들에 비해 절대적으로 모자랐습니다. 또 교과학습 진도가 너무 빨랐습니다. 예를 들면 수학 과목은 이학년 일학기에 삼 년 전 과정을 마스터할 정도로 수업이 빠르게 진행되었습니다. 그는 매일 허우적대며 학교생활을 할 수밖에 없었습니다. 한 학기가 지나도록 성적은 계속 중하위권을 맴돌기만 했습니다.

남다른 특이한 점이 있었는데, 바로 신문 구독이었습니다. 아버지와 약속한 세 달이 지나고 혼자 자취방에서 지내게 되었을 때 신문을 정기적으로 구독하기 시작했습니다. 이유는 단순했습니다. 남자 고교생이 적어도 세상 돌아가는 상황은 대충 알아야 될 일이 아니겠는가. 그 당시 전교생 칠백 명 중 신문을 구독해보는 학생은 그가 유일했으리라 생각합니다. 모두 학교 공부에 바쁜 판에 무슨 신문까지 읽을 시간이 있었겠습니까?

당시 신문은 국한문혼용체였지만 그가 읽는 데는 지장이 없었습니다. 그는 중학교 시절 성인들이 보는 삼국지나 수호지 같은 한문어투로 된 소설을 많이 본 관계로 한자어에 친숙했기 때문입니다. 하여튼 그는 신문을 본 이후 학급에서 상식왕으로 통했습니다. 신문을 별로 보지 않는 어린 고교 일학년짜리들 사이에서는 충분한 닉네임이었을 겁니다. 그러나 대신 학과에 등한히했고 그 결과는 매달 보는 모의고사 결과로 나타났습니다만 그리 신경 쓰지 않았습니다. 자취방에서 매일 친구들과 어울려 놀기도 하고 술도 마시면서 순간을 즐기는 삶에 빠져들었습니다.

가을이 깊어갈 즈음 다시 강릉 인근에서는 군용차량이 모여들기 시작했습니다. 이북 무장공비 120명이 울진 삼척에 상륙해서 국군과 교전상태에 들어간 그 유명한 울진삼척 무장공비 침투사건이 벌어진 겁니다. 때문에 모든 학교는 오후 다섯 시 이후 학생들을 모두 하교시켰습니다. 그리고 각 학교에서는 북괴 규탄 궐기대회가 열렸습니다. 당신은 아직도 그 장면을 기억하고 있을 겁니다.

종합운동장에서 강릉 시내 모든 고교생들이 모여 북괴규탄대회가 열렸습니다. 연사들의 힘찬 선동성 웅변 끝에, '혈서로써 우리의 의기를 높일 학생들은 없는가' 하고 외치자 분위기에 젖은 몇 명의 고교생들이 연단 앞으로 뛰어나가 손가락을 이빨로 물어뜯은 후 붉은 피로 흰 종이 위에 '북괴 타도'라고 썼습니다. 혈서를 쓰다가 피가 모자라면 다시 검지손가락을 물어뜯어서 힘차게 쓴 후 온통 붉은 피로 덧칠된 오른손에 혈서를 쓴 종이를 높이 흔들면서 '쳐부수자 북괴군! 때려잡자 북괴군! 북괴 타도!'를 외쳐댔던 장면. 어린 남자 고교생들의 용기 있는 모습에 운동장에 모인 모든 학생들은 박수로 그들을 격려했던 일. 그러자 흥분한 몇몇 학생들이 다시 연단으로 뛰어올라갔고 선생님들은 이젠 됐다며 학생들을 돌려보내느라 진땀을 뺐습니다.

이상했습니다. 당신이 다니는 고교 학생들은 한 명도 뛰쳐나가지 않았습니다. 혈서를 쓴 학생들은 모두 타교 학생들이었습니다. 상황을 눈치챈 여고생들이 당신의 학교 학생들을 향해 우우— 야유를 보내는 일까지 있었습니다. 그러나 당신의 눈에는 그 모든 행동들이 꼭두각시처럼 느껴졌습니다. 그렇지는 않았겠지만 어쩐지 어른들이 그런 상황을 유도했고 실체도 모를 애국심이란 추상에 매몰된 불타는 어린 고교생들이 분위기에 휩쓸려 연단으로 달려간 것은 아니었을까요. 뜨거웠지만 야만적인 상황. 당신은 잘 기억하고 계실 겁니다.

겨울이 되고 어머니가 바닷가 새엄마 밑에서 고생하는 동생을 몰래 데리고 와서 강릉에서 같이 살게 된 이후부터 그는 공부와 담 쌓고 본격적으로 술 담배와 어질한 밤길에 빠지기 시작했습니다. 아버지는 그가 혼자 살 수 있는 돈만 보냈기에 세 식구의 삶은 빠듯하기만 했고 교납금을 내기도 벅찬 생활이 시작되었습니다. 그에 비례해서 점점 공부와는 멀어져 갔습니다. 어머니는 생활비를 벌기 위해 건빵공장에서 건빵봉투를 붙이는 일을 하면서 생활비 일부를 보탰지만 턱없이 모자랐습니다.

이학년 시절 어느 봄날 밤이었습니다. 비 오는 날이었는데 까닭 없이 울분에 잠긴 그는 소주 한 병을 사서 어두운 골목길에서 그냥 병나발을 불었습니다. 술에 그리 약한 체질은 아니었지만 소낙비처럼 목구멍에 퍼넣는 소주는 그의 속을 뒤집어놓아버렸지요. 취해서 대로에 나오면 똑바로 걷다가 어두운 골목길에 접어들면 비틀거리면서 친구 하숙집으로 찾아갔습니다. 그 부근에 몇 십 년 된 아카시아 나무가 무성했습니다. 그 밑에서 그는 발로 아카시아 나무 밑동을 몇 번이나 걷어찼습니다. 찰 때마다 잎에 맺혀 있던 물방울이 그의 교모와 교복에 쏟아졌습니다. 속이 후련했습니다. 비록 옷은 형편없이 젖었지만 빗물에 흠뻑 젖은 그의 정신은 묵은 때를 벗긴 듯 시원했습니다.

너는 이런 놈이야. 원래 이런 놈밖에 안 되는 인간이야. 더 젖어야 돼. 병신 같은 놈아.

그리고 친구 하숙집 문을 열었습니다. 빗물에 졸랑 젖어 들어온 그를 보고 친구는 놀려댔습니다.

"야아, 너 이게 무슨 꼴이냐? 물귀신이 다 됐구나야."

그날 밤 집에서 쓴 일기장에는 다음과 같은 문구가 기록되어 있습니다.

'너는 회오리바람을 타고 하늘 높이 올라가서 산산이 터져 흔적도 없이 죽어버려라.'

일기는 중학 삼학년부터 쓰기 시작해서 결혼하던 서른두 살 때까지 썼습니다. 그가 자신에 깊게 몰입하게 된 계기가 일기를 쓰고부터인지 몰입하는 성향이 일기를 찾게 된 것인지는 모르지만 일기는 그의 하루를 마치는 가장 중요한 일과였습니다. 몇 년 계속 쓰게 되면서 일기는 그의 가장 절실한 친구가 됐어요. 그 속에는 그의 신산한 삶이 숨죽이며 살아 있었습니다. 그런데 결혼하고부터 일기 쓰기는 멀어졌습니다. 시골 단칸방 생활에서 신혼을 보내며 아내가 보고 있는데 일기를 쓸 수는 없었을 것입니다. 먼 훗날 쉰 말엽쯤 갑자기 미친바람이 불어서 일기를 몽땅 태워버렸지요. 한겨울 바닷가였는데 스물두 권 일기를 몽땅 차에 싣고 가서 찬바람 속에서 태우며 한잔 술도 눈물을 대신했습니다. 이 세상에서 그에게 남은 유일한 친구였는데 말입니다.

교복 살 돈이 없었으므로 선배들이 졸업하고 물려준 낡은 교복을 시장터의 염색집에서 다시 검게 염색해서 입었습니다. 교과서나 참고서도 살 수 없었습니다. 이학년 시절은 교과서가 거의 없었어요. 중요 과목을 헌책방에서 한두 권 구입하기도 했지만 헌 참고서도 그에게 너무 비쌌습니다. 물론 수학여행을 반에서 유일하게 포기한 학생이었습니다. 이상했습니다. 내성적이고 궁핍한 생활과 성적에 늘 시달렸지만 친구들 사이에서는 매우 활발한 학생이었습니다. 생활에 주눅들었지만 친구 사이에서까지 그렇지는 않았어요. 학교생활은 활발했고 하교 후에는 친구들 집을 찾아나니며 즐겁게 놀곤 했습니다.

한 친구 집에 갔는데 마침 친구 혼자 점심을 먹고 있었습니다. 여러 반찬 중에 김치찌개에 돼지고기가 몇 점 들어 있는 것을 보았습니다. 아, 이 녀석 집이 부자구나. 찌개에도 돼지고기를 넣고 먹다니. 친구는 같이 먹자고 했지만 그는 먹고 왔다고 말했습니다. 속에서는 위장이 간절히 돼지고기와 흰 쌀밥을 원했지만 애써 눌러버렸습니다. 자존심 같은 것이 치밀어올랐던 탓이었겠지요. 그는 아버지가 있는 고향집에서도 돼지고기찌개를 먹어본 적이 없었어요.

고교 진학 후 라면을 처음 먹어봤습니다. 자취할 때 밤이 깊어 저녁밥이 속에서 다 소화될 시간, 당시 그는 혈기왕성한 고교생이었으니까요, 옆방 동급생들과 돈을 모아 연탄아궁이에 냄비로 라면을 끓였습니다. 아, 저게 라면이구나. 시골에서도 물론 라면이 있었겠지만 그는 비닐 포장지 속에 보이는 꼬불꼬불하게 접힌 면발이 잡채 만드는 당면인 줄 알았습니다. 또 라면인 줄 알아도 감히 사먹을 엄두도 내지 못했을 겁니다. 같은 돈으로 국수를 사면 더 많은 친구들이 먹을 분량이 됐을 테니까요. 처음으로 먹은 라면 맛은 속을 뒤집어놓았습니다. 그 후 친구들과 추렴해서 수시로 라면을 끓여 먹었지요.

유감스럽게도 그는 고교 시절에 책을 많이 보지 못했습니다. 학업과 생활의 압박이 그에게 독서를 멀리하게 한 탓이었을 겁니다. 그는 음악 신경이 무척 예민했습니다. 라디오에서 음악이 흘러나오면 가사와 악보를 금방 받아들일 수 있었어요. 그래서였던가요? 입학 몇 달 후 학교 밴드부가 마음에 들었습니다. 용기를 내어 밴드부 담당 선생님을 찾아가 말씀드렸지요. 학년 초라 밴드부원을 모집하던 선생님은 흔쾌히 허락했습니다. 운이 좋은지 그에게 트럼펫이 배당되었습니다. 그러나 학업과 생활에 이어 예상치도 못한 어려움이 닥쳐왔습니다. 밴드부는 시도 때도 없이 부원들을 불러댔습니다. 점심을 급히 먹고 음악실에서 연습해야 했고 방과 후, 토요일 오후나 일요일도 어김없었습니다. 어기면 그대로 '빠따'가 배급됐습니다. 삼학년 악장은 부원들의 신이었습니다. 악장의 분위기에 따라 하루의 명암이 갈릴 정도였으니까요. 일학기가 지날 무렵 결심했습니다. 나가야겠다고. 밴드부를 떠나야겠다고. 밖에서 보는 밴드부의 화려함에 비해 속은 너무 험악한 세계였습니다.

"나간다고? 여기서 나간단 말이지? 누구 맘대로 나가? 너 이 쌔끼, 들어올 때는 쉬웠을지 몰라도 나갈 때는 지옥문을 열어야 된다는 사실 잘 알고 있겠지?"

설마 죽이기까지야 하겠느냐는 생각이 들었습니다. 당시 학교는 운동부로 필드하키부를 키우고 있었는데 인도산 단단한 하키 스틱은 학생지도부 선생님들의 필수품일 정도로 단단하고 매서운 무기였습니다. 악장은 하키 스틱을 들고 날카롭게 노려봤습니다.

"좋아. 어디 몇 대나 맞고 나갈지 말해. 한 대? 두 대? 다섯 대? 열 대? 열다섯 대? 서른 대?"

동급생 부원들이 지켜보고 있었습니다. 순간 악이 치밀었습니다. 죽어주자! 치사하게 서너 대 맞고 나갈 수는 없어!

"서른 대 맞겠습니다!"

악장은 그 말을 듣고 잠시 멈칫했던가요.

"엎드렷! 헤아렷!"

하키 스틱이 허공을 갈랐습니다. 허벅지에 짜릿한 아픔이 박혔습니다.

"하나앗! 두울! 세엣!"

이어질 '빠따'가 뚝 끊어졌습니다.

"일어섯! 나갓!"

악장은 멋있는 선배였습니다.

훗날 바닷가 항구도시의 고교 음악선생으로 근무하는 악장을 우연히 만난 적이 있었지요. 한잔 얼큰히 절은 그는 당시 신기하게도 '빠따'를 똑바로 기억하고 있었습니다.

"잘 기억하고 있지. 밴드부 중 유일하게 빠져나간 친구니까. 자네,

흐흐. 그 배짱 하나 대단했어. 당시 자네는 일종의 오기가 치밀었겠지. 부원들이 빤히 보고 있었으니까. 사실 나도 본인이 싫어 나간다는 놈을 굳이 붙잡고 싶지도 않았고. 하여간 자네 이름은 잊었지만 당시 상황은 뚜렷해."

그러나 역시 그를 괴롭히는 것 중 경제적 궁핍이 가장 컸습니다. 이학년이 돼도 아버지는 그의 자취비만 보냈고 그와 중학생인 동생의 학비와 생활비는 세 식구를 짓눌렀습니다. 교납금은 당연 아버지가 꼬박꼬박 보냈지만 생활비로 충당하고 나면 교납금은 늘 납부기한에 허둥댔습니다. 교납금 마감이 훨씬 지나고 등교 시간에 그래도 늠름하게 교문으로 들어설 때 교문 옆 안내판에 붙은 명단!

공고

제 1학년 2반 ○○○

1학년 ○○○○○○

2학년 4반 남궁현

○○○○○○○○○○○○○

… … … …

위 학생은 교납금 징수 규정 제 0조 0항에 의거,

등교 정지에 처함

○○ 고등학교장

안내문에 이름이 오른 몇몇 친구들은 서로 잘 됐다는 표정으로 가방을 든 채 경포대나 인근 냇가로 놀러갔습니다. 어머니에게 말할 수도 없었는데, 말해봤자 없는 돈이 마른하늘에서 떨어질 일은 없을 것이기 때문입니다. 실컷 놀다가 하교 때에 집에 들어가서 다시 놀러다녔습니다. 학업은 아래에서 맴돌고 놀면서도 걱정, 자면서도 걱정, 걱정 걱정 걱정…. 의지는 완전히 바닥에 묻혀버렸습니다.

이학년 이학기에는 늘 피곤했습니다. 수업 중에서도 자고 쉬는 시간에서도 잤습니다. 웬 잠이 그렇게도 많았는지. 수업 종이 울리고 선생님이 교실에 들어왔을 때도 자다가 얻어맞기도 많이 맞았습니다만 소용없었습니다. 그때 우연히 바지를 걷고 발목을 보다가 깜짝 놀랐습니다. 작은 붉은 점이 발목에 수없이 박혀 있었습니다. 끔찍해서 급히 내렸다가 다시 살펴보았습니다. 좁쌀만 한, 혹은 그보다 조금 큰 콩알만 한 붉은 점들이 피부에 빽빽이 박혀 있었습니다. 극도의 혼란에 빠졌습니다만 애써 지워버렸습니다. 그 후로도 붉은 점은 나타났다가 사라지기를 반복했습니다. 병명이 무언지 알고 싶지도 않았습니다. 그냥 사라지겠거니 하는 마음이었습니다. 후에 알았습니다. 피곤과 잠과 붉은 점은 서로 관련 있는 증상이었지만 그는 불안감을 애써 누르기만 했습니다. 그것이 훗날 자신의 장래를 비틀어버릴 줄은 알 수 없었습니다.

젊음의 고교생활이 비뚤게 나간다고 해도 역시 십대 후반의 피는 뜨거웠습니다. 이성에 대한 그리움은 항상 자신의 현실과 대립했습니다. 그러나 가슴 깊이 똬리 틀고 있는 무수한 상념은 거친 현실에 부딪혀 흩어졌습니다.

너 꼬라지에 무슨 여학생이냐. 주제를 알아야지.

등교하면 첫 교시 시작 전에 뒷자리에 모인 몇몇은 전날에 만났던 여학생 이야기를 떠들어댔습니다. 그런 이야기에 흥미는 깊었지만 파고들 용기는 없었습니다. 피안의 세계에서 이슬에 몸담고 숨쉬는 무구한 존재! 바로 그가 느끼는 여학생의 상이었습니다. 같은 고교생이지만 자신은 한마디로 쓰레기였습니다. 무엇 하나 내세울 거리가 없는, 담배와 술과 수시로 들락거리는 학생지도부, 구걸하듯 얻어 입은 낡은 교복을 걸치고 형편없는 성적을 달고 다니는 놈,이 바로 자신이었습니다. 그렇지만 단 한번 스쳐지나간 사건이 있었습니다. 정말 그에게는 사건이었습니다.

일학년 때 밴드부에서 나왔지만 휴일이면 가끔 음악실에 기웃대기도 했습니다. 이학년 여름방학 때 음악실에 놀러가서 친구가 연습하는 트럼펫을 빌려서 집으로 가져왔습니다. 그리고 가요집을 펴고 방안에서 연습했습니다. 그의 집 아래 긴 시멘트 블록으로 담을 친 기와집이 있었습니다. 담 바로 안쪽에 장독대가 보였고 그 마주 보는 방에 여고생 두 명이 자취하고 있었습니다. 하얀 얼굴에 매우 예쁜 이학년 학생들이었죠. 어느 날 집 툇마루에서 트럼펫을 불고 있을 때 한 여학생이 장독대 위에서 그를 은근히 바라보고 있는 모습을 확인했습니다. 그의 집은 여학생 집보다 조금 위 언덕이어서 잘 보였지요. 그 후 심심치 않게 여학생은 이쪽으로 올려다보았습니다. 그럴 때마다 그는 더욱 정성스럽게 트럼펫을 불곤 했습니다.

역시 그런 날이었습니다. 트럼펫을 불다가 친구집으로 놀러가려고 시멘트 블록 옆을 지나갈 때 그 여학생이 장독대 위에 올라서서 담을 사이에 두고 그를 빤히 쳐다보는 것이었습니다.

무슨 말이든 한마디 하고 가! 난 이렇게 내 마음을 내보였잖아!

그러나 바보 같은 그는 순간, 일이 초 정도 보고는 그만 고개를 숙이고 지나쳐버렸습니다. 극히 짧은 순간 그는 파악했지요. 한마디만 던지면 그에게는 상상의 세계가 펼쳐질 것이라는 사실을 말입니다. 그런데도 그 천우의 기회를 걷어차버린 자신의 행동을 아무리 생각해도 이해할 수 없었습니다. 그렇게 며칠을 자책하며 지냈는데 더 이상 그 여학생은 담장 너머 그의 집으로 고개를 돌리지 않았습니다. 얼마나 자존심 상했겠어요. 자기는 온몸으로 그에게 마음을 던졌건만 멍청한 녀석은 쌩하니, 적어도 여학생이 보기에는 그렇게 보였을, 돌아서버린 놈 아닙니까. 결국 여학생은 방을 옮겨버렸습니다.

한 달 후쯤인가 친구집으로 갈 때였습니다. 전날에 비가 많이 와서 비포장인 골목에 물웅덩이가 듬성듬성 고인 곳을 걷고 있었습니다. 한 여학생이 책가방을 들고 가는 뒷모습을 보았습니다. 눈에 익은 모습이었습니다. 가슴이 막 뛰었지요. 만나서 어떻게 할 것인가는 생각지도 않고 부지런히 뒤쫓아 걸음을 옮겼습니다, 여학생은 흘긋 돌아보고는 걸음을 빨리했습니다. 그는 물웅덩이에 신경 쓰느라 고개를 숙이고 쫓아가다가 골목이 꺾이는 곳에서 여학생을 놓쳤습니다. 어디로 사라졌지? 급히 골목을 꺾었는데, 이게 웬일입니까? 여학생이 바로 거기에서 벽을 등지고 딱 서 있는 것이었습니다. 두 갈래로 땋은 머리와 동그랗고 흰 얼굴, 바로 앞집에 있던 그 여학생이었습니다. 그녀는 책가방을 무릎 앞에 두 손으로 꽁 쥐고는 그를 빤히 쳐다보았습니다.

뭐야, 무슨 일이야? 할 말 있으면 여기서 해!

그런 표정이었습니다. 미처 생각지도 못한 일이 벌어진 겁니다. 그 자리에 그렇게 서서 기다리고 있을 줄 어찌 알았겠습니까? 그는 허둥지둥 어쩔 줄 모르고 우뚝 섰다가 뭐라고 우물거렸던가. 그대로 뒤돌아 뛰쳐나왔습니다. 그걸로 끝이었습니다. 참 한심한 녀석이었지요.

그해 가을은 참 쓸쓸했습니다. 수업 중에는 노상 잠자다가 선생님께 야단맞기 일쑤였고 하교 후면 밤거리를 쏘다니며 농고나 상고에 다니던 고향 친구들이나 선후배 하숙집에서 노닥거리다가 자정이 다 돼서야 돌아오곤 했습니다. 문과가 적성에 맞는다는 사실도 알고 있었지만 어찌된 생각이었는지 일학년을 마치고 이과를 선택한 결과 수학에서 결정적으로 뒤처져버렸습니다. 이과생이 수학을 접으면 학교 성적은 끝나버린 셈입니다. 어려운 미적분, 확률과 통계, 스칼라 벡타…. 발목 부근은 가끔 붉은 점이 생겼다가 사라지는 현상이 반복되었습니다. 자포자기라 할까요. 모든 일에 거의 손을 놓았습니다.

당시 그의 집은 고등학교 뒤 야트막한 산에 자리잡은 무선전신국 건물 아래, 사람들이 '골말'이라 부르는 곳에 있었습니다. 집을 옮겨도 멀리 가지 않고 골말 안에서만 이동했습니다. 언덕 밑으로 곳곳에 집들이 늘어섰고 무선전신국 언덕과 성모병원이 겹치는 사이 널찍한 골목길에 도랑물이 흘렀는데 그 양편으로 오래된 집들이 빽빽이 들어찬 곳이었습니다. 그에게는 운명적인 장소였습니다. 입학하고 첫 하숙집에서부터 자취방, 어머니와 동생이 와서도 그곳에서 살았습니다. 좀 언덕진 곳이라 마당에 나서면 아래 홍제동 전경을 볼 수 있었는데 역사가 오래된 강릉초등학교의 웅장한 건물 건너 세월의 이끼에 덮인 회색 벽돌의 이층 고등학교가 침침하게 연한 황톳빛 운동장을 깔고 가로로 길게 뻗어 있었습니다.

봄이면 전신전화국 부근 산에는 온통 꽃천지였습니다. 주말이면 그리 높지 않은 언덕 같은 산에 올라가 숲속에서 친구들과 떠들며 시간을 보냈습니다. 친구들 중 여유 있는 녀석이 술을 사오면 같이 마시며 되잖은 개똥철학 껍질 핥듯 어지럽게 떠들었습니다. 여름에도 멍때리기에 좋은 휴식처였습니다. 두 아름도 넘을 벚나무 그늘 밑에 자리 깔고 누우면 멀리 경포 앞바다가 토해내는 소금기를 담은 바다 내음, 혹은 대관령 깊은 골짜기의 냉기를 쓸어담고 내려온 바람이 시원하게 겨드랑이 속으로 파고들었습니다.

겨울은 왜 그리도 눈이 많이 내렸는지요. 일주일 걸러 눈이 내렸습니다. 외투가 있을 턱이 없었습니다. 교복 하나로 충분했었죠. 겨울 교복에 교모를 쓰고 교복의 칼라 둘레에 붙은 하얀 비닐 테가 차갑게 목 맨살을 콕콕 찔러대듯 해도 새파란 추위쯤은 충분히 견딜 수 있는 젊음이었습니다. 가슴에 활화산 하나는 안고 사는 청춘이랄까요. 바지 주머니에 두 손을 찔러넣고 시내 구석구석 골목 샅샅이 돌아다녀도 춥지 않았습니다. 간밤에 온 도둑눈에 전신국 야산이 하얗게 덮이면 발목 넘는 숫눈을 밟으며 미친개처럼 온 산을 쑤시고 돌아다녔습니다. 그렇게 돌아다니다가 집에 돌아오면 운동화 속까지 질퍽하게 젖어 있었습니다. 연탄 아궁이 위에 젖은 운동화와 양말을 올려놓고 이불 속에서 편안한 잠 속에 잠겨들었습니다. 깨어나 밥에 김치 하나로 동생과 같이 먹고 나면 다시 따뜻해진 운동화를 신고 밤의 차가운 습기 속으로 스며들었습니다. 그렇게 겨울은 지나갔습니다.

삼학년이 되자 중학생이던 동생이 누나가 있는 서울로 고교 진학이 결정되면서 서울로 가게 되었고 어머니도 같이 떠났습니다. 홀가분한 마음이었습니다. 이젠 아버지가 마지막 삼학년의 중요한 시기를 알고 있었는지, 혹은 생모와 동생이 강릉을 떠났다는 사실을 같이 살고 있는 여자에게도 당당하게 말할 수 있었는지 모르지만 하숙을 시켰습니다. 사실 아버지도 현재 같이 살고 있는 여자에게 큰소리는 못치고 지냈으리라 짐작합니다. 그리 멀지 않은 강릉에서 자식들과 전처가 같이 살고 있는, 어쩌면 눈엣가시 같은 존재가 가까이 있다는 생각에 비뚤어진 그 여자는 굽은 심성을 아버지에게 쏟아부었을 것입니다만. 어쨌든 아버지는 강릉에 큰 도움은 주지 못했던 것은 사실이고 또 한정된 수입으로는 두 집 살림에 힘겨울 수밖에 없었으리라는 사정을 이해하고 있었습니다. 하숙생활로 경제적 곤궁에서 벗어나면서 다소 편한 마음으로 학교라는 울타리 속으로 스며들었습니다.

학업에 열중하는 마음은 그의 삶에 이전과는 다른 생기를 불어넣었지만 이 년간 등한히했던 교과를 따라잡기는 힘들었습니다. 특히 수학 과목이 문제였습니다. 그는 고민 끝에 원칙에 충실하자는 마음으로 참고서보다 교과서를 집중적으로 파고들었습니다. 어려운 문제는 피하고 예제와 연습문제, 그리고 공식의 과정을 풀이해놓은, 한마디로 기초에 집착했습니다. 어차피 고난도의 문제는 그의 능력 밖이었으니까요.

그의 희망은 사관학교에 들어가 군인이 되는 것이었습니다. 중학교 마지막을 고향 바닷가에서 보낸 그로서는 해군사관학교에 가겠다는 생각을 은연중 굳히며 지내왔습니다. 이제 고교 삼학년이 되고 그는 사관학교에 진학하고자 하는 마음을 다졌지만 성적이 받쳐주지 못하는 상황을 충분히 인식하고 있었습니다. 그래도 전과 다른 학교생활을 이어갔습니다. 그렇게 자세를 잡고 생활하면서 성적도 조금씩 올라가기 시작했습니다. 그렇지만 아예 공부에 온몸을 던지지는 못했습니다. 역시 지난 이 년의 습관이 아직 몸 구석구석에 살아있었기 때문이었지요.

여름방학이 되고 마침 어머니와 동생이 거주하고 있던 서울 친척집에서 한 달간 올라와 공부하라는 기별이 왔습니다. 그 친척은 빈방이 여러 개 있는, 좀 여유 있는 집이었습니다. 그는 얼씨구나 하고 바로 올라갔습니다. 정말 그는 처음으로 몸을 던져 공부에 미쳐버렸습니다. 그만큼 진학이 절실했던 것이죠. 새벽에 사설도서관에 가서 공부하고는 오전에 종로에 있는 단과반에서 수학과 영어를 수강하고 끝나면 또 도서관에 가서 통금 직전까지 몸을 던졌습니다. '별보기 운동'이라고 스스로 이름을 붙일 정도였습니다. 몸이 땀으로 범벅이 돼도 의자를 벗어나지 않았습니다. 수학은 학원 수강이 끝나면 다시 교과서 기초를 집중적으로 파고들었습니다. 기초 원리를 이해하면 고급 문제에도 접근할 수 있을 거,라는 생각이었는데 결국 이런 방식이 나중에 큰 도움이 됐습니다. 그렇게 한 달을 보내고 이학기 구월 첫 모의고사에서 드디어 꿈에 그리던 '방'에 이름이 붙었습니다.

'방'이란 옛날 과거시험 합격명부를 이르는 말이겠지만, 그때 학교는 모의고사를 본 후 석차 사십 등까지 교실 복도에 가로로 길게 알림표를 붙였는데 우리는 그것을 '방'이라 불렀습니다. 방에 오르면 서울의 이름 있는 대학은 거의 갈 수 있는 성적으로 인정받았습니다. 담임 선생님 눈초리도 달라졌고 급우들도 의아한 표정이었습니다. 물론 기분 좋았습니다. 고교 진학 후 처음으로 자신을 얼마간 인정받았다는 생각 때문이었겠지요. 초등학교 때나 중학교에서는 그는 항상 최우등이었고 또 그것은 당연한 일로 여겼지만 공부깨나 한다는 고교로 진학한 후 처음으로 느끼는 감정이었습니다.

구월 말 해군이 아닌 공군사관학교 원서를 제출한 후 서울에서 1차 기초 신체검사를 통과했습니다. 시월 초에 학과 시험을 치르고 마음을 얼마나 졸였는지요. 기다리고 기다리던 나날이 한없이 길게만 느껴졌습니다.

얼마 후 사관학교에서 보낸 통지서를 받았습니다.

제1차 합격통지서

수험지구 : 강릉

주 소 : 강원도 강릉시 홍제동 135번지 3통 6반

성 명 : 남궁현

수험번호 : 1578

생년월일 : 1953년 7월 21일

위의 사람은 제 ○○기 사관생도 제1차 학과 시험에 합격되었기

1970년 11월 17일 09시까지 공군사관학교에 출두하라.

1970년 11월 3일

공군사관학교 교장 공군 소장 윤○○

사관학교장의 붉은 직인이 찍힌 합격증서를 받고 그는 잠시 아득했습니다. 꿈이 눈앞에 있고 그는 손을 뻗쳐 잡기만 하면 됐습니다. 이젠 정밀신체검사만 남았지만 한창 젊은 고교생에게 무슨 신체적 결함이 있겠느냐는.

정밀신체검사는 지독했습니다. 안과에만 여덟 종류의 검사를 거치고 점심을 먹을 때 젓가락과 두 눈에서 뻗어나오는 시선이 일치되지 않아 반찬을 집어먹기 힘들었습니다. 젓가락으로 반찬을 제대로 집을 수 없었지요. 무사히 마치고 이십 명씩 무리를 지어 기다리고 있는 강당에 모였습니다. 신체검사에 무슨 결격사유가 있을 수 있겠습니까. 모두 자신만만한 표정으로 처분을 기다렸습니다. 늠름한 장교가 나왔습니다. 그는 군의관이었습니다. 대위는 앞에 서서 나와 또 다른 학생을 불렀습니다.

"너희들 감기 들었나?"

"아닙니다."

"다시 엑스레이 찍어봐!"

나는 엑스레이를 찍고 기다렸습니다. 조금 전과 다른 장교가 나왔습니다.

"저 둘을 제외한 전원 합격!"

둘을 따로 불렀습니다. 활동성 폐결핵 경도!

폐결핵이란 당시에는 폐병으로 불렸습니다. 비쩍 마르고 콜록콜록 기침을 하며 수건에 붉은 피를 내뱉는 전염성 짙은 더러운 환자. 이것이 당시 그가 생각하던 폐병 환자에 대한 인식이었습니다. 더 무슨 말을 하겠습니까? 이학년 때부터 발목에 생기던 붉은 점은 바로 폐결핵 징조였다는 사실을 후에야 알았습니다,

삶이 바뀌어버렸습니다. 근 반 달간 학교에 가지 않았습니다. 담임 선생님이 하숙집으로 찾아와서 자세히 물었습니다. 결핵환자라는 말을 죽어도 하기 싫었지만 결국 털어놓았습니다.

"결핵? 그딴 거, 별거 아냐. 나도 대학시절에 걸려서 일 년 약 먹고 나았어. 그냥 약 먹으면 돼! 거짓말 아냐. 내일 당장 병원에 등록하고 약 먹어. 너는 젊었으니까 육 개월이면 다 나을 수도 있을 거야. 알았어? 나도 그랬다니까그래."

거짓말인지 정말인지 하여간 담임은 그렇게 말하며 다독거렸습니다. 그러나 그 말이 귀에 들어올 리가 없었지요. 필생의 꿈은 사라졌으니까요. 고등학교 마지막 한 달 반을 헛돌며 보냈습니다. 겨울방학이 시작되고 대학 입시 사십 일을 남기고 그는 지금까지 사관학교

때문에 어쩔 수 없이 공부했던 이과의 수학 과학 과목을 집어던지고 문과로 돌아서서 사회와 국어 고전을 공부하기 시작했습니다. 남들이 삼 년간 공부하는 분량을 단 사십 일에 완성할 수는 없는 일이었지만 그는 밀고 나갔습니다. 이과는 꼴도 보기 싫었습니다. 서울로 원서를 냈지만 역시 결과는 낙방이었습니다. 당연한 일이었지요. 다시 2차 시험도. 졸업 후 그는 고향집으로 돌아갔습니다. 병원에서 약을 처방받고 복용하면서도 친구들과 만날 술을 마시며 보냈습니다. 아이나·피리독신, 좁쌀보다 더 작은 노란 알갱이 약 리팜틴600…. 그렇게 봄여름을 보내고 가을에서야 정신을 차렸습니다. 아, 이러면 안 되겠구나.

청년은 긴 이야기를 멈추고 잠시 숨을 고르고 있었다. 현은 몸을 등받이에 기대고 천장을 바라보았다. 어느 틈엔지 창문 밖에는 다시 빗줄기가 흩날리기 시작했고 홀에는 두 사람밖에 없어 고요했다. 시간은 일곱 시를 넘어서고 있었다. 청년은 벽에 붙은 정수기에서 찬물을 한 컵 가득 받아와 단숨에 마시고는 시선을 탁자 밑으로 내리깔았다. 현은 청년을 똑바로 바라보며 말했다.

"자네의 긴 사설을 잘 들었네만, 지금 누구에게 말하고 있는지 알고나 있는 겐가? 난 자네의 흥미 있는 이야기를 지금 이 자리에서 왜 들어야 하는지 모르겠네. 엉뚱한 얘기만 길게 떠들 거라면 여기서 그치는 게 좋겠어. 나도 피곤하니 말이야."

"당신은, 스스로를 속이고 있습니다."

청년은 숙였던 고개를 들고 허리를 거우듬하게 펴면서 현을 빤히 쳐다보았다. 그의 얼굴에는 자신감과 안타까움이 뒤섞인 묘한 표정이 담겨 있었다.

"이젠 스스로를 정리할 나이라는 점을 생각하셔야지요. 제 말이 듣잘 것 없지는 않을 텐데요. 저는 한 인간의 지난 일을 정확히 말하고 있습니다. 당신이 거부해도 어쩔 수 없는 일이지만 말입니다. 사실, 제가 이곳에 온 것도 다 당신이 불러서 온 게 아닙니까? 그것도 절실하게."

"거참 묘한 말이군그래. 자넨 왜, 내가 자넬 불렀다고 생각하나? 알다시피 난 비를 피해 잠시 단골집에서 한잔하고자 했을 뿐 다른 뜻은 없었네. 조용히 술이나 마시는 나를 자넨 지금 방해하고 있다는 사실도 알고 있겠지? 자네 얘긴 번지수가 틀렸어. 분명 다른 곳에서 다른 사람에게 떠들어야 될 말이야. 그러니 이젠 내 앞에서 사라지게. 거듭 말하지만 난 자네를 부른 적이 없어."

청년은 의자를 앞으로 당겼다.

"그렇게 에둘러 말하지 마십시오. 꼭 제가 말해야 알아들을 어리석은 분은 아닐 테니까요. 당신은 마흔 중반을 넘기고는 수시로 저를 찾았어요. 특히 직장에서 나온 후 몇 달간 혼자 거리를 걸으면서, 혹은 오늘처럼 술집에 앉아 있을 때면 수도 없이 저를 찾고 찾았습니다. 저는 사실 당신 앞에 모습을 드러내고 싶지 않았습니다. 오늘은 말하자면 확인 사살 같은. 이후 당신이 어떻게 변할지 저는 자신하지 못했으니까요. 저를 부른 적 없다고요? 자신을 새삼스럽게 드러내기 싫은 마음을 인정하면서도 또 저를 찾았어요. 강제로 호출당한 지금, 저는 긴 이야기로 당신의 드러내기 싫은 과거를, 다시 되뇔수록 상처만 깊어지는 과거를 굳이 이렇게 말하고 싶지는 않습니다. 그렇지만 어쩌겠어요. 당신 속 깊은 곳에 똬리 튼 당신의 분신이 저를 원하고 있다는 사실을. 언젠가는 불러내어 정면으로 맞닥뜨려 나를 죽이든 살리든 한번은 꼭 있어야 할 일이라는 사실, 당신은 거부하지 못할 겁니다."

청년은 안타까움을 자신감으로 감싼 목소리로 또박또박 말했다. 현은 속으로 생각했다. 내가 호출했다고? 이런 젊은 녀석을? 누구에게 무슨 얘기를 듣고 이렇게도 당당하게 말을 내뱉는지는 몰라도 그렇게 못돼먹은 녀석은 분명 아니군. 귀엽기도 하고. 하지만….

"더 이상 들을 것도 없고, 술이나 마시게나. 이런, 다 떨어졌군. 한 병만 더 해야겠어. 나도 얼큰해졌으니까."

"네, 더 들을 건 아직도 많이 쌓였습니다. 당신이 가장 깊게 숨겨둔, 누구에게도 말하기 싫은 일들을 더 말해야겠습니다. 저를 호출한 가장 중요한 시기의 일들이니까요."

청년은 권이 가져온 소주병 마개를 비틀고는 맑은 액체를 빈 두 잔에 가득 따랐다.

가을부터 그는 다시 책을 잡았습니다. 너무 늦게 시작했지만 자신감은 있었습니다. 친구들의 부름도 거부하고 오직 책에만 매달렸습니다. 예비고사를 거치고 본고사. 서울의 명문대 사학과를 당당하게 지원했습니다만 결과는 낙방이었습니다. 그는 결심했습니다. 강릉에서 살자. 비록 어둡고 침침한 시간이 구석구석 살아 있는 곳이지만 낯선 곳보다 익숙한 곳에서 젊음을 정하자!

미션계 대학인 강릉 소재 조그마한 사립대학 국문과에 등록해버렸습니다. 이 결정은 아버지와 의논 없이 일방적으로 정한 진로였습니다. 마뜩잖아하는 아버지를 설득하느라 애를 먹었습니다. 그러나 이 결정은 두고두고 그를 괴롭힌 시발점이 됩니다. 지방 국립대 정도는 갈 실력이 넘쳤지만 이미 1차에 떨어진 터라 원서조차 낼 수 없었습니다. 등록금이 사립의 반이고, 또 사범대로 가면 사 분의 일 정도였으니 거의 고교 수준의 등록금으로 대학을 다닐 수 있었지요. 그러나 그는 그런 세부 사항을 몰랐습니다. 어리석은 결정이었지요.

하여간 딱 세 달만 하숙하고 그 다음은 무조건 자취생활을 한다는 고교 시절과 같은 조건을 내걸고 어두운 고교생활이 스며 있는 강릉에 다시 정착하게 됐습니다.

국문과. 요즘은 '굶는과'로 불리지만 당시에는 그래도 인문학과 중

제법 자부심 있는 학과였지요. 그러나 대관령을 넘어 서울로 진학하지 못하고 강릉에 머문다는 자괴감이 항상 그를 괴롭혔습니다. 또 대학 자체가 마음에 들지도 않아서 입학식부터 겉돌기 시작했습니다. 학과 구성원들의 자질과 그들의 생리도 그와는 영 맞지 않았습니다. 다시 술 행각이 시작될 수밖에 없었지요. 그래도 사람이 사는 동네라 그와 죽이 맞는 친구들도 생겼습니다. 대구 출신 정유석. 그보다 한 살 더 많고 입고 있는 교복도 관록이 덕지덕지 붙은 낡은 옷인데다가 막걸리를 지독히도 좋아하지만 이미 다양한 문학서적을 섭렵하고 사회 경험도 많은 친구였습니다. 그의 친구들은 당해에 들어온 햇병아리보다 한두 해 굴리먹다가 들어온 친구들이 대부분이었습니다. 경북 출신인 동갑내기 도상훈과 김진형도 그리고 이학년인 조기춘도 가까이 지내는 사이가 됐습니다. 학과에 여학생이 열 명 가량 됐지만 정말 젖내 나는 아이들이라 차라리 거리를 두는 편이 마음 편했습니다. 그 중 한 애는 시내 여고를 졸업하고 이 년을 직장생활을 하다가 들어온 탓으로 사회 경험이 많았고 통통한 외모에 걸맞게 이해심도 깊은 편이어서 후에 술판에 가끔 꼈습니다.

과대표는 정유석이 했는데, 학과 대표 취임 일성이 그럴듯했지요.

"대학 하면 문리대, 문리대 하면 국문관데, 왜 우리 대학에는 국문과가 이리 약합니까? 저와 일 년 동안 같이 기막힌 과를 만들어 갑시다. 자알 부탁드립니다."

그날부터 유석은 급우들을 단체로 막걸리집으로 몰고 가서 거나하게 술을 대접하고는, '술값은 각자 계산임다!' 하고 내질렀습니다.

그 역시 가난한 살림살이에 붙은 곁다리였을 뿐이었지요.

"이보게나. 그 당시에는 모든 국민이 가난했어. 이북보다 더 못 살던 시절이었으니까. 주머니에 막걸리값이라도 넣고 다니면 밥술깨나 먹는 집 애들이지. 자넨 잘 모르겠지만."

청년의 이야기를 듣는 둥 마는 둥 시선을 이리저리 돌리기만 하던 현이 슬며시 웃으며 심각하게 말했다. 웃음 속에서 상대의 마음을 꿰뚫은 듯한 표정이 잠시 담겼다가 지워졌다. 잠시 현을 보던 청년이 말했다.

"제 얘기가 맞고 안 맞고는 당신 스스로 판단할 문제지 저는 아닙니다. 또 당신이 판단하는 모든 사고에 제가 굳이 끼어들고 싶지도 않습니다. 전 당신이 받아들이지 않아도, 굳은 화석 같지만 사실은 녹은 아교처럼 흔들리는 당신 마음의 흔적을 적절하게 표현하고 있을 뿐이니까요."

"나에게 굳어버린 화석은 없어. 자네는 그렇게 단정하고 엉뚱한 일을 사실인 양 흔들어가면서 표현하고 있군. 이상하게도 자네는 나를 하나의 정물화처럼 표현하려는 경향이 있어. 흔들리는 마음이란 것도 없고. 내 삶의 흔적은 나와 상관없이 지나가버렸고 지금 자네가 보고 있는 사람은 오늘 비 오는 밤에 술 취한 노년이 피곤을 눅이는 모습일 뿐이야."

"물론입니다."

청년은 다시 말을 이었다.

"현실을 저는 현미경처럼 들여다보지는 못합니다. 사실 자신의 과거를 현미경으로 재듯 재현할 수는 없는 법입니다. 모두 흔들리는 구성체의 연속에서 자신을 어렴풋이 기억할 뿐이지요. 지금 당신처럼 말입니다. 하여간….

약속된 석 달의 하숙생활에서 첫 달을 맘껏 즐겼습니다. 가슴 속에서는 현실에 대한 불만이 활화산처럼 분출된 시간이었지만 어두운 마음을 밝게 돌리는 면도 있었어요. 그러나 석 달의 기간이 채 끝나기도 전에 젊음의 명암을 결정짓는 일이 일어났습니다.

5월 들어 세상은 더없이 밝고 화사한 날들이 이어졌습니다. 그날도 그는 하교 후 여럿이 술집에서부터 시작해서 저녁 이후는 친구 자취방에 모여 양동이에 막걸리를 가득 담아놓고 두부 몇 모를 안주로 기세 좋게 서로 들이켜고 있었지요. 삼국지 오관돌파가 튀어나오고, 개선문의 밤기운과 라비크와 조앙 마두와의 사랑에 잠시 젖었다가 칼바도스 만세!를 외치면서. 점차 취기 속에 잠기면서. 러시아의 철학은 토스토예프스키 그 자체다,에 머물다가 도서관 구석에 죽은 듯 박혀 있는 먼지 낀 서적에 손을 뻗기도 했지만, 시간이 흐르면서 점차 죽음에 대해 스며들기 시작한 것부터 불행은 시작되지나 않았을까요. 솟아오르는 젊음의 자리에 왜 죽음의 낱말이 슬슬 나오기 시작했는지 의문입니다. 그렇게 통금을 넘기면서 어두운 언어 속으로 낮게 끌려갔습니다. 모두 좁은 자취방에 퍼질러 잤고 새벽에 일어나 각자 집으로 갔습니다. 아침 여섯 시가 좀 넘어 세수를 마친 그에게 쥔

아줌마가 간밤에 온 전보라며 손바닥만 한 작은 봉투를 전했습니다. 무심코 펼친 속에는 간단한 몇 구절이 삼지창처럼 박혀 있었지요.

부친 위독 급히 오라

주머니에 차비가 없었습니다. 이리저리 차비를 구하는 와중에 하숙 아줌마도 아저씨도 모두 어두운 기색이었습니다. 사실 그분들은 이미 알고 있었지요. 전보의 배달 순서를 말입니다. 후에 다시 들었지만, 그가 출발한 후 그 짤막한 전보 내용의 이면을 알아차린 친구는 도상훈이었습니다. 그가 담담하게 내뱉은 말은 그의 경험에서 나온 한탄 섞인 말이었습니다. 상훈의 부모는 모두 일찍 돌아가셨지요.

현이 아버지, 돌아가셨어. 전보는 그렇게 순서대로 오는 법인데…. 첨에 위독이었다가 곧 사망으로! 거참.

그가 집으로 떠난 직후 다시 온 전보에는 '부친 사망'이었지요.

버스를 타고 집으로 가면서 별별 상상이 머릿속을 돌아다녔습니다. 돌아가셨을까. 그럴 수가 없지. 불과 한 달 전에도 쌩쌩한 모습이었잖은가. 어른들 병은 알 수 없다는 말도 있지만, 만약 그런 일이 벌어진다면 우리 집은 어떻게 될까. 그럴 리는 없어…. 그의 집은 항구를 볼 수 있는 얕은 언덕에 있었고 집 앞은 꽤나 널찍한 공터가 있었습니다. 버스에서 내려 고개 위에서 집을 내려다보았을 때 집 앞 공터에 전에 없던 작은 천막이 눈에 띄었습니다. 그 주변에 몇 분들이 움직이고 있었습니나. 푸익! 속에서 온몸의 무게로 내려앉는 무엇이 있었습니다. 어둠은 순식간에 하늘을 덮어버렸습니다. 그 자리에서 담배를 두어 대나 피워댔습니다. 어떻게 다른 행동을 할 수가 없었습니다. 그래도 밝게 남은 손톱만 한 공간을 애써 붙잡고 천천히, 아주 천천히 집으로 다가갔습니다. 그러고는 다 지웠습니다.

새엄마가 방안에서 어색한 울음을 찢어 흘리는 사이 그는 친척과 동네 어른들에 이끌려 낮고 좁은 가매장 천막 앞에서 절을 했습니다. 그리고는 바로 집 뒤로 돌아가 바위에 앉아 담배에 불을 붙였습니다. 한 대 깊게 빨아들이자마자 그의 눈앞에는 백만 가지 상념이 10배속으로 돌아가는 장편 영화처럼 흘러갔습니다. 그동안 무심코 지나쳤지만 그의 몸을 구성하는 수십 조의 세포 속에는 아버지의 지나간 모든 흔적이 낱낱이 살아 있었습니다. 기억의 바닥에서 피어오르는 아버지의 세세한 행동과 표정에서부터 최근까지 쌓였던 수많은 일들이 순서 없이 흘렀습니다. 비로소 눈물이 흘러내리기 시작했습니다. 뜨거움 속에서 '한스러움' 하나가 훅 솟아올랐습니다. 살아계실 적에 내가 소주 한 병 대접해드리지 못했다는. 만약 집에 올 때 됫병 소주라도 사서 아버지께 따라드렸다면, 물처럼 술을 좋아하시던 아버지의 안면에 퍼졌을 호탕한 웃음! 그 만족스러움. 비록 당신이 원하던 대학에 진학하지 못하고 변방 작은 대학에 진학했지만 당당하게 소주를 따르는 아들의 모습을 바라보는 아버지의 호쾌한 그 모습!

이런 이야기. 짧게 마쳐야겠네요. 별로 즐겁지 않아서요. 산으로 향하는 좁은 냇가 양안을 이은 섶다리로 상여꾼들이 건너가는 모습이 슬픔 중에서도 신기했죠. 선소리꾼을 태운 상여가 좁은 섶다리를 건널 때 앞에서 보면 양쪽 상여꾼들의 걷는 모습이 유난했습니다. 다리를 안으로 비스듬히 기울여서 V자 형으로 건너오던 모습. 봉분을 쌓을 때 회다지꾼들이 작대기로 봉분을 다지면서 든든한 양 다리로 부지런히 바닥을 억세게 밟으며 부르던 소리. 아, 이건 잊을 수 없군요. 산역을 마치고 내려왔을 때 비가 억수로 내렸죠. 친척들로 가득한 방이 좁아 이웃집으로 자러갈 때 너무 어두웠고 빗줄기도 심했어요. 굵은 양초에 종이를 둘둘 말아 불을 붙였어요. 횃불처럼 환한 양초를 들고 우산을 쥐고 마당을 가로질러갈 때 갑자기 혼의 소리가 그의 귀를 파고들었습니다. 선소리꾼의 구슬픈 노랫소리.

간다간다 떠나간다 이승길을 하직하고
만당 같은 집을 두고 문전옥답 다 버리고
부모처자 이별하고 저승으로 나는 가네
… … … …
명정장포 앞세우고 황천길로 떠나가네

누님의 울음소리. 회다지꾼들의 소리. 산역꾼들의 어지러운 소리, 소리들. 그는 고개를 좌우로 마구 흔들었어요. 그러나 빗줄기를 뚫고 산역의 고단한 하루를 집약한 그 소리들은 생생하게 귀를 파고들어오는 것이었죠. 과학이 아무리 발달한 세상이라지만 지금도 그는 영혼의 존재를 어느 정도 믿는 편입니다. 그건 그때의 경험이 너무도 절실하게 다가왔기 때문인 겁니다.

잠시 말을 끊고 청년은 현을 살펴보았다. 현은 아무 표정도 없이 눈을 내리감고 있다가 갑자기 담뱃갑을 들고 뒤로 나가버렸다. 잠시 후 다시 돌아와 자리에 앉았다. 두 눈이 조금 붉게 변한 듯했지만 술 탓인지 아니면 그 무엇 때문인지 알 수 없었다. 한소리할 만도 하건만 현은 잠잠했다. 호흡도 멈춘 것 같았다. 그 모습을 차분히 살피던 청년은 다시 냉수를 반 컵 마시고 입을 열었다. 그때 현의 입에서 들릴 듯 말 듯한 작은 신음이 새어나오는 것 같았지만 청년은 개의치 않았다.

다시 학교생활은 이어졌지만 이미 예전의 그는 아니었습니다. 석 달의 하숙생활을 접고 학교 부근으로 자취방을 정하고는 전처럼 친구들과 싸돌아다니는 일이 눈에 띄게 줄어들었습니다. 새엄마는 제 고향으로 돌아갔고, 다시 합친 어머니와 동생과 누님은 서울로 거주지를 옮겨 미아리 산허리에서 보금자리를 잡았습니다. 바닷가 고향집도 사라져버렸고요. 아버지가 운영하던 어장과 어구를 다 처분해서 서울에 작은 순두부집을 차리고 적은 수입으로 서울 식구들 뱃구레를 채워나갔습니다.

그해 여름은 너무 무덥고 시간은 더디 흘러갔습니다. 신문 방송에서는 재야인사들의 반체제 언동을 자극적으로 전달했고 대학가의 움직임은 극단으로 치달았습니다. 보도블록을 깨서 집어던지는 학생들과 해산시키려는 경찰, 해골처럼 생긴 흰 투구와 방패, 스크럼 짜고 전진하는 학생들, 최루탄 연기와 도망치는 학생들 모습이 텔레비전 화면을 메웠습니다. 그러나 강릉은 평온했습니다. 음식점이나 찻집에서 텔레비전 화면이 혼자 중얼거리는 장면을 바라보면서, 저런 놈들은 몽땅 잡아 이북으로 보내버릴 수 없나? 에이 순 빨갱이 짜식들 같으니 쯧, 하고 혀를 차는 사람들이 대다수였습니다. 그런 방송을 보는 그도 역사의 흐름에 관련된 개개의 사건, 인간과 사회와의 연관성, 그 이면을 바라보는 시선이 유연하고 깊지 못했습니다. 무엇이 옳고 그른지를 판단할 마음의 여유도, 이북보다 못산다는 남한의 현실을 이해할 능력도 없었습니다. 그저 현상으로밖에 받아들일 수 없었지요. 마스크를 쓰고 스크럼을 짜고 밀고 밀리며 저항하는 서울 학생들을 보며, 쟤네들 참 대단하구나, 정도에 그쳤습니다.

그런데 이상했습니다. 격렬하게 경찰과 부딪치는 학생들과 최루탄 연기에 수건으로 입을 가리면서 갈가리 흩어지는 광경을 보면서 그의 가슴은 자신도 모르게 끓어올랐습니다. 경찰들이 몽둥이로 붙잡힌 학생들을 사정없이 후려 패는 모습에 절로 주먹을 꽉 쥐었습니다. 현실에 고착된 삶 속에서 지내고 있었지만 이상하게도 속에서 끓어오르는 기운은 어쩔 수 없었어요. 현실을 인정한다고 해도 삶의 이중성 같은, 사회현상을 보는 의식의 차이가 동시에 양립할 수는 없는가에 대한 의문이 솟아올랐습니다. 개인의 판단에 따른 정당한 행동은 어느 정도 인정받을 수 있어야 하지 않겠는가. 인정의 대가와 경찰 몽둥이가 그의 의식에서는 엇갈리기만 했습니다.

그런 사회현상을 떠나서 다시 현실로 돌아왔을 때 힘은 절로 사라졌습니다. 등록금을 소달할 방법이 없었어요. 사실 등록금은 좀 아까웠을 겁니다. 강의를 듣지 않는 학생에게 등록이 무슨 의미가 있겠어요? 당시는 등록금을 반만 내고 중간에 다시 내는 분납제도가 있었습니다. 집에서 등록금 반을 어찌어찌해서 보내주어 이학기 등록은 할 수 있었습니다. 아까운 돈으로 등록은 했지만 그는 강의를 빼먹고 캠퍼스 숲 사이만 돌아다녔어요. 지금도 그의 기억에 깊게 자리잡은 한 장면.

시월 초였습니다. 그날도 강의실에서 벗어나 캠퍼스 숲속을 슬슬 돌아다니다가 인근 야산으로 접어들었는데, 거긴 공동묘지 부근이었습니다. 학교는 그의 머릿속에서 지워진 지 오래였어요. 학교를 벗어나 딱히 새롭게 마음을 넌질 곳이 없었을 뿐. 가을은, 그랬습니다. 다 벗어던질 수 있는 시간. 집에서는 겨우 방세만 가끔 던지듯 날아올 뿐이었고 모든 경제적 문제는 겹치고 쌓여서 그로서는 해결할 방법이 없던 때. 동가숙서가식이란 말을 절실하게 받아들이면서 하루하루를 연명하던 가을날의 공동묘지 끝자락. 화사하게 익어가는 잔디에 앉아 쏟아지는 햇볕을 온몸으로 받으면서 담배를 피우고 있었습니다. 나뭇잎은 붉고 누르고 날리고 쌓이고, 발밑에서 분홍 용담이 세 송이의 탐스런 꽃을 자랑하고 있는 옆에 층층잔대가, 정말 다섯 층으로 핀 분홍빛 꽃망울이 바람에 몸을 맡기며 흔들렸습니다. 노란 달맞이꽃 마른 열매가 눈높이에서 소담하게 흔들리고 있는 뒤에는 새악시 알몸을 그대로 드러내며 수줍게 핀 구절초가 무더기로 무덤가에 몸을 드러내고 있는 가을의 절정.

시간이 얼마나 지나갔을까. 어디선가 가냘픈 젊은 여인의 울음소리가 들려왔습니다. 그 소리는 끊어질 듯하다가 잠시 후면 계속 이어지고 있었지요. 고요한 산속에서 들리는 여인의 울음소리는 그의 가슴속으로 생생하게 밀려들어왔습니다. 내가 죽으면 저렇게 처절한 울음을 흘릴 사람이 있을까. 사람이 내는 소리는 크다고 반드시 멀리 깊게 전달되지는 않습니다. 낙엽 쌓인 가을의 쓸쓸함 위에서 바늘처럼 파고드는 가늘고 짧은 울음소리는 공동묘지의 수많은 봉분 사이를 흐르면서 새파란 하늘로 깊게 솟구쳤다가 다시 질긴 명주실처럼 명징한 공간을 뚫고 그의 귀에 파고들었습니다. 알 수 없는 서글픔이 날리는 낙엽에 감겨 가슴속으로 쏟아졌습니다. 자신도 모르게 일어서서 울음이 흘러나오는 곳으로 천천히 발걸음을 옮겼습니다. 젊은 여인이었습니다. 하늘색 원피스를 단정히 입은 그녀는 아담한 무덤 앞에서 무릎을 꿇고 고개를 숙이고 온몸으로 떨고 있었어요. 머릿결도 바람 따라 그녀의 마음처럼 떨렸습니다. 울다가 잠시 그쳤다가 다시 울고, 울고 있었습니다. 어떤 혼이 무엇을 전하려 그녀를 이곳으로 인도했을까. 가을날 오후에.

그해 가을. 계엄과 유신이 선포됐습니다. 사실 그는 유신헌법이 무엇인지 그 의미에 무엇을 담고 있는지를 잘 몰랐습니다. 그저 경향 각지에서 일어나는 학생 데모나 재야인사들의 움직임을 탄압하기 위한, 혹은 북괴의, 이런 말은 지금은 의미가 많이 삭아버렸지만 당시에는 지극히 당연했던, 위협에 대처하는 새로운 정치체제로 받아들였습니다. 정부가 혼탁한 사회를 정리하고 새로운 세상으로 이끌어가는 방편으로도 이해했습니다. 그럴 수밖에 없었던 것이, 강릉이란 곳은 태백산맥 동쪽에 치우쳐 예로부터 인구 이동이 별로 없었고 태생적으로 한곳 풀뿌리만 먹고 자란 사람들이 옹기종기 모여 사는 곳이라 지극히 보수적인 곳이었습니다. 그가 적을 두고 있는 작은 대학도 말만 대학이지 그저 학과 동아리가 모여 병아리처럼 사육사가 주는 모이와 물을 쪼아먹는 그룹에 불과했습니다. 그러니 개인의 민주적 기본 권리와 체제 수호와의 상호 반동세력이 충돌하는 저쪽 세계와는 거리가 멀었습니다.

자주 가는 술집 모임에서 가끔 조용히 새어나오는 대화도 정부의 발표에 기대어, 폭력으로 변화하는 서울 학생들의 과격한 행동과 재야에서 주장하는 반체제 주장을 은근히 혹은 노골적으로 비난하는 어조였습니다. 그것도 제대로 된 토론이 아니라 최신 정보를 자신만이 받아들이고 비판하는 선구적 의식을 지니고 있는 젊은이로 꿰맞추고는 목소리를 낮춰 주변을 쥐눈처럼 살피며 말끝을 흐렸습니다.

'야, 자꾸 저렇게 혼란스럽게 하면 이 사회는 어떻게 되는 거야.'

'저들만 세상 보는 눈을 갖고 있는 건 아니잖아.'

'그저 북한놈들이 몇 만 명 확 밀려들어야 정신차릴 놈들 아냐?'

'야 임마, 신경꺼. 너 할 일이나 해라.'

'…저 친구들이 바보는 아니잖아. 오히려 똑똑하지. 의미 없는 행동은 없어. 그래도 저 애들은 자신의 의지를 온몸으로….'

불쑥 내뱉은 그의 말에 모두 그를 쳐다보았습니다.

이어 국민투표가 실시됐지만 그를 포함한 친구 대다수는 투표장에 가지도 않았습니다. O X에 기표하는 정치적 행위보다 방구석이나 술집에 앉아 있는 편이 편했으니까요. 90프로가 넘는 투표율에 90프로가 넘는 압도적 찬성으로 유신헌법은 확정되었습니다. 당시 대한민국 경제는 북한보다 더 허약했고 당연히 개인소득도 더 낮았던 상황이었습니다. 그럼 현 대통령 말고 누가 대통령을 해야 한다는 거야? 김대중이? 거참. 목소리는 단순했습니다.

학기 말에 학보사 주최 문예작품 공모가 떴습니다. 분야는 단편소설과 시. 공고를 보는 순간 그는 온몸이 바르르 끓어올랐습니다. 지금까지는 단순히 문학이란 재밌게 읽고 배우고 감동 속에 잠기는 추상적 존재였지 직접 참여한다는 생각은 없었습니다. 일기도 글이라면 지난 몇 년간 계속 써오긴 했습니다. 소설은 일기와는 완전히 다른 분야라는 압박감이 다가왔지만 마음의 뿌리에서부터 달아오르는 힘은 스스로도 누를 수 없었습니다. 바로 차가운 방에서 누런 십육절지 뭉치를 책상에 놓고 첫 장에 제목부터 썼습니다. '또 하나의 젊음'. 지금 생각하면 좀 유치하기까지 한 제목이었고 그만큼 새파란 젊은이의 집필 과정도 단순했습니다. 생전 처음 써보는 소설이었지만 지금까지 읽어본 많은 소설이 그의 핏속에 잠겨 있었으므로 그리 어렵지는 않았습니다. 그의 글쓰기를 대하는 자세는 달아오른 마음과는 다르게 참 한심한 집필 행태를 보였다는 것. 책상머리에 붙어 머리 싸매고 쓰는 것이 아니라 뒷주머니에 종이뭉치를 넣고는 돌아다니다가 생각나면 몇 줄 쓰고, 술집에서도 친구들과 떠들다가 그 자리에서 몇 줄 쓰고…. 그럭저럭 팔십 매를 완성했습니다. 웃기는 일은 원고지에 옮길 때 가로로 쓰면 될 일을 고풍스러운 티를 내려고 세로로 내리썼습니다. 그리고 학보사에 던졌습니다.

십일월 말 학보사에 발표가 났습니다. 총 응모 학생은 소설에 열네 명. 그의 작품은 최종 두 편에 올랐지만 떨어졌습니다. 당선작은 삼학년 여학생이었지요. 작품 심사는 기성작가가 했는데, 그의 소설을 평하길, 참신하고 젊은이의 인간성을 잘 풀어나갔지만 문체가 서툴다,로 마감했습니다. 아마 그럴 겁니다. 그가 써온 일기체 문장이 그대로 소설에 전이됐을 테니까요. 비록 떨어졌지만 이 작업은 훗날 그에게 많은 의미로 남을 수 있을 일로 매김되었습니다.

그날 저녁부터 친구들이 낙선 섭섭주라고 술자리를 만들었는데 밤 늦도록 이어져서 어떻게 집에 도착했는시 기억도 없었습니다. 낙선의 섭섭함 때문이었던가요. 밤에 잠에서 깨어 취한 상태로 무작정 학교에 들어가 숲속을 이리저리 돌아다녔습니다. 대학 교정은 건물과 운동장을 빼고는 거의 전부 얕은 야산으로 둘러싸였고 원시림에 버금갈 정도로 수십 길의 소나무가 빽빽하게 자라고 있어서 뜨거운 여름 속에서도 미세한 바람만 있으면 초가을의 청취를 맛볼 수 있는 곳입니다. 아마 자정이 넘었을지도 모릅니다. 북풍이 강하게 불어 숲에 쌓인 낙엽이 몸을 뒤집으며 나뒹굴었습니다. 본관 앞 언덕배기에서 북풍을 막을 경사진 곳 아래에 앉았습니다. 날아온 낙엽이 많아서 푹신했습니다. 바람은 뒤에서 앞으로 불었습니다. 머리 위에서 불어오는 바람 탓으로 낙엽은 앉아 있는 곳에 계속 쌓였습니다. 피곤했습니다. 그는 그대로 누워버렸습니다. 높이 솟은 소나무 가지가 맹렬히 흔들리는 틈으로 언뜻언뜻 반쪽이 사라진 달이 보였습니다.

달은 북쪽으로 빠르게 움직였습니다. 아니었습니다. 바람 때문에 구름이 남쪽으로 흐르자 그렇게 보일 뿐이었습니다. 11월의 밤은 몹시 추울 만한데도 바람 손끝은 초가을처럼 시원했습니다. 그는 소나무 가지가 맹렬히 흔들리는 사이로 빠르게 흘러가는 달을 보면서 나가떨어졌습니다.

멀리서 개 짖는 소리와 은근히 엄습하는 추위에 눈을 떴습니다. 앞이 보이지 않았습니다. 몸은 무거워 바닥에 바짝 붙어버렸고 정신은 희미했습니다. 개 짖는 소리는 점점 가까워졌습니다. 가끔 '어이 어이 어허!' 하는 소리가 들리는 듯했습니다. 내가 어디 있는지 짐작할 수도 없었습니다. 막연히 어제 술 마신 기억만 희미하게 생각났습니다. 그런데 앞이 보이지 않았습니다. 개 짖는 소리와 발자국 소리가 바로 곁에서 들리자 불안감이 밀려왔습니다. 그가 벌떡 일어나는 순간 '으억!' 하는 비명과 개가 맹렬히 짖어대는 소리가 무섭게 들렸습니다. 동시에 부스스 하는 소리와 함께 낙엽이 그의 몸체 밑으로 쓸려 내렸습니다. 앞에는 머리칼이 허연 늙은이가 뒤로 자빠져 있고 날렵한 얼룩무늬 사냥개 같은 큰 놈이 입을 벌리고 이빨 사이에 침을 흘리면서 그에게 맹렬히 달려들고 있었습니다. 다행히 개 목걸이에 걸린 줄이 자빠진 사람의 손에 든든하게 감겨 있어서 그에게까지 이빨이 닿지는 않았습니다. 이게 무슨 상황인가. 그는 아직도 정신을 차릴 수 없었습니다. 잠시 후 일어선 늙은이는 그에게 소리쳤습니다.

"누군가, 자네는?"

"…?"

말할 형편이 아니었습니다. 자신도 이해할 수 없었으니까요.

"허어 허, 도대체 누군가, 젊은이는?"

그는 그 사람을 자세히 보았습니다. 이런, 학장이었습니다. 대학장! 새벽잠 없는 늙은 학장이 꼭두새벽에 개를 끌고 캠퍼스 숲을 산책하다가 낙엽이 둥그스름하게 솟은 곳을 개가 맹렬히 짖어대면서 으르릉거리는 순간, 낙엽 쌓인 둥근 지표 속에서 한 젊은이가 갑자기 솟아났으니, 지금 생각해도 그 늙은 학장이 심장마비로 돌아가지 않은 게 천만다행이었습니다.

"국문과 1학년 학생입니다. 죄송합니다. 이곳에서 그냥 잤는데…."

자신도 지금의 상황을 제대로 파악할 수 없는 형편이었습니다. 왜 이곳에서 내가 잤던가. 어젯밤 무슨 일이 있었나. 아직도 머릿속은 지끈거리고 몸은 서 있을 힘조차 없었습니다.

"이럴 수가 있나. 이럴 수가…. 신새벽에 어떻게 이런 일이. 허어."

무슨 액션을 해야겠다는 생각이 들었습니다. 겨우 몸을 일으키고 학장 앞에 무릎을 꿇고 앉았습니다.

"어젯밤에 시내에서 친구들과 술을 마시고 돌아와 밤 늦게 캠퍼스를 돌아다니다가 잠시 쉰다는 것이 자신도 모르게 이곳에서 자게 됐습니다. 죄송합니다. 죄송합니다."

학장도 사태를 어느 정도 이해하는 모양이었습니다. 그래도 그의 입에서는 무지막지한 말이 꾸역꾸역 쏟아졌습니다. 한참이나 그렇게 속을 푼 학장은 혀를 끌끌 차며 돌아갔고 그때 그는 자신이 누웠던 자리를 다시 살폈습니다. 아, 이게 무슨 일입니까? 자신이 누웠던 자리가 마치 한 자나 내린 눈 속에서 하늘을 보고 누웠다가 곱게 일어선 그런 형태로 자신의 자취가 세밀하게 남아 있는 게 아니겠습니까. 두텁게 쌓인 낙엽 속에서 머리와 목 선, 두 팔과 허리와 다리의 흔적이 그렇게도 세밀한 형태로 눌려 있는 모양. 짐작할 수 있었습니다. 정신없이 나가떨어진 몸 위로 밤새도록 낙엽이 계속 쌓였고 체온에 눅은 낙엽은 몸의 굴곡을 그대로 받아들인 상태였습니다. 11월 중순의 추위가 몸 위에 쌓인 낙엽 때문에 상쇄될 수 있었다는 것도 알았습니다. 그는 한참이나 밤의 자취를 쳐다보고만 있었습니다. 새벽 안개가 자욱한 교정의 하룻밤 흔적. 잠자리에 묻힌 자취지만 거의 일 년을 퍼다부은 것처럼 무겁게 다가왔습니다.

그럭저럭 이학기를 마칠 수 있었습니다. 학교생활에 흥미를 잃었고 무시로 강의를 빼먹고 나니 학점 관리는 애당초 기대난이었어요. 성적표는 쌍권총에 두 자루의 장총을 메고도 모자랄 정도였으니까요. 휴학을 할까 말까. 그는 머뭇거렸습니다. 휴학하면서 막노동이라도 해서 등록금을 벌어보리라. 서울은 싫고 강릉에서 지내리라.

강릉 내곡동의 추위. 입대한 친구가 입던 겨울 군용 야전잠바를 내 것인 양 입고 다녔습니다. 군용을 검게 물들여 겨울 칼바람을 막을 수 있는 든든한 옷이었어요. 겨울 외투는 딱 그것뿐이었습니다. 일거리를 찾아 여러 곳 기웃거렸지만 겨울에는 모든 일이 올스톱이었습니다. 예나 지금이나 겨울이란 가난한 자들의 계절은 아닙니다. 다행스럽게도 그는 이 지역 고교 출신이었으므로 젊은이들이 많이 모이는 술집에 가면 대개 아는 학생들이 있었는데, 특히 한 술집에 학생들이 들끓었습니다.

안경아줌마집. 안경을 낀 호리한 몸집의 아줌마는 학생들에게 외상도 마다하지 않았습니다. 당시 강릉에 주소를 둔 젊은이나 학생들에게 '안경아줌마집'은 우상의 장소였습니다. 그곳에는 값싼 닭내장탕과 닭갈비를 안주로 내세웠는데 일반 시중 가격보다 상당히 저렴했고 당연히 가난한 젊은이들이 모여들었지요. 특히 닭내장탕이 인기였는데 기름기 많은 닭내장탕은 얼큰하면서도 국물이 많아 가난한 주머니에 딱 들어맞는 안주였습니다. 젊은이들이 술을 마시며 삶과 사랑과 예술을 맘껏 떠들어대며 열기를 내뿜던 열린 공간. 항상 젊은이들로 만원을 이룬 집이지요. 밤 늦어 비라도 내리면 적당히 술기가 오른 패들은 당시 문학청년들을 사로잡던 김추자의 '봄비'를 함께 부르기도 했습니다. 묘하게도 그 노래 가사가 당시 어렵던 시대에 분출할 곳 없는 젊은이들의 마음을 잘 담아냈지요. 당신도 그 노래를 잘 아시지요. '이슬비 내리는 길을 걸으면 봄비에 젖어서 길을 걸으면 나 혼자 쓸쓸히 빗방울 소리에 마음을 달래도….' 지금 돌이켜봐도 아련한 추억일 겁니다.

안경아줌마의 외상 노트에 이름이 적히지 않으면 그건 강릉의 젊은이가 아니라는 말도 있었습니다. 크지 않은 실내에 원형의 연탄 화덕이 여럿 있었고 닭갈비를 굽거나 닭내장탕을 끓여 젊은 술꾼들의 취흥을 돋우었던 집. 남녀 학생들이 단골로 드나들며 그들만의 개똥철학을 낯붉히며 설파하던 장소였고, 물론 그도 그런 자리엔 주머니

사정과는 상관없이 빠지고 싶지 않은 술꾼이었습니다. '안경아줌마집'. 그는 오후부터 그곳에 잠기기 시작했습니다.

청년의 이야기가 차츰 빨라졌다. 자신도 그걸 인식하고 있음이 틀림없었다. 잠시 속을 추스르며 길게 숨을 들이마셨다. 술상에는 술병 네 개가 엇갈리게 놓여 있었다. 그 모양을 흘긋 본 현이 권을 불러 소주 두 병과 얼큰한 국물 안주를 시켰다. 이상하게도 평소와는 다르게 주객들이 들어오지 않았다. 평소 이맘때쯤이면 손님들이 탁자를 다 메우고 남을 일이었지만 오늘 따라 손님은 둘밖에 없었다.

"이봐. 안경아줌마집은 당시 강릉의 젊은이라면 모르는 자가 없을 정도로 유명했어. 새삼스러운 사실이 아니야. 처음 명주동 가구거리에서 시작했다가 금학동 시장터에서 크게 성공했지. 당시 안경집 외상장부에 오르지 않은 강릉지역 학생이 아마 별로 없었을 걸. 그러니 그런 일은 굳이 침 튀기며 떠들 일도 아니야. 나 역시 안경집엔 무시로 들락거렸으니까. 아마 아직 못 갚은 외상값이 좀 있을지도 모르지. 가난한 젊은이들에겐 그런 술집이었어. 그리고 김추자? 봄비? 흐흐. 한물간 노래군그래. 큰 덩치에 카리스마 넘치던 포스로 무대를 쓸었지만 다 지나간 얘기지. 허긴 당시에 '담배는 청자, 노래는 추자'라는 말도 있었지만. 흐흐흐."

"그때를 인정하시는군요. 그렇지만 당시 젊음을 안경집에 맡기던 평범한 젊은이 속으로 자신을 슬쩍 집어넣는, 그런 일반화의 수법은 스스로 생각해도 영양가 없는 일임을 알고 있을 겁니다. 지금 제가 하는 이야긴 어떤 개인의 특수성으로만 설명될 일이니까요."

현은 몸을 뒤로 젖혔다.

"차츰 지겨워지는군. 어렵게 떠들지 말게나. 일반환지 특수성인지 그딴 얘긴 집어치우고, 아니 다 집어치우고 한잔 비우고 일어서야지. 벌써 아홉 시가 가까운 시간일세. 자, 한잔 하고."

현은 청년의 빈 잔에 술을 넘치도록 따르고 자신의 잔에도 따랐다. 그대로 훌쩍 마시고 숟가락으로 국물을 떠먹었다. 청년도 머뭇거리지 않고 훌쩍 넘겼다. 국물은 건들지 않고 다시 냉수만 마셨다.

"이 집은 열두 시까지 영업시간이라는 건 잘 알고 계실 겁니다. 단골이시니까. 제 이야기는 이제 겨우 시작했을 뿐입니다. 진짜 이야기는 지금부턴데, 저를 피하는 척 은근히 재촉하는 말투는 당신의 버릇인 모양이지요? 역시 그런 점도 전 알고 있습니다만."

"정말 답답한 시간만 쌓이는군. 자네는 스스로를 신이라도 되는 양 말하고 있어. 오늘 저녁은 어차피 망가진 판이니 남은 술이나 마셔야겠네. 자넨 떠들게나. 난 마실 테니."

청년은 그 말을 듣는 둥 마는 둥 다 마신 냉수컵을 들고 정수기로 가서 가득 담아왔다. 잠시 컵을 뚫어지게 바라보기만 하던 청년은 고개를 들고 다시 이야기를 시작했다.

세 번째 이야기

그는 곡기를 가까이할 기회가 별로 없었기에, 친구들이 항상 죽치고 있는 안경아줌마집에서 밥 대신 술과 닭내장탕 국물로 속을 채웠습니다. 남자들이란, 같은 조건에서는 여자들보다 나은 면이 있지요. 당시 여학생 중 돈에 짓눌린 몇을 알고 있을 겁니다. 모두 비쩍 마르고 하얗게 뜬 얼굴을 힘없이 몸뚱이 위에 매달고 다녔던 모습을 기억해보면 그들의 상황을 이해할 수 있지요. 그렇지만 남자들은 개똥밭에 굴러도 견딜 수 있으니까요.

당시 통행금지가 있었죠. 자정 무렵 술집이 문을 닫으면 별 수 없이 집으로 돌아갈 수밖에 없었는데, 그의 자취방은 시내를 벗어나 남대천 다리를 건너 북쪽 내곡동 직선 길을 걸어 올라가야 했어요. 대학은 내곡동에 있었고 대학 뒤편 보리밭 둔덕이 넓게 펼쳐진 곳에 방을 여러 개 붙여놓은 월세 자취방이 많았는데 그의 방도 그 중 하나였으니까요. 주인집 옆으로 직선으로 길게 방을 붙여 학생용으로 지은 방이었습니다. 각 방마다 작은 부엌이 붙어 있는.

그는 삼십대 말엽에 서울국립미술관에 간 적이 있었습니다. 추사 김정희 선생의 '세한도'를 볼 기회를 놓치기 싫었죠. 그때 다가온 세한도의 풍경이 낯이 익었습니다. 한참 기웃대다가 번개처럼 스치는 영상 하나를 집었습니다. 바로 이십대 초반 그 집. 보리밭 옆 일 자로 바닥에 붙을 듯 웅크린 집. 집을 호위하듯 비스듬히 솟은 몇 그루 굵은 소나무. 세한도에서는 늙고 꺾인 소나무에서 뿜어져나오는 힘찬 기백을 보았다면 당시 자취방 주변 소나무는 위로 치솟은 당당한 소나무였다는 점이 달랐을 뿐이었습니다.

강릉 지방에 '양강지풍 통고지설'이란 말이 있습니다. '양간지풍'이란 말도 씁니다만 강릉을 넣어서 양강지풍이란 말을 많이 사용합니다. 양양 강릉의 바람과 통천 고성의 눈. 이 말처럼 강릉 대관령 바람은 매서웠습니다. 한겨울 밤에 얼어붙은 대관령 준봉을 깎아내리면서 불어대는 매서운 바람은 경험해본 사람은 압니다. 밤에 시내에서 학교까지 걸어 올라가려면 칼날처럼 파고드는 북풍을 정면으로 받으며 걸어야 했습니다. 군복을 검게 물들인 야전잠바는 바람은 막을 수 있었지만 목덜미로 파고드는 새파란 겨울 칼날은 막을 도리가 없었습니다. 대관령에서 내리꽂히는 북풍을 정면으로 받다가 다시 몸을 돌려 뒷걸음치며 걷고, 몇 번 반복하면서 대학 정문에서 비치는 푸른 불빛이 차츰 가까워지면 비로소 집에 거의 왔다는 안도감이 밀려왔습니다. 대학 정문의 푸른 불빛은 시내에서 의료원 앞 남대천을 지르는 큰 다리를 건너 꺾어들면 보이기 시작해서 직선 길에 접어들면 저 멀리서 푸르게 빛나는데, 그 빛은 삶의 최종 목적지를 안내하는 구원의 빛이었습니다.

목을 자라처럼 옷깃에 깊게 박고 마지막 언덕을 올라 자취방 문을 열고 전등불을 켜면 확 다가오는 낯익은 무리들. 얼어붙은 몸을 반기는 어지럽게 펼쳐진 자잘한 세간살이. 음지에서 하루 종일 냉기 속에 잠들었다가 주인을 만나 일제히 숨을 내쉬는 식구들의 반가운 몸짓. 책상 위에 몇 권의 엇갈린 책과 잡동사니, 삐딱하게 놓인 의자, 며칠이나 묵었는지 가늠하기도 어려운 라면 국물이 말라붙은 냄비와 처박힌 젓가락, 베개 옆에 흩어진 볼펜과 십육절 누런 갱지, 벽 옷걸이에는 교수대에 매달린 것 같은 얇은 옷가지들. 종일 깔려 있는 두터운 두 겹의 요와 역시 두 겹으로 덮인 이불과 베개. 여분의 이불과 요는 자취하던 동급생들이 방학을 맞아 고향에 가면서 맡긴 이부자리였습니다. 덕분에 연탄이 죽어버린 차가운 방의 냉기를 조금은 피할 수 있었고요. 바지와 잠바를 벗은 후 추리닝을 입고 양말은 그대로 신은 채 이불 속으로 들어가면 서늘하게 전해지는 한기도 잠시 후면 아늑해지고, 그리고 군드러져 잠에 몸을 맡겼습니다.

아침이면 꼼짝하기도 싫었습니다. 겨울 햇빛은 들창으로 비치는데, 전날부터 곡기라고는 맛도 못 본 빈 뱃구레는 쓰리고 허전했습니다. 9자 모양으로 몸을 옆으로 굽히고 가만히 있습니다. 손끝 하나 까딱하기 싫었습니다. 그러나 언제까지 그대로 있을 수는 없는 일이었지요. 불기를 잊은 부엌에는 수도도 얼어붙었고 부득이 주인집에 가서 냉수라도 한 그릇 마셔야 했습니다. 차마 일어나기 싫은 이불 속에서 벗어나 유일하게 세상과의 연결 통로인 들창을 열었습니다. 밖은 찬바람 아래 파릇하게 자라나는 보리싹이 햇빛을 받아 찬란하게 빛나고 있었습니다. 그건 삶의 환희였습니다. 울트라 블루! 전날의 과음에 늘어진 몸은 갑자기 생명의 피를 수혈받은 것처럼 온몸 구석구석으로 핏줄기가 맹렬히 요동쳤습니다.

몸을 털고 밖으로 나와 얼음이 얇게 들러붙은 그릇을 들고 주인집 부엌을 세차게 두드렸습니다. 평소 기죽은 듯 힘없이 돌쩌귀만 만지작거리던 숫기는 사라지고 어디서 용기가 솟았는지 힘있게 주먹으로 부엌문을 쳤습니다. 안에서 문 여는 소리와 동시에 소리쳤습니다.

아주머니, 냉수 한 그릇 부탁합니다아!

냉수 한 그릇은 준비됐고 윗목에 쌓인 책더미 사이에 있는 건빵을 가져다 냉수 옆에 놓았습니다. 건빵은 비상식량으로 준비한 것입니다. 건빵이 빈탕처럼 헐거운 과자로 보이지만 의외로 든든한 먹거리였습니다. 봉지 윗부분을 조심스럽게 뜯으면 풍겨오는 구수한 냄새에 허기지고 종잇장처럼 얇은 위장이 요동칩니다. 그 냄새도 영양가 있는 음식으로 여기고 허공으로 날아갈세라 조심합니다. 봉지에는 대략 서른 알 정도의 건빵이 들어 있고 한꺼번에 다 먹을 수는 없습니다. 반은 내일을 위해 남겨놓아야 합니다. 그러면 오늘의 성찬에 동원되는 건빵은 열다섯 개.

우선 한 개를 코앞에 대고 냄새를 깊이 맡습니다. 세상 어떤 음식보다도 더 맛있을 성찬. 앙증맞은 연황색 표면이 조금 부풀었고 두께가 대략 6밀리 정도. 엄지손가락 한마디 크기의 납작한 육면체 둘레는 속으로 살짝 파인 홈이 있습니다. 뒷면이 조금 움푹 들어갔는데 십 자 형태의 무늬가 몇 개 박혔습니다. 부풀어오른 부분을 앞으로 하고 파인 홈 부분을 앞니로 깨물면 건빵은 얇게 두 조각으로 뜯어지고 입 안으로 들어온 뒷면 조각을 아주 천천히 맛봅니다. 천천히 녹여 먹어도 금방 사라지는 아쉬움을 남기면서 다시 나머지 조각을 천천히 먹고는 냉수를 조금 마십니다. 이렇게 열다섯 알을 왕후의 음식인 양 소비한 후 남은 건빵은 봉지 입구를 든든히 접어 냄새가 빠져나가지 못하게 막고는 책 사이에 끼워둡니다. 이렇게 볼가심을 마치고 마지막 후식으로 재떨이에서 꽁초를 찾아 불을 붙이고는 열린 들창 앞에서 깊숙이 빨아들입니다. 순간 핑 도는 바깥 풍광들.

폭설이 내리던 어느 밤이었습니다. 역시 강릉은 눈의 도시입니다. 지금도 강릉 사람들의 눈에 대한 반응이 참 재밌지요. 발목을 덮으면, 눈이 오는가보다. 종아리에 닿으면, 좀 오는구나. 무릎을 덮어야, 야, 이것 봐라. 제법이네, 눈 치우는 노하우가 쌓여 지금은 전국에서 도시 제설 속도가 젤 빠르다는 곳이 강릉 아닙니까? 폭설은 앞이 안 보일 정도로 쏟아졌습니다. 바람이 살짝 불면 내리는 눈이 들창에 사르륵사르륵 부딪히는 소리가 너무도 아늑하게 들렸습니다. 이불 속에 엎드려 베개 위에 목을 걸치고 생각을 이리저리 돌리며 시간을 보내다가 불현듯 생각의 끄트머리가 고개를 내밀고 움직이면 손이 따라갔습니다. 바로 소설 쓰기였습니다. 지난 가을 무언가 홀린 듯 쓴 단편을 다시 읽었습니다. 불과 두어 달 전에 낙서처럼 시작한 글이라 묵은 젖내가 물씬 풍겼습니다. 그 사이에 무엇이 어떻게 변했을까요? 그는 냉기 속에서 뜨거운 물체에 덴 듯이 엄지와 검지로 볼펜을 잡고 갱지 위에 굴리기 시작했습니다. 굶어죽더라도 십여 편의 단편은 완성하고 죽으리라.

무엇을 쓸 것인가는 애초부터 생각하지 않았습니다. 떠오르는 대로, 닥치는 대로. 무언가 억울하다는, 세상에 짓눌려 비틀린 자신에 대한 자학과 그 자학에서 삐져나오는 저주 담은 욕설이 소설에 그냥 뿌려졌습니다. 불과 사 일 만에 한 편을 마치고는 다시 붙었습니다. 이상한 일이었습니다. 언어란 사용하면 사용할수록 벳새다 광야의 오병이어 기적처럼 끊임없이 풀려나왔습니다. 십여 일 만에 세 편을 끝마쳤지만 그의 상상은 끝이 없었습니다. 그러면서도 그가 쓰고 있는 글이 완성된 단편소설이라는 생각은 애초 버렸습니다. 자신을 믿지 못했기 때문입니다.

너 같은 어리석은 게으름뱅이가 무슨 소설을 써. 그냥 넌 허공의 순간을 메우는 낙서를 끼적거리고 있을 뿐이야. 빌어먹을 것. 그냥 써갈겨봐. 죽이 되든 밥이 되든.

한 가지는 있었습니다. 쓰면 쓸수록 마음 빈터를 채운다기보다 채워진 응어리가 조금씩 빠져나가는 마음을 볼 수 있었습니다. 세 편을 마치자 며칠 동안 내리던 눈도 그쳤습니다.

그는 위장을 긁어대는 허기에 끌려 어쩔 수 없이 시내로 나가서 젊은이들이 자주 가는 술집을 순례하듯 돌면 낯익은 얼굴들이 얼큰한 표정으로 그를 반겨 빈자리를 내주었습니다. 마지막은 역시 안경집이었습니다. 아주머니도 그의 사정을 잘 알고 있었습니다. 졸아붙은 냄비에 다시 약간의 닭내장과 국물을 부어주었습니다.

"현이는 겨울에 집엔 안 가고 계속 강릉에 있는 거야?"

"아줌마, 강릉 천지가 다 얘 집인데 새삼스럽게 그래요? 현이 가는 곳이 몽땅 지 집입니다. 흐으 커억!"

"야, 현이. 어서 부지런히 마셔라. 이런 씨끼. 그렇게 술만 처먹지 말고 안주를 좀 먹고 마셔라, 안주를. 어이 망할! 술하고 원쑤가 졌나?"

"시꺼. 야가 술 굶은 지 사흘은 착실히 넘었을 걸. 그래. 마시고 마셔라. 근데 너 요즘 내곡동에 콱 묻혀 뭘 하고 지내나?"

"묻지 마. 말하기도 귀찮고, 죽지는 않았으니까."

"금방 죽을 놈은 저런 말도 안 하지. 흐흐. 국물 처먹는 꼴 보니 굶은 귀신이 단단히 박혔구나. 아줌마, 여기 라면 하나 끓여줘요. 이 아귀 같은 놈을 좀 달래줘야지 이거야 원."

그들은 모두 개똥철학에서는 일가를 이룬 녀석들이었죠. 서울 명문대학 입시에서 최소 두 번 이상씩은 미끄럼 타다가 자의반타의반으로 지방대에 흡수된 비주류의 괴짜들이었어요. 그에게 이 친구들은 최후의 보루였습니다. 고픈 술도 술이지만 이들과 어울려 될 소리 안 될 소리 떠들거나 논제 하나를 놓고 밤새도록 얼굴이 뻘겋게 달아오를 정도로 토론 속에 말려들면 그래도 핏줄이 돌아가는 기분이었습니다. 다른 동급생들, 고딩 티를 채 벗지도 못한 '잡것들', 의 설익은 논리와 말끝마다 지성 어쩌고 떠드는 꼴에 배알이 꼴릴 대로 꼴린 판이라 아예 그들과는 적당한 거리를 두면서 지내는 음지의 패거리였어요. 술자리에 불려나온 논제는 끝이 없었습니다. 세상 모든 어젠다가 다 동원되었지만 특히 사랑과 문학, 철학은 단골 메뉴로 항상 끝을 장식했습니다. 단 정치적 발언은 주위를 살피며 목소리를 죽였습니다. 박정희정권의 촉수가 세상 구석구석에 핏줄처럼 스며든 당시의 사회에서 큰소리로 떠들면 당장 내일부터 얼굴을 못 볼 수도 있다는 사실을 잘 알고 있었습니다.

자정 통금이 다가오면 어쩔 수 없이 몸을 털고 나올 수밖에 없었고 그는 북풍을 정면으로 받으며 돌아왔습니다. 아무리 취해도 추위를 완전히 몰아낼 수는 없었습니다. 양말 신은 채로 추리닝을 입고 몸을 한참 동안 움츠리면 이불과 몸이 닿는 부분부터 조금씩 따뜻해졌습니다. 그러면 다시 엎드려 베개에 턱을 걸치고 생각에 잠겼습니다. 자신에 대하여, 덧없이 소진되는 젊음, 소설 쓰기에 대하여. 혹은 서울 가족을 끌어오기도 했습니다. 경제적인 면과 거리가 먼 소설 쓰기는 도대체 무엇인지. 자신의 앞날을 어떻게 그려나가야 할 것인지. 서울 가족은 어떻게 지내고 있는지.

잠이 피곤의 막을 가볍게 두드리고 있었습니다. 전등을 끄고 가만히 눈을 감았습니다. 들창에 사르륵사르륵 눈발 치는 소리가 들려왔습니다. 눈이 다시 내리는구나. 차라리 밖으로 나가 눈 속에서 이불 덮고 잘까. 요를 든든하게 깔고 이불을 머리끝까지 덮어쓰고 한번 자 봐? 비쩍 마른 몸이지만 피가 흐를 만한 온기는 남았으니 녹은 눈이 핏줄 속으로 스며들지도 몰라. 아주 천천히, 아주 천천히 몸이 식어 갈까? 그러면.

처음엔, 때아닌 파리가 얼어붙은 허공을 날아다니는 소리처럼 들렸습니다. 한겨울에 파리가 있을 리가 없지요. 다시 어둠의 기둥을 긁어대는 듯 귓속으로 가늘게 파고드는 미묘한 소리의 떨림. 그 소리는 차츰 커졌습니다. 벽체가 미세하게 움직이는 소리 같았습니다. 아주 멀리서 지진이 난 것처럼, 그 여파로 이곳까지 여진이 감지되는 현상이 아닐까. 여진이 점차 더 강해지고 있음을 이불 속에서 느끼고 있었습니다.

정신은 예민하게 반응했습니다. 여진이 이 도시 부근을 스치고 지나가는 현상이라며 애써 생각해도 역시 정신은 가볍게 가라앉지 않았습니다. 몸을 굼벵이처럼 웅크리고 이불을 머리끝까지 덮었지만 소용없었습니다. 몸은 꼼짝할 수 없이 얼어붙었지만 소리는 차츰 커졌습니다. 거대한 생명체가 집을 양손으로 잡고 기둥째로 흔드는 기분이었습니다. 몸이 캄캄한 방안에 누워 있는지 앉아 있는지도 분간할 수 없었습니다. 꼼짝할 수 없었습니다. 웅크린 채로 자신에게 집중되는 소리를 온몸으로 받아들이다가, 알아차렸습니다.

사방 벽이 점점 자신을 향해 좁혀오는 소리였습니다. 천장도 천천히 내려앉고 있었습니다. 굵은 기둥과 서까래가 서로 부딪히면서 내는 무겁고 가라앉은 소리는 일정하게 다가왔습니다. 그는 이불을 뒤집어쓴 채 천장을 향해 몸을 반듯이 펴고 눈만 감았습니다. 눈 뜨기가 두려웠습니다. 삐걱대는 소리는 양 팔과 발가락 끝에서, 심장 가까이, 이마 바로 위에서 들렸습니다. 곧 벽과 천장은 몸에 시체가 든 관처럼 가깝게 좁혀지리라. 숨쉬기가 힘들었습니다. 온몸의 피가 머리로 몰려들 듯 얼굴이 달아올랐습니다. 몸은 순식간에 목재와 진흙 속으로 잠겨들었습니다. 잠자고 있는 상태에서 콘크리트를 타설했을 때처럼 발가락 손가락 하나 까딱할 수 없었습니다. 굴곡진 몸체의 피부에 완전히 밀착된 끈끈함 속에서 호흡기가 폐쇄된 인간처럼 숨쉴 수 없었습니다. 아득한 공포 속으로 맹렬히 스며들었습니다.

잠에서 깼을 때는 들창으로 밝은 햇살이 비추고 있었습니다. 창을 열었습니다. 확 들어오는 눈세계! 어느 순간에 내린 눈은 온 세상을 덮고 폭설에 잠긴 겨울 본연의 모습을 한껏 드러내고 있었습니다. 하양은 밤새 쌓인 순백의 눈, 검정은 그 밑으로 겨우 숨을 쉬고 있는 숲의 잔해였습니다. 숨을 크게 들이켰습니다. 차가운 공기가 밀려와 밤새 억눌린 방안과 가슴을 가득 메웠습니다. 소나무 굵은 곁가지가 기분 좋게 바람에 흔들리면서 두텁게 쌓인 눈을 햇빛 속으로 떨어내고 있었습니다. 속에서 세차게 끓어오르는 허기를 느꼈습니다. 언제 밥을 먹었던가. 지난 며칠 동안 곡기를 가까이한 기억이 나지 않았습니다. 그러자 뱃속에서는 위벽을 마구 긁어대는 무엇이 날뛰기 시작했습니다. 차가운 냉수 한 대접이 식혀주리라. 그러나 부엌은 얼어붙었고 옆방은 겨울방학이라 텅 비었습니다. 별 수 없이 주인집으로 가서 부엌문을 두드렸습니다. 한참 후에야 고교생 딸아이가 문을 열었고 냉수 한 그릇을 얻어마셨습니다. 약할 대로 약해진 위장 속으로 차가운 냉수가 흘러들어가자 다시 허기의 촉수가 위벽을 긁어대었습니다. 참을 수 없었지요.

무릎 아래에서 서걱이는 숫눈을 헤치고 교문 쪽으로 걸어갔습니다. 교문에서 조금 내려온 곳에 정미소와 같이 운영하는 이곳 유일한 학사주점이란 가게가 있었습니다. 예닐곱 평 정도 되는 작은 가게였지만 일용품은 물론 술과 라면도 취급해서 개학하면 내부가 좁아터질 정도로 학생들이 꽤나 붐비는 곳이었고, 그는 이 가게 주인과는 지난 일 년간 안면이 깊은 사이었습니다. 오십대 인심 좋게 생긴 퉁

통한 주인아저씨는 그에게 항상 외상을 달아줬습니다. 별명도 지었습니다. 외상할 때마다 '음지의 제왕'이라는 당당한 반열에 오른 신분이 되었습니다. 그래도 문을 열 때마다 머뭇거리는 손끝으로 전해지는 막연한 미안함. 염치없음. 그러나 아무리 폭설이 내려 인적 그친 아침녘이라도 가장 중요한 문제는 피해갈 수 없었습니다. 용감하게 문을 열 수밖에 없는 일. 문 위쪽에 달린 풍경 울리는 소리는 청량했지만 그 소리마저 어깨를 수그리게 만들었습니다.

"눈 참 대단하네. 이런 날 뜨끈뜨끈한 라면 국물이 제격인데, 안 그래? 얼굴 보니 어제도 한참 펐구나."

종소리에 방문을 반쯤 열고 얼굴을 삐죽이 내민 아저씨가 신을 신으며 그의 모습을 일별한 후 내뱉은 말이었습니다. 그는 떨어지지 않는 입술을 겨우 움직여 주섬주섬 뱉었습니다.

"라면 두우 개와 거언빵 한 봉지…."

"흐음. 음지의 제왕께서 드실 수라를 내가 거부할 수야 있나. 가져가게. 불이나 있나? 그러지 말고 여기서 하나 끓여먹고 가지."

아저씨는 라면 하나를 안으로 들고 가더니 한참 후에 작은 쟁반에 김이 부옇게 피어나는 라면 그릇과 흑색 사발에 먹음직스러운 발간 배추김치를 담아 내왔습니다. 그는 처음에는 천천히 면을 젓가락으로 조금씩 건져올리다가 갑자기 허겁지겁 먹기 시작했습니다. 건너 의자에 앉아 딱한 표정으로 그 모습을 바라보던 아저씨는 방으로 들어가더니 하얀 밥 한 공기를 내왔습니다.

"국물에 말아먹어. 딱 보니 한겨울에 곡기 끊는 훈련을 하는 놈 같네.”

“고맙습니다아.”

그는 면발이 사라진 라면 국물에 밥을 통으로 몰아넣고는 밥알 하나 남기지 않고 국물 한 방울까지 다 없애버렸습니다. 탁자 위에는 깨끗한 밥공기와 바닥을 드러낸 김치 사발과 바닥에 벌건 물기 흔적이 남은 냄비만 덩그러니 남았습니다. 집에 돌아와서 다시 이불 속으로 파고들었습니다. 눈은 계속 내렸고 들창으로 스치는 눈발 소리를 들으며 다시 잠이 들었습니다.

눈을 뜨니, 밤이었습니다. 캄캄했습니다. 아, 내가 이불 속에 있구나. 얼굴을 덮었던 이불을 살짝 내렸습니다. 어둠 속에서 차가운 기운이 코로 스며들어 가벼운 기침으로 몰아냈습니다. 몇 시나 됐을까. 그는 스스로 만들어놓은 온기를 놓칠세라 몸을 웅크린 상태로 계속 그대로 있었습니다. 어디선가 나뭇가지 부러지는 소리가 들렸습니다. 소나무의 검은 팔이 몸체에서 분리돼 꺾어지며 치유할 수 없는 연분홍빛 속살을 폭설 앞에 드러내는 비명일 겁니다. 눈 내리는 고요한 밤중에 뚜우우욱 쿠르르 쿠웅 뒷산의 등줄기가 꺾어지면서 내는 듯한 비명소리. 순백의 고운 눈송이가 모이고 쌓여 엄청난 힘을 과시하는 소리였습니다. 소나무 가지가 부러지고 꺾어지다가 드디어 한 아름 소나무 밑동마저 눈 무게를 이기지 못하고 꺾이며 무너지는 소리. 산기슭 흙과 바위를 든든하게 부여잡던 수십 년 묵은 소나무도 밤새 내리는 눈 무게를 이길 수는 없었던 것입니다. 그는 밤새도록 간단없이 몰아치는 소나무의 비명소리를 들으면서 가끔 자신의 나약한 허리를 어루만지기도 했습니다. 허리를 지탱하는 등뼈는 안전한가. 설해목의 비명은 메아리가 되어 온 동네 하늘을 덮으면서 사방으로 번지다가 최종 목적지인 그의 서늘한 방으로 밀려들어왔습니다. 그럴 때마다 허리를 만지면서 밤을 새우다가 새벽녘에야 까무룩 잠에 들었습니다.

다음날 정오를 넘기고야 눈을 떴습니다. 창밖에서 누군가 문을 두드리는 소리. 분명히 자신을 부르는 소리였습니다.

"누구야?"

"누구긴. 빨리 나와라. 시내 가서 한잔 하자."

최규훈이었습니다. 그는 경영학과 이학년에 재학 중인 술꾼이었고 또 장학생으로 등록금 면제 혜택을 받는, 학업에는 범생 티를 내는 철저한 녀석이었습니다. 그는 눈만 비비면서 밖으로 나왔습니다. 학교에 볼일이 있어 왔다가 너 생각이 났다는 규훈이가 그리 반가울 수 없었습니다. 밖으로 나오자 어느 집 아궁이에서 생나무를 때는 듯 새큼한 냉갈내가 코끝을 스쳤습니다.

규훈의 또렷한 구두 소리가 금학동 시장터 작은 어물가게로 이어진 골목길을 당당하게 울렸습니다. 사그랑이가 어지럽게 깔린 골목을 지나 물기 먹은 시멘트 바닥을 밟으며 도착한 곳은 사오 평 정도의 술집이었습니다. 규훈의 어머니가 가족의 생계를 책임지는 가게입니다. 중앙에 연탄불이 항상 뜨겁게 피어오르는 원탁 두 개가 놓이고 벽으로 낮게 임시 잠자리를 갖춘 시장터 구석의 술집에서 그의 어머니는 허름한 월남치마를 걸치고 앉아 있다가 아들이 추위에 언 몸으로 들어오자 만면에 웃음을 가득 담고 맞았습니다.

고생의 결실은 대학생 아들이었지요. 더구나 장학생이라니. 출세의 영원한 상징으로 인식하는 아들을 어머니는 동네방네 자랑하고 다니는 분이었습니다. 그곳에서 둘은 밥 한 그릇을 두꺼비 파리 잡아먹듯 없애치운 후 구운 김 몇 장과 김치를 비닐에 담고 바다로 나갈 시내버스 차비를 얻었습니다. 그들에게는 그런 가벼운 경비도 조달할 길이 막힌 터이므로. 값싼 소주 몇 병도 검게 물들인 야전잠바에 넣으면 발걸음은 이미 경포 바닷가 모래사장 위에 가 있었습니다. 눈이 내리기 시작했습니다.

눈발이 점차 무거워지는 늦은 오후에 둘은 파도횟집 앞 모래사장 위에서 김과 김치를 안주로 술잔 없이 들이키기 시작했습니다. 저녁이 지나고 밤이 깊어도 두 사람은 일어설 줄 몰랐습니다. 해안 초소의 서치라이트가 길게 부챗살처럼 퍼지면서 흰 이빨을 번뜩이는 파도 위를 한두 번 쓸고 지나갔습니다. 밤이 점차 깊어지면서 눈이 폭설로 변해 내렸습니다. 흰 눈은 두 청년의 머리 위와 외투에 쌓이기 시작했습니다. 말이 필요 없는 시간이었지요. 밤바다의 검고 칙칙한 촉수가 눈발을 헤치고 둘의 대화를 휘감고는 파도 속으로 사라졌습니다. 눈은 계속 내리고 쌓이고. 둘은 점차 눈사람으로 변해갔습니다. 가끔씩 손이 눈더미 속에서 삐져나와 술병을 잡고 입으로 가져가는 동작만 되풀이될 뿐.

규훈의 술은 항상 울음으로 끝을 맺었습니다. 서울에서 대학 다니는 애인의 이야기 끝에서도 울었고, 어머니를 들먹일 때도 울었습니다. 정식 결혼을 하지 않고 아이를 낳은 여동생 이야기에서도 울음은 그칠 줄 몰랐습니다. 자학으로 뭉친 내면의 응어리가 술이라는 열쇠 하나로 단단한 눈물샘의 꼭지를 틀어놓은 것처럼 보였습니다. 그러다가 한순간 바다로 눈길을 던지다가 내뱉곤 했습니다.

'야, 우리, 저 바다 위를 헤쳐나가는 군함처럼 그렇게 당당하게 지내자. 안 그래?'

당시 그는 규훈의 울음에 깊게 공감하지는 않았습니다. 규훈이 극히 어려운 환경에서 학교를 다니고 있고 모든 사물에서 받아들이는 부분이 어둠으로 치환된 점이 있음을 인정한다고 해도 규훈의 울음은 그에게 깊게 다가오지 않았지요. 그와 같이 울지 않았고 그냥 속으로 어떤 덩어리를 삼키고 있었을 뿐입니다. 술 깬 다음날, 왜 울음과 그리도 친하냐고 물었을 때 규훈는 그냥 씩 웃어버릴 뿐이었습니다. 그 모습에 그도 슬쩍 웃어넘겼습니다. 그의 울음은 당시 절박하게 다가오던 궁핍과 젊음의 비틀린 고독을 약간 과장된 절망감으로 포장한 것으로 이해할 수도 있지만, 그렇게 설명해도 뭔가 미흡함이 있었습니다. 혹시 자신도 몰랐던 삶의 원형질에 그의 휘어진 운명의 편린 한 점이 부딪쳤을 때 일어나는 희미한 불꽃 같은 것, 그런 것이 아니었을까 생각했습니다.

"이보게. 자넨 강릉에서 지낸 적이 있나? 겨울 강릉은 대관령 바람과 폭설에 그냥 무방비로 노출되는 도시라는 사실을 알고나 하는 말인가? ㅎㅎ. 강릉에선 발목까지 쌓이는 눈은 눈 취급도 안 해. 무릎을 넘어야 이제 눈 좀 오는 모양이다야. 그러니 설해목 꺾이는 소리는 아기들이 엄마 자장가를 듣는 것처럼 그렇게 자연스럽게 받아들이는 거야. 그런 소리가 들리든 말든 모두 폭설 속에서도 잠은 푹 자는 사람들이 강릉 사람들이야. 나 역시 어린 시절부터 설해목 지는 소리는 귀에 딱지가 앉도록 들었네. 뭐? 밤에 허리를 매만져? 흐흐흐. 실없는 소리 말게."

밖은 어둠이 허리를 넘어 가슴 위로 올라서고 있었다. 이 시간대에는 평소 같으면 다섯 탁자가 모자랄 정도로 술꾼들이 북적일 시간이었지만 이상하게도 술청에는 두 사람 외에 다른 손님이 들어오지 않았다. 휑한 공간에 현과 젊은이의 나직한 목소리만 살아움직였다. 젊은이는 스스로의 열기에 두터운 야전잠바를 벗어 옆 의자에 놓았다. 현이 보기에 내부에서 발산하는 열기를 스스로 식히려는 행위로 보였다.

"그렇겠지요. 저 역시 어릴 때부터 한겨울 폭설 속에 한 아름씩 되는 소나무 밑동이 꺾이는 굉음 정도는 자장가 정도로 들으며 긴 겨울밤을 보냈습니다. 사실 시골 사람들은 폭설을 은근히 기다리기도 했고요. 봄이면 산주인이 설해목을 치우고 남긴, 젊은이 허벅지보다 더 굵은 땔감을 그저 구할 수도 있었으니까요. 그렇다고 해도 당신의 겨울은 라면과 건빵 쪼가리 정도로는 다 채울 수는 없었다는 것, 그렇지 않습니까? 후훗. 라면 얘기가 나온 김에 웃기는 그림 하나를 펼쳐볼까요?"

"이보게. 난 이젠 자네 이야기에 별 흥미가 없네. 사실 처음부터 그랬지만. 그러니 자네가 무슨 얘기를 하던 그건 자네 맘이지 나에게 동의를 구할 필요는 없는 일 아닌가. 사실 듣다보니 조금씩 흥이 살아나는 부분도 있는 것 같기도 하고."

젊은이는 다시 술잔을 비웠다. 역시 안주 대신 냉수를 한 모금 마셨다. 두 사람 사이에 놓인 탁자 위에는 굳어버린 감자전이 이빨 자국을 남기고 접시에 흉터처럼 놓여 있었다.

"역도 선수 안수철."

순간 현의 눈꺼풀이 조금 깜빡였다. 그 표정을 청년은 놓치지 않았다.

안수철. 설마 그 사람을 모른다곤 하지 않으시겠죠? 역시 당신의 눈동자는 반응을 하는군요. 전국체전 대학부 역도 금메달리스트 안수철. 몇 년 전까지도 두 사람은 항구가 훤히 내려다보이는 그의 별채에서 밤새워 술을 마시곤 했던 막역한 사이 아닌가요? 일 년에 몇 번씩이나 그와 밤새워 술을 마시곤 했어요. 아, 저를 그렇게 빤히 쳐다만 보시는군요. 제 말을 인정하는 걸로 알겠습니다. 그는 정선 출신이었지요. 고향은 달랐지만 집안 사정으로 당신과 같은 해에 중학교로 전학 와서 동창생이 됐고 집도 바로 옆집이라서 둘이 만날 붙어 다녔던 사이였어요. 고교는 인근 농고로 진학해서 역도 선수로 지냈지요. 한겨울 당신이 그렇게도 악전고투, 이 말이 적절한지 모르겠군요. 하여간 어렵게 겨울을 나고 있을 2월 중순 그가 불쑥 찾아왔었어요. 안수철은 당시 서울 체육대학에 재학 중이었죠. 어떻게 주소를 알았는지 해는 중천에 떴지만 아직도 이불 속에서 꿈속을 헤매던 그의 방을 찾아왔어요.

"야, 이 인간아. 아직도 꿈속이냐? 일나라 일나. 좀 있으면 저녁이겠다. 참내, 방 하나는 더럽게도 지저분하네. 방안은 왜 이렇게도 차갑나? 연탄불도 안 피웠구나."

그는 뜻밖의 방문자를 이불 속에서 얼굴만 내밀고 바라봤어요. 뭐라고 혼자 주절거리며 일어나 손을 잡았고.

"수철이 너가 웬일이야? 여긴 어떻게 알았어?"

"야야. 어떻게든 저떻게든 불이나 좀 때고 살아라. 얼어죽겠다. 꼴상 보니 어제 실컷 푸고 계속 늘어졌구나. 하여간 일어나서 뭘 좀 먹으러 가자."

둘은 밖으로 나왔습니다. 오후의 밝은 햇빛 아래에서 그는 순간 휘청, 했습니다. 거의 무릎까지 덮은 백설 위로 햇살이 사방으로 날아올랐습니다. 한겨울 나는 동안 그의 몸은 지칠 대로 지쳐 있었습니다. 배틀거리는 모습을 슬쩍 곁눈질한 수철이는 헛기침만 연신 해대며 옆에서 걸었습니다. 시내까지 2킬로미터. 잠시 말없이 걷던 수철이는 내곡동과 시내를 연결하는 큰 다리 앞에서 그를 보며 말을 던졌습니다.

"야, 알다시피 나도 형편이 그러니, 우리 오늘 라면이나 맘껏 끓여먹자. 어때? 난 저녁 기차로 서울로 올라가야돼."

물론 그도 바닷가 어촌에서 중고를 다니고 역도 특기로 등록금 면제되는 대학에 죽을 둥 살 둥 다니고 있는 형편이었습니다. 그는 그를 보며 씨익 웃었습니다.

"라면집이 어딨어? 너가 잘 알 테니 찾아봐. 나도 아직 점심 전이라서 그런지 속이 꿀꿀하네. 대포도 한잔 할 수 있는 집이면 대끼리고."

그리 어렵지 않았습니다. 내곡 다리를 건너 우측으로 꺾으면 길 건너편에 의료원과 간호전문학교가 있었습니다. 그곳에서 남문동 골목으로 들어가는 초입에 평소 친구들과 자주 들렀던 삼거리국수집이 있습니다. 주인아주머니도 안면이 있는 분이었습니다. 그는 앞서서 들어갔습니다. 큰 가마솥에 김이 뿜어져나오는 중이었고 아주머니는 탁자에 앉아 그들이 들어오는 모습을 보고 있었습니다.

"안녕하세요? 눈이 좀 왔네요. 라면 먹으려고요."

"그려. 눈도 그칠 모양인지 햇살이 좋네. 라면 두 개 삶을까?"

"아닙니다. 우선 막걸리 한 되 먼저 주시고요, 라면 몇 개 있어요?"

아주머니 말을 받아 수철이가 굵게 말했습니다. 그의 목소리는 항상 저음의 굵직한 음성이었습니다. 그러고는 좁은 가게 내부를 훑어보았습니다.

"라면은 열 개가 있는데. 몇 개 삶을까?"

"거 뭐, 다 삶으세요. 우선 막걸리부터 주시고요."

수철이 말은 어지간히 급했습니다. 아주머니는 낡은 커튼을 친 주방으로 들어가더니 막걸리 한 주전자와 사기 술잔 두 개, 김치를 얹은 쟁반을 들어다 탁자에 놓았습니다. 둘은 성급하게 마시기 시작했습니다. 한 되는 순시간에 사라지고 두 번째 주전자가 들어오자 그제

서야 서로를 쳐다봤습니다. 수철은 다시 그의 모습을 살피더니.

"꼴이 말이 아니구나. 국문과 가더니 만날 굶기만 했던 모양이네. 겨울에 서울 집엔 안 가고 여기서 뭘 하고 지냈어?"

"집엔 가면 뭐해? 가나 안 가나 마찬가지지. 그냥 이곳에서 지냈어. 이번 학기엔 휴학할 생각이야. 등록금이라도 벌어야지."

"쌔끼. 그러게 국립대 갔어야지. 지잡대 사립이나 서울 명문 사립이나 등록금은 차이가 없잖아. 너 성적이면 지방 국립대는 장학생으로 갈 수도 있었겠다 짜석아. 하여간 그건 너 팔자고, 이런 촌구석에서는 등록금 벌기도 힘들걸."

"쓰바 모르겠다. 하여간 서울은 싫고, 애들 과외라도 하든가 막일이라도 생기면 덤벼들어야지."

"흐흐 잘만 하겠다. 피골이 말라붙은 너 꼬라지에 하룻 낮 일하다가 골로 가기 딱 좋지. 막일이 얼라 이름이야? 근데 왜 아직도 라면이 안 나와? 라면 공장 갔나? 아주머니, 라면 빨리 주세요!"

주방에서 아주머니 목소리가 들렸습니다.

"아, 사람들이 와야 삶지."

"무슨 사람은요? 그냥 빨리 삶아요."

안에서 주절대는 소리가 들렸습니다.

"야, 라면 열 개는 너무 많지 않나?"

"신경꺼. 빨리 먹고 저녁차로 서울 가야지. 집에서 준 쌀 반 가마는 역 앞 아는 집에 맡겨뒀는데, 괜히 그랬네. 너 좀 줄 수도 있는데. 어머이가 굳이 가져가래서 둘러메고 왔지."

“운동은 잘 되나? 잘 처먹어야 들지. 역도 선수들은 돼지고기 몇 근은 간단하다며?”

“가을 전국체전 나가야되는데 후보 선발이 코앞이다. 까짓것. 될 놈이 되겠지. 최대한 노력은 해보는 거고. 날 우습게 보지마. 제법 기록은 갖고 있으니까. 흐흐.”

두 번째 막걸리를 거의 다 마셨을 때 아주머니가 말했습니다.

“다 끓었는데, 사람들이 왜 안 와?”

“누가 오건 말건 그거 솥째로 그냥 이리로 가져와요. 옮기기 어려우면 다라에 담아주시던가.”

“참 별일이네. 그럼 다라에 담아간다고.”

아주머니의 말은 미심쩍으면서도 퉁명스러운 투였습니다. 잠시 후 넓직한 다라이에 뜨거운 라면이 가득 담겨서 탁자로 운반되었습니다. 수철이는 굵은 나무젓가락으로 라면 사리를 아기 주먹만하게 말더니 접시에 올리고는 먹기 시작했습니다. 몇 번 젓가락이 수철의 입속으로 들어가는가 했는데 그가 보기에도 벌써 라면 두세 개는 사라진 것 같았습니다. 수철이가 그에게 고개를 끄덕이자 그도 라면을 먹기 시작했습니다.

“어허, 좋구나. 오늘 라면 좀 먹어보네.”

수철이는 다시 젓가락질을 서둘렀습니다. 두 사람이 먹는 모양을 주방에서 의심스럽게 넘겨보던 아주머니의 입이 벌어졌지만 두 사람은 먹는 데 정신이 없었습니다. 사실 그가 아무리 굶었다고 해도 라면 세 개면 충분했습니다. 더구나 막걸리 두 주전자를 해치운 판이라 아무리 많이 먹어도 그 이상은 무리였습니다. 그러니 나머지 일곱 개 분량은 몽땅 수철이 몫이었고 수철이는 충분하고도 여유롭게 자신의 분량을 천천히 해치웠습니다. 중간에 잠시 두 사람이 자리를 비운 건 화장실에 소변보러 간 일 외에는 없었습니다. 라면을 다 먹은 후 수철이는 국자로 뜨거운 국물을 연신 떠서 입으로 가져갔습니다. 대여섯 국자를 마신 후에야 수철이는 몸을 뒤로 젖히며 주머니에서 담배를 꺼냈습니다. 성냥불로 붙이고는 맛있게 한 모금 빨고는 길게 연기를 내뿜고 그에게 눈짓을 했습니다. 그도 한 가치를 물었습니다.

"너도 참 먹는 귀신이 붙었구나. 어떻게 라면 한 단지를 해치울 수 있나. 더구나 막걸리도 한 주전자 마시고?"

"아이고, 이 젊은이가 누고? 머하는 청년인데 이리 딴딴하노?"

"고향 친군데 역도선숩니다."

"역도 선수라꼬? 무거운 쇠뭉치 드는 사람? 어쩐지 다르다고 했더니 정말 그렇네. 그래도 그렇지 어떻게 한자리에서 라면 열 개를 먹을 수가 있어? 내사 지금까지 이 장사를 해도 이런 장사는 첨 봤네. 거참."

"나도 세 개 정도는 먹었는데요?"

"그래도 그렇지. 일곱 개가 무슨 강아지 이름도 아이고, 참내."

수철이는 피우던 담배꽁초를 재떨이에 끄고는 앞을 넌지시 바라봤다. 포만감에 젖은 모습이었습니다.

"너 이 집 자주 들렀나?"

"그렇지 뭐. 가끔 친구들과 칼국수도 먹으러 오고 술도 마시고."

그는 지난 가을 하굣길을 생각했습니다. 그때 과대표인 정유석과 같이 학교에서 시내로 내려오던 길이었습니다. 점심은 구내식당에서 라면 하나로 때웠지만 이십대 팔팔한 젊은이가 그것으로는 견디기 어려웠지요. 결국 이 국숫집에 들어와 서로의 주머니를 털어보니 국수 한 그릇과 소주 몇 병은 가능했습니다. 둘은 칼국수 한 그릇을 시켰고, 뜨악하게 바라보는 아주머니에게 소주 두 병을 먼저 주문했습니다.

"칼국수를 안주로 하려고요."

칼국수가 나오기도 전에 소주 한 병은 김치 안주로 사라졌고 국수 한 그릇이 나오자 뜨겁고 얼큰한 국물과 면을 안주로 한 병은 순식간에 사라졌습니다.

"아주머니, 소주 두 병 더요."

운두가 높고 큼직한 국수 그릇이 바닥을 드러내도 둘은 상관없이 숟가락으로 바닥에 고인 국물을 떠 마시며 김치를 곁들여 소주를 마셨습니다. 그 모양을 보던 아주머니는 혀를 끌끌 차며 그릇을 가져가더니 잠시 후 뜨거운 국물을 가득 담아 탁자에 놓았습니다.

"젊은 학상들이 술만 마셔야되나. 돈이 없으면 그냥 집으로 가든가. 에구 쯧."

"고맙습니다."

둘은 푸근한 국물을 마시며 마지막 한 병을 더 비우고서야 자리에서 일어섰습니다. 그 후로도 그들은 과 친구들과 어울려 가끔 이 집에서 국수나 술을 마셨던, 돈 없는 가난뱅이들의 안식처로 자리잡은 집이었습니다.

잠시 생각에 잠기다가 그가 물었습니다.

"넌 서울서 기숙사에 있나? 밥은 어떻게 해결하는데?"

"기숙사? 합숙소지. 학교가 밥까지 대줄 정도로 그리 인심 쓸 리 없고. 그래서 식사는 각자 알아서 해결해야지. 주로 선수 합숙소에서 직접 해먹기도 하고 때로는 외부에서 고깃근이나 오면 좋구나 하고 두루치기로 고기 맛을 보기도 하고. 요즘은 그런 일도 별로 없어."

수철의 목소리가 낮아졌습니다. 순간 분위기는 낮게 가라앉았습니다. 수철의 집은 당시 작은 어선 한 척을 부려서 밥이라도 그럭저럭 먹는 집이었지만 요즘 흉어가 계속 이어져 형편이 어려워졌다며 담배 한 대를 물고 창밖을 멀거니 바라봤습니다. 저녁으로 기울어지는 햇살이 남대천 둑에 쌓인 차가운 눈 위에서 반짝 무지갯빛으로 빛났습니다. 눈구름이 다시 하늘을 덮고 있었고 멀리 대관령 위에 핀 검은 구름 사이로 햇살이 수십 가닥의 거대한 손가락처럼 눈 덮인 대지를 향해 뻗어 내리고 있었습니다. 그는 잠시 눈을 감았습니다. 포만감 속에서 위로 슬며시 치솟는 분노와 억울함 같은 기운을 애써 눌렀지만 그 기운의 실체를 구체적으로 건져낼 수는 없었지요.

중학교 때부터 두 집 살림으로 갈라진 집. 부모의 다툼. 고교 시절의 궁핍. 폐결핵으로 사관학교에 떨어진 일. 아버지의 죽음. 어쩌다 이름도 낯선 지방대 진학.

아니지요. 당시 우리나라의 대다수 가정은 대체로 비슷했습니다. 하루를 때울 끼니와 연탄 걱정으로 허리를 제대로 펼 수 없었던 시대였습니다. 그래도 그는 대학에 다니고 있다는 현실을 생각해야 했어요. 당시 동년배 젊은이들 중 십 퍼센트도 안 되는 젊은이들만 대학에 진학할 수 있었다는 사실도 덧붙일 수 있겠네요. 결국 사회나 자신에 대한 분노와 절망, 뭔가 억울함 같은 추상적 실체는 그의 의식 깊은 곳에 잠겨 있던 독특한 잠재의식 같은, 그런 게 아닐까요? 똑같은 사물과 사건을 바라보고 받아들이는 의식의 방향이 타인들보다 남달랐다고 하면 적당한 표현일까요?

이런 일이 있었어요. 어느 가을날 설악산 대청봉에서 여고생과 담임교사가 같이 투신자살한 사건이 신문 사회면을 크게 장식했을 때 같은 과 학생들과 나눈 대화를 기억하십니까? 당시 센세이셔널한 사건이었지요. 여고 이학년과 사십 초반의 담임교사는 서로 사랑하는 사이였고, 교사는 물론 가정이 있었고. 저널이란 게 원래 그렇지요. 사회 부조리와 어두운 면은 애써 눈감고 푸른 기와집의 일거수일투족을 국민의 알권리인양 호도하는 지난 역사는 새삼 들먹일 필요도 없는 일입니다만, 지금도 정부로부터 자유롭고 국민에게는 책임을 져야 한다는 저널 본연은 이미 버린 지 오래지요. 사주의 시선에 따라 논조가 움직이는 아바타 저널을 우리는 지금도 보고 있거든요. 주창자로서의 책무는 간데없고 사회 부조리에 진실의 돌을 던지는 힘을 포기한 지 오래된 저널의 특성에 그런 사건은 일반 독자들의 입을 즐겁게 하는 묘한 힘이 있지요. 거기에 기름만 약간 칠하면 되니까요.

그날, 오후의 교정 잔디밭에 앉아 학생들은 그 사건을 팩트에 상상을 덧입혀 떠들어댔어요. 학생들의 호기심이 거침없이 입에서 굴러나왔죠. 일학년 학생들의 언어를 걸러내는 장치가 그리 높다고는 할 수 없겠죠.

"야 이런, 그렇다고 죽기는 왜 죽어?"

"그렇지. 그냥 연애하다가 헤어질 수도 있잖아. 죽을 것까지야…."

"나도 이런 사랑 함 해보고 싶다야. 그 선생 참 행복하네."

"야 이 새꺄. 선생이란 게 어린 애들이나 꼬셔 정신 못차리게 하니 끝이 그 모양이지. 나쁜놈이야."

"참나. 그럼 너는 다른 애들 연애하는 심리를 그딴 식으로 표현하냐? 남의 일은 그 본인만 아는 거야. 하여간 안 됐어. 동반자살이라는 네 글자에 깊은 의미가 복잡하게 얽혀들잖아."

그들의 대화를 묵묵히 듣고 있던 그가 참지 못하고 한마디 했어요.

"신문 제목이 잘못되지 않았을까. 내가 기자라면 길게 뽑았겠지. '여고생, 대청봉에서 사랑하는 선생님을 추락사시키고 이어 본인도 몸을 던져 자살'."

"그건 뭔 얘기야? 여고생이 선생을 밀어던졌단 게야?"

"아닐까? 선생은 마흔 초반이고 딸도 아내도 있는 상황인데, 비록 학생을 사랑했다지만 가족을 버리고 동반 투신자살할까? 어떻게든 여고생을 설득시키겠지. 추리해보면, 순수하고 감정이 발달한 여고생의 심리는 사랑하는 사람과 온몸을 던져 생을 마감하고 싶었겠지만 선생이 따르지 않으리라 짐작하고, 혹은 둘 사이에 어긋난 대화가 있었을 수도 있고. 결국 절벽에 선생을 밀어 떨어뜨리고는 이어 본인도 뛰어내리지 않았을까? 이렇게 되면 여고생은 살인자이며 자살로 생을 마감했고, 본의 아니게 선생은 죽음에 이르게 된 사건. 후우— 내가 너무 나갔나?"

주위는 갑자기 조용해졌습니다. 사실 충분히 가능성 있는 일이었으니까요. 그는 사건이나 사물의 이면을 훑어볼 수 있는 인간이 틀림없습니다. 그의 무의식에 똬리 틀고 있는 어떤 분노와 좌절감은 가끔 의식의 벽을 뚫고 튀어나와 자신을 지배하면서 마음을 낮게 가라앉히곤 했습니다. 그가 아니라고 해도 자신도 어쩔 수 없이 그곳에 말려들어갈 수밖에 없는 체질입니다. 그때 슬며시 떠오른 그 애의 해맑은 얼굴은 우연일까요?

수철이가 불쑥 말을 던졌습니다.

"야, 너 사귀는 여학생 있지?"

퉁명스러운 목소리에 비해 장난기 있는 표정으로 그를 바라보며 길게 담배 연기를 내뿜었습니다. 그는 순간 당황했습니다. 무언가 들켰다는, 그러나 확연하지 않은 마음의 끄트머리를 잡혔을 때의 느낌이었다고나 할까요. 서너 번의 만남뿐이었고 말 한마디 제대로 건네지도 못한 여학생. 어깨 위에서 풍성한 머리칼이 바람에 날리는 순간 전해지던 원시성이랄까. 가지 못할 세계에 대한 막연한 동경심을 허공으로 전하던 그 애 얼굴이 스쳤습니다.

영문과 학생이었습니다. 그와 같이 재수를 하고 대학에 들어온 애였지요. 그가 학교 부근에서 자취를 하기 전 시내 홍제동 전신국 밑에서 일학년을 막 시작할 때 그 애는 전신국 밑 넓은 정원을 가진 일본풍 집에 살았습니다. 아마 적산가옥이었을 그 집은 전신국 벚나무 밑에서 바라보면, 보기 좋은 조경수와 꽃나무가 넉넉히 자리한 정원이 한눈에 내려다보였습니다. 특히 봄이면 자목련과 백목련의 화려함이 성인 키의 서너 배 높이로 솟은 나무에서 뽐내고 있었고 전문가의 손이 많이 갔을 향나무와 담장 귀퉁이에 작은 연못도 보였습니다. 그 집 앞에 작은 가게가 있었는데 가끔 자잘한 물건을 사러갈 때 그 애가 가게 앞을 지나가곤 했었습니다.

학교 식당에서 그 애의 모습과 맞닥뜨렸을 때 가슴 속에 바람이 휙 지나갔습니다. 그 애도 그를 보고 옆으로 지나가며 살짝 고개를 숙였지요. 짧은 순간 그는 그 애의 모든 것을 심장으로 받아들였습니다. 눈높이에서 그 애 머리끝이 스쳐지나갔습니다. 호리한 모습과 흰 얼굴보다도 까맣게 빛나던 눈을 당신은 훔쳤습니다. 같은 학교에 다녔구나. 미인형이라기보다는 귀엽고 예쁜 모습이라는 것도. 그 후 4월 초 그가 가입한 철학연구동아리인 '하슬라' 첫 모임에 참가했을 때, 그 애도 나타났습니다. 그 애도 그를 보곤 어색했는지 살짝 얼굴을 돌리며 자리에 앉았습니다. 그 후에 알았지요. 서울로 진학이 좌절된 그 애는 한 해 재수 후 다시 도전했으나 실패하고 어머니의 설득으로 집 가까운 대학에 다니게 됐다는 말. 아버지는 시청 고위 공무원이라는 점도. 동아리에서 인기가 대단했습니다. 별로 말이 없지만 항상 미소를 품은 모습도 다른 여학생에 비해 돋보였고 얼굴도 더 예뻤으니까요. 선배들의 집적대는 꼴을 그는 그저 바라보기만 하면서 속을 태웠죠.

"없어. 그딴 건 왜 물어?"

"흐, 너 같은 체질에 묻어나는 불쌍한 것들도 많지. 쥐뿔도 없으면서 있는 척하는 꼬라지에 넘어갈 지지바들이 널린 게 그 바닥 아냐? 흐."

"배터지게 먹고 나니 생각나는 게 고작 그런 얘기뿐이구나. 지지바고 기지바고 간에 이젠 술 들어갈 곳도 없으니 슬슬 일어나. 너 향토장학금으로 커피란 걸 한잔 마셔보자."

"야 임마야. 찻값으로 네 방에 라면 몇 봉지라도 쌓아두는 게 무병장수를 위해 더 낫지 않아?"

"그건 다음 일이고. 아, 배불러 걷기도 힘들겠다. 일어서자."

아직도 놀란 표정을 감추지 못하는 아주머니 눈길을 벗어나 남문동 가구 골목길을 걸었습니다. 일학년이 다 지나가도 친한 여학생 하나 사귀지 못한 자신이 한심했습니다. 먹고사는 데 온 정신을 쏟다보니 '여학생'이란 감히 가까이 다가가지도 못할 존재였던 거지요. 그는 수철이 앞에 서서 중앙통 사거리 쪽으로 걸어갔습니다. 강릉극장을 지나 명주군청 건너편에 명찻집이 있었습니다. 주로 팝이 흐르는 곳이어서 젊은이들의 집합처였습니다. 출입문을 열고 들어가자 훅 끼치는 담배 연기와 뭉쳐 있던 음악이 폭발하듯 좁은 실내 바닥과 천장으로 마구 튀었습니다. 실내는 담배 연기와 터지는 팝송 사이에서 긴 겨울방학의 무료함에 잠긴 학생들의 대화로 시끄러웠습니다.

"야 이런 덴 우리 체질에 안 맞아. 맥없이 꺼먼 물이나 마시며 죽치고 있을 시간과 돈이면 막걸리집에나 가지."

"나도 자주 못 와. 누가 사준다면 따라오는 편이야."

그날 따라 음악이 시끄러워 우리는 목소리를 높였습니다. 그는 커피를 주문하고 주위를 둘러봤습니다. 컴컴한 실내가 차츰 눈이 익어갈 즈음 오른쪽으로 고개를 돌렸을 때 당신의 눈이 번쩍 뜨였습니다. 두 여학생이 뮤직박스 밑에 앉아 있었습니다. 그와 정면을 향한 여자애는 낯설었지만 그 애 앞에서 뒷모습만 보이고 있는 여학생이 확 다가왔습니다. 틀림없이 그 애였습니다. 그가 계속 한쪽으로만 고개를 돌리자 수철이도 얼굴을 돌려보다가 상체를 그에게 가까이 붙이고 말했습니다.

"아는 애들이냐? 예쁜데."

할 말이 없었습니다. 입이 콱 막혀버렸으니까요. 방학 전 마지막 동아리 모임에서 보고 두 달 가까이 지나갔습니다.

"나 이제 가야겠다. 여기서 역까지 부지런히 걸어서 이십 분 정도면 도착하겠지. 가서 맡겨놓은 짐도 찾아야겠고. 그리고 여기 이천 원이다. 연탄이나 사 때라. 얼어 죽지 말고. 야 임마 일어서지마. 하여간 만나서 반가웠고 라면도 원 없이 먹었다. 혹시 내려올 일이 있을 때 들를게."

일어서려는 그를 눈짓으로 내리누르며 수철이는 카운터 쪽으로 걸어가다가 당신과 두 여학생 쪽으로 힐끗 눈길을 던지고는 나가버렸습니다. 수철이가 나간 후 십여 분 정도 앉아서 갑자기 하늘에서 떨어진 이천 원의 돈을 매만지며 두 여학생들을 바라봤습니다. 이천 원은 한 달 방세에 해당하는 돈이었지요. 차츰 막걸리 마신 취기가 푸근한 실내에서 그의 마음을 슬슬 풀어내고 있었습니다. 맨정신이면 숙맥 같은 그가 그런 행동을 할 리는 없었을 겁니다. 그는 슬며시 일어서서 두 여학생에게 다가갔습니다. 정면의 여학생에게 살짝 머리를 숙이고는 등을 보이고 있는 긴 머리에게 낮게 말을 던졌습니다.

"은수우 씨, 여기서 만나네요. 잠시 앉아도 될까요?"

"어머, 남궁현 씨. 집에 안 가고 강릉에 계셨어요? 괜찮아요. 앉아도 돼요. 얘는 친구예요. 경희대 2학년."

그는 고개를 약간 숙여 인사를 하고는 은수우와 마주 앉았습니다.

"고맙습니다."

청년은 물병을 들고 컵에 가득 따랐다. 반 잔을 마시고 소주 한 잔에 다시 나머지 물을 다 마셔버렸다. 잠시 현을 날카롭게 쏘아보다가 말을 던졌다.

"은수우. 제가 이 이름을 꺼내기는 좀 뭣하지만 어쩔 수 없이 튀어나왔네요. 이야기가 더 나간다면 어차피 나와야 할 이름이니까요."

현은 짧은 순간 몸이 경직됐다가 손으로 턱을 쓰다듬으며 상체를 뒤로 돌렸다. 주방 앞 의자에 부부가 앉아 휴대폰을 보고 있었다.

"오늘 왜 이렇게 손님들이 없지? 밤 여덟 시가 넘으면 항상 바글바글했는데 오늘은 우리 둘밖에 없어. 여기 술 한 병 더 주시고."

"그러게요. 두 분이 편히 마시라고 일부러 안 오는 거 같네요. 그런데 술이 과한데요? 벌써 일곱 병짼니다."

"상관없어요. 따끈한 국물이 있는 안주 뭐 없나? 전에 동태탕이 있었는데.”

“있어요. 작은 냄비로 해드릴게요.”

주인 부부는 동시에 일어섰다. 아주머니는 주방으로 들어가고 남편은 술 한 병과 냉수가 든 물병을 탁자에 올렸다. 남편은 휴대폰으로 시간을 보내면서도 순간순간 탁자 위를 살폈음이 틀림없을 터였다. 현의 손이 가기도 전에 청년의 긴 손가락이 먼저 술병을 잡고 뚜껑을 열어 식어버린 감자전 옆에 조용히 놓았다. 천천히 술병을 현의 잔과 자신의 잔에 가득 따랐다. 술잔을 입으로 가져가기 전에 현의 술잔에 가볍게 부딪히며 눈을 가늘게 떴다. 순간 쨍 하는 미세한 마찰음이 두 사람 사이에서 굴렀다. 두 사람뿐인 실내로 어디선가 비거스렁이가 밀려드는 것처럼 서늘한 기운이 밀려들었다.

“은수우과 관련된 개인적인 이야기는 잠시 뒤로 돌리지요. 말하기 어려운 문제니까요. 그는 찻집에서 그들과 같이 나와 남문동 골목 끝 안경아줌마집으로 들어갔습니다. 두 여학생들도 술집 분위기를 그리 싫어하지는 않았습니다. 기억하십니까? 은수우와 최초 술자리를. 막걸리값 정도는 친구가 던지고 간 성의로 충분했고 그녀들 또한 몇 잔 서로 권했으니까요. 밤 열 시가 넘어 헤어지며 그는 얼마나 애틋한 감정에 사로잡혔는지, 눈 쌓인 내곡동 집으로 걸어가면서 다시 못 올 소중한 추억처럼 마음속에 그리고 또 그렸던 그날. 아, 혼자 드시지 말고 저와 같이 마셔야지요. 이제 이야기의 중반을 넘겼으니 결말도 그리 멀지 않았습니다.”

청년은 현이 술잔을 들자 성급히 자신의 술잔을 앞으로 내밀며 잔을 부딪혔다. 그러고는 주욱 마셨다. 동태찌개가 안주로 나왔지만 거들떠보지도 않고 역시 물안주. 현의 머릿속은 차츰 술기운에 젖어 들었다. 일곱 병째 뚜껑을 따고 있었다. 평소 현의 주량으로는 두 병 정도, 무리하면 세 병도 가능했지만 청년과의 대화에서 주고받은 흔적을 갑자기 거두고 싶지는 않았다.

그날 밤 은수우와 헤어지고 찬바람과 눈 속을 헤치며 추위에 눌린 몸을 웅크리고 내곡동 방으로 걸어가면서 그의 머릿속은 온통 그녀의 맑은 얼굴로 꽉 차 있었어요. 그녀의 친구는 서울 대학가에서 하던 습관대로 술잔을 돌리면서 우스개 농담도 거침없이 풀어놓았습니다. 그러나 친구 말에 크게 웃지도 않으면서, 하얀 앞니를 좀처럼 보여주지 않던 그녀의 입술에 어울리지 않는 막걸리 사발이 가까이 다가갈 때 당신은 진기한 재주를 구경하듯 쳐다보다가 고개 숙이며 마음이 들떴어요. 뜻밖이었지요. 아, 막걸리를 마실 수 있을 정도로 상대에 대한 배려와 여유가 잡힌 애이구나. 헤어졌지만 중요한 정보를 알았습니다. 그녀는 매일 오전에 학교 도서관에 가서 저녁 때까지 책을 본다는 사실을. 그렇다면.

그날 차가운 방에 들어오자 긴장이 풀린 몸은 늘 깔려 있던 이불 속으로 널브러지면서도 그는 조금도 춥지 않았습니다. 춥다니요? 오히려 이불을 가슴까지 내리고 연신 담배를 피워댔습니다. 불과 어제까지도 그의 몸과 마음을 움츠리게 만들었던 삭막한 현실은 사라지고 갑자기 다가온 운명, 온통 푸른 하늘과 포근한 봄바람이 환한 미래의 어느 곳으로 그를 몰아가고 있다는 부푼 꿈에 잠겼습니다.

"내 뒷조사를 어떻게 했는지는 모르지만 대충 훑긴 훑은 모양이군. 게다가 소설가의 기질도 다분하고 말이야. 내가 강릉서 고교 다닐 때 주로 전신국 밑 홍제동 골목에서 다닌 건 맞아. 학교에서 가까운 곳이었으니까. 또 대학 입학하고 그 부근에서 첫 자취를 시작한 것도 맞고. 그리고 학교 옆 내곡동 숲속 허술한 집에서 방을 얻어 한겨울을 보낸 적도 있어. 그건 중요한 일이 아니야. 가난한 학생들의 지극히 평범한 흔적일 뿐이야. 그러나 은 머시기 여학생? 그래서 자네는 소설가 기질이 매우 다분한 젊은이야."

청년은 눈을 내리깔면서 차갑게 말했다.

"흐흐. 역시 그렇게 달아나시군요. 허긴 그럴 수밖에 없겠지요. 당신이 수십 년간 의식적이건 무의식적이건 그 사건을 회피해온 세월의 더께가 그리 만만치는 않을 테니까요."

청년의 비웃음과 어투에는 상대에 대한 배려와 연민, 어이없음과 조소를 삶고 섞은 냉정함이 차갑게 스며 있었다. 그 힘이 현을 막다른 골목으로 몰아가고 있었다.

"그따위로 함부로 비웃지마! 젊은 녀석이 뵈는 게 없어? 지금까지 혼자 떠들도록 내버려둔 건 터무니없는 이야기지만 어떤 진지함은 그래도 묻어 있었기 때문이야. 헌데 이젠 아예 시장터 날건달처럼 할 말 못 할 말 마구 지껄이고 있어. 그따위로 떠들 거라면 난 가겠어. 버릇없는 젊은 녀석과 이렇게 노닥거릴 정도로 난 한가하지 않아. 밤도 깊었고 낼 할 일도 많은 사람이야."

순간 청년은 당황한 듯 반쯤 몸을 일으키고 허리를 앞으로 수그리면서 고개를 정중히 숙였다.

"아, 죄송했습니다. 제가 말씀대로 말을 버릇없이 내뱉었습니다. 정말 죄송합니다. 선생님보다 훨씬 어린 녀석이라 아직 어른과의 대화에 익숙지 못한 면이 있었습니다. 용서하세요. 조심하겠습니다. 그리고 앞으로 이 자리에서 선생님으로 호칭하겠습니다. 그렇게 해도 되겠습니까?"

선생님과 어른이라는 생소한 어휘를 사용하며 청년이 정중하게 사과하자 현의 속이 조금 진정되었다. 성급하게 내면을 거르지 않고 내보낸 자신의 행동을 다독였다. 청년은 앞 술잔을 들고 몸을 옆으로 틀면서 입에 털어넣고는 정중하게 두 손으로 현에게 내밀었다. 지금까지 청년은 혼자 붓고 정면에서 술을 마셨다. 미안한 마음이었을까. 현은 망설임 없이 술잔을 잡고 그가 붓는 술을 단숨에 마시고는 다시 청년에게 권했다.

"제가 좀 흥분했습니다. 술도 좀 취했고요. 요즘 선생님은 그냥 쉬고 계시지요? 오래 전 회사에서 퇴직하셨다고 들었습니다만. 그 후 다시 다른 일에 몸담으셨고요. 하청회사에 몇 달씩 근무하셨다는 것도."

현은, 퇴직이 아니야. 말년에 잘린 거다, 라고 말하려다 그만두었다. 강제 퇴직이나 잘린 것이나 무슨 차이가 있을까. 어차피 직장은 그렇게 시키니까. 그래도 퇴직 후 시간 타입으로 몇 개월짜리 일이

걸리면 들락거리며 푼돈이라도 벌어온 지 오래되었다.

"자네는 날 그리도 잘 알고 있는 것 같은데, 도대체 자넨 누군가? 우리는 늦은 오후부터 몇 시간이 넘도록 이렇게 술을 마시고 있네만 난 아직 자네가 누군지 모르고 있지. 이건 불공평하지 않은가. 상대는 나를 잘 알고 있지만, 아니 잘 아는 체하고 있지만 나는 상대를 모른다? 어떤가? 세상의 불공평을 술자리까지 끌어들이면 어디 술맛이 나겠어?"

청년은 웃음기를 지웠다. 잠잠히 현을 바라보며 다시 냉수를 마시고는 화장실 쪽으로 나갔다. 현도 담배를 들고 뒤를 따라나갔다. 주방 뒤 좁은 공간은 빗살이 조금씩 날리고 공기는 서늘했다. 전깃불도 없고 높은 담으로 둘러싸여 어두웠다. 현이 담배를 피우고 있는 틈에 청년은 화장실에서 나와 옆에 서서 담배를 물었다. 현은 라이터를 켜서 담배를 문 청년의 입으로 가까이 들이대자 청년은 정중히 라이터를 받아 몸을 숙이면서 담뱃불을 붙이고는 두 손으로 내밀었다. 담배를 피우는 청년의 옆모습을 슬쩍 살폈다. 이마를 거의 덮을 듯이 내려온 긴 머리칼 속에서 직선으로 가늘게 뿜어지는 검은 눈빛은 순간순간 스치는 모든 사물을 어둠 속에서도 정확히 갈라놓는 것처럼 보였다. 현은, 검은 눈빛은 어둠도 가를 수 있구나, 고 생각했다. 야전잠바를 검게 물들인 낡은 외투 밑으로 몸에 달라붙는 청바지를 입은 강건한 하체는 몸통을 든든히 받치고 있었다. 청바지 끝단은 많이 모지라져 너덜거렸다.

둘은 누가 먼저랄 것도 없이 자리로 돌아왔다. 청년의 왼쪽 벽 위에 붙은 시계는 아홉 시를 가리키고 있었다. 빗살 날리는 거리에서 차량들은 빗물 고인 아스팔트 위를 구르는 칙칙한 소음을 실내로 낮게 밀어넣었다.

"시간도 어지간히 됐군요. 그렇지만 어차피 풀어놓은 이야기는 끝을 맺어야 되지 않겠습니까? 저로서는 다시 이런 기회도 없을 터고 또 선생님도, 사실 선생님은 겉으로는 거부하지만 내면에서는 더 받아들이고 싶다는 마음을 갖고 계시리라 저는 생각합니다만. 다시 당시의 내곡동으로 자리를 옮기겠습니다. 이야기는 반을 넘어섰습니다."

"허어. 비 오는 날이 공치는 날이라더니 딱 그 모양이네. 자네의 흥미로운 얘기를 다 풀어놓게. 오늘 밤 엉뚱한 소설 한 권 읽고 들어갈 팔자군. 그런데 말야. 이야기 속에서 존칭은 빼버리게나. 꼭 어린애들 넋두리 같아서."

"아, 그렇게 하겠습니다. 사실 저도 얘기를 풀면서 그런 생각이 계속 들었으니까요. 고맙습니다."

다음날 그는 평소보다 일찍 눈떴다. 일찍이라 해도 아홉 시. 겨울 해는 늦게 뜬다지만 벌써 들창이 훤했다. 세수를 해야 했지만 부엌 수도가 얼어붙어 물을 구할 수 없었다. 평소 친구집이나 주인집에서 물 한 그릇을 떠서 수건으로 얼굴을 대충 씻고 말았지만 이번은 그럴 수 없었다. 부득이 주인집 문을 두드렸다. 몇 번이나 아주머니를 부르고 문을 두드린 후에야 부엌문이 비죽이 열렸다. 주인집 딸애였다. 여고 이학년인 딸애는 평소 그를 만나면 부끄러움을 흘리며 가볍게 고개만 숙이고는 사라지곤 했다. 어쩔 수 없이 세숫물이 필요하다고 말하자 세숫대야에 김이 솟아오르는 따뜻한 물을 가득 담고 밖으로 내왔다. 부모님 안 계시냐고 물었을 때 작은 목소리로, 아빠는 출근하셨고 엄마는 일찍 시내로 나가셨다고 말했다. 주인아저씨는 대학 전기기사였고 그도 잘 알고 있는 분이었다. 그는 오래간만에 머리도 감았다. 방에 돌아오자 생기가 온몸에서 삐져나오는 듯 상쾌했다. 이젠 가게에 가서 건빵으로 아침을 때우고 학교 도서관으로 갈 생각이었다.

벽에 걸린 겨울옷이라야 야전잠바에 역시 사철용으로 입고 다니는 검은 군복바지뿐이었지만 거리낄 일은 없었다. 그 애의 모습은 눈앞에서 살아 있었다. 눈으로 덮인 세상은 며칠 전이나 지금이나 같았다. 눈은 조금도 녹지 않았다.

청년은 잠시 말을 멈추고 현을 차분히 바라봤다. 어떤 작은 표정이라도 찾아내려는 듯. 현은 고개를 돌리고 창밖을 보면서 어떤 상념에 잠겨 있었다. 떠오를 듯 말 듯한 어떤 사건, 사라진 인영을 끄집어내려 하지만 굳게 박혀, 아니 그 자체가 몸속에 스스로 강하게 붙어 있어서 의지로는 도저히 끄집어낼 수 없는 무엇 때문에 힘이 부치는 듯이. 눈 밑이 살짝 떨리는 것 같았다. 청년은 현을 차분히 바라보다가 결심한 듯 말을 잇기 시작했다.

그는 학사주점에서 건빵 한 봉지를 냉수에 곁들여 우걱우걱 먹어치우고는 교문으로 향해 올라갔다. 교문 입구부터 통행로는 눈이 말끔하게 치워져 있었지만 그 외 모든 곳은 두터운 눈으로 덮였다. 아름드리 소나무 가지 위에 쌓여 있던 눈은 미세한 공기 움직임에 자체 무게를 이기지 못하고 밑으로 우수수 떨어졌다. 그 속에 푸근함과 적막이 혼재된 세계가 날아다녔다. 오른쪽 낡은 이층 강의실에서 두런거리는 소리가 들렸다. 아마 서로 약속한 학생들이 폭설을 헤치고 모여서 흑백의 대화를 나누고 있을 터였다. 왼쪽 소나무 숲에 미술실과 학군단 건물이 있었다. 그쪽으로 아직 발자국이 없이 눈만 수북이 쌓였다. 대운동장에는 개 발자국이 어지럽게 파헤쳐져 있고 끝에는 학장 관사가 소나무 숲 속에 하얗게 숨어 있었다. 눈에 보이는 모든 세계는 눈으로 덮여 바람이 불 때마다 높이 솟아오른 소나무에 쌓인 눈

가루가 사방으로 날렸다.

본관 건물로 올라갔다. 아침이라 오가는 차량도 없는 싸늘한 흑백의 세계에서 혼자 도서관 쪽으로 천천히 걸음을 옮겼다. 힘있게 도두밟으며 계단에 오르고, 이층 육중한 도서관 문을 밀면서 정면에 서 있는 전신 거울 속의 자신을 살폈다. 한참 살폈다. 몇 달째 손보지 않은 긴 머리칼이 눈가루 녹은 습기에 축축한 듯했고 아래 위 검은 옷차림 위로 헐겁게 솟아난 얼굴은 비쩍 야위어서 찐빵 하나 붙여놓은 것처럼 작게 보였다. 그는 잠시 자신의 전신을 훑어보다가 잠바 앞 지퍼를 밑으로 내리고는 열람실 계단을 올라 내부로 들어섰다.

앞 전면에 여직원이 앉아 있는 곳으로 가면서 좌우를 살폈다. 학생들이 별로 눈에 띄지 않았다. 방학 중이고 폭설이 내린 후라 아침부터 책에 얼굴을 묻는 학생이 많을 리가 없었다. 아직은 오지 않았구나. 그는 열람실을 한 바퀴 빙 돌았지만 서너 명 열성파들이 머리를 박고 있을 뿐이었다. 한숨을 크게 내쉬었다. 다행이군. 그는 사서실 앞에서 멈추고 우윳빛 유리창 내부를 살폈다. 희곡작가이신 사서 김종수 선생님이 소파에 앉아 신문을 보시는 것 같았다. 똑 똑. 문을 두드리며 사서실로 들어섰다. 선생님은 돋보기 쓴 얼굴을 비스듬히 들고 그를 보며 신문을 내렸다. 김 선생님은, 강의실은 거들떠보지도 않지만 청송이 우거진 교정에서 배회하다가 오후면 도서실에서 시간을 보내는 그를 항상 안타깝게 바라보는 분이셨다.

"자네는 방학에 만날 술만 마시며 시간 보낸다고 누가 그러던데? 시간 아껴서 책을 보라구. 도서관에 매일 나와서 서고 정리하는데도 좀 도와주고. 세 끼 식사비는 나오니까. 좋잖아? 책도 보고."

잠시 생각을 굴렸다. 이곳에서 책도 보고 잔일도 하고 밥값도 벌고. 괜찮군. 혹시 그 애를 볼 수 있을지도 모르고.

"언제까집니까?"

"개학 전날까지 나와야지. 어때? 생각 있어?"

머릿속에서는 매일 은수우를 도서관에서 자연스럽게 만날 수 있다는 희망이 솟아올랐다.

"알았습니다. 내일부터 나오겠습니다."

"새벽부터 나오는 게 아니라 오전 열 시에 나와서 오후 다섯 시까지. 한 명 필요했는데 마침 자네가 왔어. 그럼 낼부터 나와!"

"네, 알았습니다. 고맙습니다."

김 선생님은 슬쩍 웃었다. 그는 도서관을 나와서 음악과 실습실 쪽으로 걸어가면서 계속 수우를 떠올렸다. 그 애는 아직 나오지 않았을 뿐이다. 매일 도서관에 나온다고 말하던 모습을 떠올렸다. 진지하게 반짝이던 눈빛도.

저 앞에 청색 외투를 입은 남학생이 눈을 헤치며 음악관 앞을 지나 식당으로 걸어가고 있었다. 바람이 불었고 소나무에 쌓여 있던 눈덩이가 그 학생 위로 떨어졌다. 학생은 잠시 멈추고 머리와 옷에 묻은 눈가루를 털고 있었다. 그는 학생이 걸어갔던 발자국을 따라 밟으며 곁을 지나가려 하자 상대방은 몸을 약간 뒤로 움직여 몸을 피하는 순간 오른발이 눈 밑으로 푹 꺼지면서 비틀거렸다. 그는 재빨리 학생의 팔을 붙잡았다. 서로 얼굴을 보며 웃었다.

"죄송합니다. 내가 피해야 하는데."

"아니, 괜찮아요. 그런데, 혹시 현이, 남궁현 아닌가?"

"한서, 박한서. 맞지? 야 이거 웬일이야? 이런 곳에서 만나다니?"

"너야말로 여긴 웬일이야?"

한서는 고교 동창생이자 일학년 땐 같은 반이었고 이학년 때 반이 갈렸지만 서로 잘 알고 있는 사이였다. 항상 학급에서 최상위 성적으로 주위에 부러움을 주던 녀석이었는데 서울대로 진학했다고 알고 있던 녀석을 갑자기 한겨울에 지방 작은 대학 교정에서 만나게 되다니. 정말 우연이었다.

"야 이거, 저기 식당 간판이 보이던데 그리로 가자. 거긴 따뜻할 거야. 정말 이런 우연이 있나. 거참."

"그러게. 우리 이 년 만이지? 넌 서울에 있다고 들었는데, 여긴 웬일이야?"

"이학년 마치고 휴학하고 내려왔지. 현이 너 이 학교에 다니는구나."

'이 학교'란 말이 가슴에 걸렸다.

"그래, 국문과. 재수하고 지금 일학년을 마쳤지. 나도 휴학이나 할까 하고."

그는 서울대와 지방대를 생각하고 한심한 생각이 들었지만 곧 지워버렸다. 한서와 같이 식당으로 눈길을 헤치고 걸어가면서, 한서가 왜 휴학을 했고 한겨울 이곳에 무슨 일로 나타났을까,를 생각했지만 묻지는 않았다. 상대에게 자신의 곤란한 처지를 드러내고 싶지 않을 마음은 서로 같을 테니까. 식당 층계에서 바지에 묻은 눈을 털고 있는 한서를 기다리지 않고 현은 눈 묻은 바지 채로 매점 앞으로 갔다. 어느새 옆에 선 한서는 라면을 시켰고 현도 같이 라면을 시켰다.

"아침 안 먹었어?"

"먹을 시간이 없었어. 내곡동 눈경치도 볼 겸 학교 도서관에서 책도 볼 겸 왔지."

한서는 낮게 말했다. 좀 전 처음 봤을 때부터 목소리가 낮게 깔렸다는 걸 생각했다. 한서는 입구를 볼 수 있는 구석 자리에 가 앉았다. 그가 김이 솟아오르는 라면 두 그릇을 쟁반에 담고 김치와 젓가락을 얹어 한서가 앉아 있는 곳으로 갔다. 두 젊은이의 속을 채울 양으로는 턱없이 부족했지만 말없이 뜨거운 면을 입김으로 불어가며 먹었다. 두 젊은이는 라면 국물 한 방울도 남기지 않았다. 냉수를 마시는 한서를 차분히 보았다. 머리는 상당히 길어 옷깃을 덮을 정도였고 살집 없는 흰 얼굴에 몸 전체도 약간 앙상한 모습이었지만 짙은 눈썹 밑에서 뿜어져나오는 눈빛이 날카로웠다. 고교 시절에도 이랬던가 생각했지만 기억이 나지 않았다. 속눈썹이 유난히 길었고 컵을 잡고 있는 손가락도 실뱀처럼 가늘고 길쭉했다.

"넌 집이 원래 강릉이 아니지? 내 기억으로는 북쪽인 걸로 아는데, 맞나?"

"그래. 기억하고 있네. 간성이야. 알지? 속초 위. 너도 강릉이 아니고 삼척인가 하는 곳 아니야?"

"흐흐. 둘 다 촌놈이네. 흐흐흐."

"히히. 그렇군."

한서의 엷은 입술 사이에서 '흐흐'가 아닌 '히히'라는 음성이 새어나왔지만 듣기에는 '흐흐'와 '히히', '허허'가 합쳐진 음성 같았다. 한서는 그를 보면서 가끔 출입구로 시선을 돌렸다가 다시 그와 매점으로 눈길을 던지기도 하면서 말을 이었다.

"대학에 입학한 후 부모님이 내 이름을 바꿔줬어. 박승연으로. 지난 이 년간 서울과 집에서는 승연으로 불리다가 갑자기 너를 만나 한서로 불리니 기분 묘하네. 그런데 넌 그동안 어떻게 지냈어?"

"난 사관학교 신체검사에 떨어지곤 그냥 집에서 일 년을 놀다가 이 학교 국문과에 들어왔지. 넌 서울대에 다니는 걸로 알고 있는데?"

"야, 현이. 그노므 서울대는…. 이학년 마치고 휴학했어. 간성 집에 있기도 답답해서 강릉에 어제 왔어. 오니 마땅히 갈 곳도 없더라. 마침 눈도 오고 해서 이곳까지 슬렁슬렁 걸어왔는데 널 만난 거야. 앞으로 이 대학 도서관에서 책이나 보며 봄을 보낼까, 뭐 그런 생각도 들더라. 학교도 조용하고 풍광도 맘에 들고."

한서, 아니 승연은 대화를 하면서도 계속 시선을 이리저리 돌렸다.

"너도 하숙이나 자취를 하겠네?"

"자취랄 것도 없고, 학교 옆에 그냥 방만 얻어놓고 동가식서가숙하는 형편이지. 부엌 수도도 얼어붙었고 연탄도 없고. 후후. 친구들이 방학하면서 맡기고 간 이불이 많아 요와 이불을 두 채씩이나 깔고 덮으면 그런대로 겨울 추위도 견딜 수 있어. 낼부턴 도서관에서 잡일이나 하게 됐고, 아마 점심 저녁밥은 해결되겠지."

이 말을 듣자 승연은 빤히 그를 바라보면서 무언가 말을 하려다가 멈췄다. 잠시 창으로 시선을 던지다가 결심한 듯 말했다.

"야, 너랑 같이 좀 있으면 안 될까? 나도 이 부근에 방을 얻어 잠시 지내면서 아까 말한 대로 도서관에서 책이나 보고 싶은데, 마침 너도 혼자 있고 이불도 여유가 있다니 같이 있자. 오래는 안 있을 거야. 잠시만 같이. 어때? 방세나 전기세, 연탄도 반반씩 내면 좋잖아. 심심하지도 않고."

그는 잠시 혼란에 빠졌다. 갑자기 만난 친구의 제안을 이리저리 뜯어봤다. 입학 후 일 년간 철저히 혼자 지냈다. 밥을 먹거나 잠을 자도 언제나 혼자였다. 그래도 적적하지는 않았다. 적적하다니. 도리어 혼자가 좋았다. 지난 일 년간 시내에서 돌아다닐 때 빼고는 모든 생활은 혼자였다. 밤에 이불 속으로 스며드는 외로움도 때로는 친한 친구처럼 여기면서 지내왔다. 그런데 갑자기 다른 인간이 자신의 세계로 들어온다는 사실은 지금까지 누려왔던 호젓한 외로움을 뿌리째 뽑아내는 것처럼 느껴졌다. 그러나 막상 현실은 어려웠다. 방세나 연료비. 기타 자잘한 경비. 무엇보다 같이 있자는 말에 거부할 명분이 적당치 않았다. '혼자'를 설명하기가 힘들었다. 또 매정하게 '안 돼!'라고 말할 수 있는 결단을 스스로 감당하기 어려웠다.

"너도 참 별종이네. 냄새나는 촌방에 기어들어오겠다는 마음도 갸륵하구나. 흐흐. 방은 그리 좁지는 않고. 정말 나와 같이 있을 수 있겠어?"

승연은 얼굴을 환히 폈다.

"고마워. 임당동 성당 뒤 친구집에 간단한 짐이 있는데 오후에 같이 가자. 가서 안경아줌마집에서 예비 입방식을 거치고 우리 방에 들어가서 정식 입방식을 해야지."

승연은 '우리 방'이라는 말을 사용했다. 그는 일순 습습한 바람 속으로 스며드는 기분이었다. 왜 이다지도 자신은 매몰차지 못한가.

"서울 놈이 안경아줌마집은 어떻게 알고 떠들어?"

"그 정도는 기본이지. 아무리 강릉 떠난 지 이 년 됐지만 안경아줌마집까지 모른다면 말이 되나? 서울서 살아보니 아무래도 난 나릿가 체질에서 벗어나지 못하겠더라고. 히히히."

다시 출처 모를 그의 웃음이 새어나오며 승연의 어투가 밝아졌다. 그날 밤부터 '우리'는 한 방 식구가 됐다. 다음날 그가 오전에 학교 도서관으로 갈 때까지 승연은 아직도 어제 마신 술에 곯아떨어져 정신없었다. 저녁에 돌아오니 부엌에 굳은 쇠말뚝처럼 얼어붙었던 수도에서 수돗물 흐른 흔적이 보였다. 꼭지를 틀자 시원스럽게 차가운 물이 흘렀다. 부엌 내부가 전과 다르게 훈훈했다. 아궁이를 덮은 뚜껑에서는 연탄의 열기가 위로 전해졌다. 이것 봐라. 다시 부엌 옆으로 돌아가니 집 벽에 연탄이 거의 백 장은 될 높이로 쌓여 있었다. 방안도 따뜻한 훈기가 가득 찼다. 승연은 어디론가 가고 없었다.

새로운 생활이 펼쳐졌다. 전날에 아무리 술을 마셔도 일찍 일어나 머리부터 감고 군복 물들인 옷에 막걸리자국이라도 묻었는지 세밀히 살피는 버릇이 생겼다. 승연과는 함께 밥 먹는 시간은 없었다. 항상 늦잠을 자는 승연이는 그가 방을 나갈 때까지도 잠에 떨어졌다.

거의 정오 무렵이 돼야 도서관에 나타나서 주로 문학서적을 펼치고는 머리를 박고 있었다. 현과는 식사 시간이 맞지 않았으므로 학교 식당에서 각자 해결했다. 그가 도서관 일을 마치고 나서서 집에 가면 승연이는 없었다. 도서관에서 먼저 나가는 모습을 봤는데도 어디서 무얼 하는지 밤 열한 시가 지나서야 방에 들어오곤 했다. 가끔 술 냄새를 풍기는 일도 있었다. 누구와 만났느냐는 말에 슬쩍 웃으면서 대답하지 않았다. 그냥 아는 애들을 만나서 이야기를 나누다가 늦었다고만 말했다.

도서관 일은 잔일처럼 소소했다. 학생들이 열람하고 반납한 책과 새로 들어온 책을 김 선생님의 지시에 따라 정리하거나 자잘한 문서 일만 처리하면 됐다. 남는 시간에는 책을 봤다. 은수우. 그 애는 처음 며칠간 보이지 않아서 애가 탔는데 그 후 일주일에 두세 번 도서실에서 볼 수 있었다. 그는 수우를 도서실에서 처음 봤을 때 일부러 못 본 척 인사를 하지 않았다. 점심시간까지 서고에서 지내다가 식당에 가기 위해 칸막이 책상에 머리를 숙이고 책을 보고 있는 옆을 우연인 척 스치며 잠시 멈췄다. 인기척에 머리를 돌린 수우에게 가벼운 웃음을 던지며 낮게 말을 걸었다

"정말 왔네요. 독서도 식후경인데 식당에 안 가세요?"

"어마, 여긴 웬일로? 공부하러 왔어요?"

"아니. 주제에 무슨 공부는. 도서관에 잠시 발을 디디고 지냅니다. 사서 선생님을 도와주고 있어요. 방학 동안만."

"그래요? 잘됐네요. 그래서 그런지 남궁현 씨 옷에서 낡은 책 냄새

가 나는 것 같은데… 픕. 식당 먼저 가서 맛있게 드세요. 전 늦은 아침을 먹어서 생각 없어요. 다음에."

"섭섭한데, 그럼 다음에 같이 가죠, 뭐."

도서관에서의 첫 만남은 부드러웠다. 그는 식당으로 가면서 그 애와의 대화를 생각했다. 낡은 서적 냄새가 난다고? 다음에? 좋은 징조였다. 식당 가는 길은 그동안 좁은 눈길이 생겼다. 무릎까지 빠지던 눈을 두 사람 겨우 지나갈 정도로 길이 만들어졌다. 그는 싸늘한 바람을 맞으면서도 가슴 속은 훈훈했다. 음악관 앞으로 돌 때였다. 뒤에서 눈을 밟는 소리가 들려 몸을 돌리니 승연이가 부지런히 쫓아오고 있었다. 그는 기다렸다. 같이 있으면서도 요즘 점심을 함께한 적이 없었음을 생각했다.

"누가 몽둥이 들고 쫓아오기라도 하나? 왜 그리도 급하게 걸어와?"

"너와 같이 점심 먹으려고. 아까 그 여학생, 예쁘더라. 가까운 친구야?"

"친군 무슨 친구. 그냥 동아리가 같은 것뿐이지."

"그래? 그런데 그 애 표정이 밝던데? 며칠 사이에 나도 몇 번 봤는데 상당히 지적인 애 같아."

"나와 상관없는 부잣집 애라고. 나 같은 하층민과는 격이 다른 집 애야. 흐훙."

"야야. 이 좁은 강릉 바닥에서 부자면 얼마나 부자야? 먹고살고 애들 등록금 정도는 해결할 수 있고 방구석 뜨뜻하게 지낼 정도겠지."

"그래. 그 정도라도 나에게는 하늘나라 팔자지."

“팔자? 팔자소관이라고 미리 결론짓지마. 우리가 바라는 세상이 가까이 있을 수도 있으니까.”

“제발 그랬으면 좋겠다만 당장 내 코가 석 잔데. 휴학하고 봄부터 지낼 일이 걱정이야. 서울 집에 가봐도 있을 방도 없고 할 일도 없고. 부득이 이곳에서 지내야 하는데 등록금 마련할 일이 까마득하지만 손댈 곳은 없어. 너도 알지만 강릉에 우리가 할 일이 중고생 과외 빼곤 없잖아.”

“애들 가르쳐보지. 뭐가 어려워?”

“야, 그것도 학교가 웬만히 받쳐줘야지. 명함도 못 내밀어. 어차피 나는 틀렸고….”

그의 목소리는 쓸쓸하게 잠겨들었다. 식당에 와서 백반을 시켰다.

“만날 라면만 먹다가 그래도 백반을 먹는 반열까지 올랐으니 신분 상승은 확실하지?”

“야, 기층민중들의 라면 사랑을 그렇게 밑으로 깔고 보지마. 라면도 때로는 과분할 때가 있으니까.”

“기층민중? 그 말이 왜 여기서 튀어나와?”

“잘 알 텐데 그래. 쉽게 말하자. 우리나라 절대다수를 차지하면서도 힘없고 돈 없는 기층민에겐 때로는 라면도 과하지. 라면 한 개에 목숨을 거는 자들이 수두룩해.”

낮게 말하면서 승연이는 좌우로 눈을 돌렸다. 그는 승연의 입에서, 평소 학교 친구들 사이에서는 잘 쓰지 않는 어휘가 튀어나오자 잠시 의아스러운 눈길로 그를 보았다. 승연이는 밥을 먹는 척했다. 그는 서울서 온 녀석들의 언어 쓰임이 이곳 강릉 젊은이들의 일반적인 대화에서 동원되는 어휘와 다를 수도 있으리라 생각하면서도 뭔가 구름 한 점 휙 지나감을 느꼈다. 둘은 더 이상의 대화는 없이 밥을 다 비웠다. 둘은 밖으로 나와 담배를 피웠다. 하늘은 구름 한 점 없이 푸르고 키 높은 소나무 우듬지가 미세하게 흔들렸다. 엉킨 가지에 아직도 쌓여 있는 눈이 바람에 날렸다. 잠잠히 담배 연기를 뿜던 승연이 그에게 눈을 돌렸다.

"아까 내가 한 얘기 너무 깊게 생각하지마. 나도 동아리 활동 좀 했는데 주로 거기서 나온 이런저런 얘기들 중 찌꺼기일 뿐이야. 내가 괜히 그딴 얘길 했네."

"그게 나와 무슨 상관이야. 저녁에 시내에 나가서 술 한잔 할까? 너 이 학교 애들 잘 모르잖아. 재밌는 친구들이 많아. 어울려서 한잔 하고 돌아오는 게 어때? 금방 친해질 거야."

승연은 담배꽁초를 눈더미 속에 쑤셔박았다. 잠시 생각하다가 말했다.

"아니, 너 혼자 가. 난 오늘 다른 약속이 있어. 또 갑자기 엉뚱한 놈이 끼면 판이 좀 이상하잖아. 재밌게 놀아. 난 지금 시내에 나가야 돼. 혹시 오늘 안 돌아올지도 모르니까 기다리지마."

말을 마치고는 휘적휘적 미술관 쪽으로 걸어갔다. 가다가 잠시 생각하는 듯하더니 다시 몸을 돌려 그에게 왔다.

"이건 별말은 아니지만 친구들에게 나와 함께 있다는 말은 하지 말았으면 좋겠어. 다른 뜻은 없고, 그저 내가 입에 오르내리는 거 싫어서 그래. 좀 그렇잖아. 흔히 그러더라. 서울대 쫌 다닌다고 폼 잡나? 히히."

계속 느끼는 일이지만 그의 웃음은 그와 어울리지 않았다. 그런데도 처음 만났을 때 식당에서 들었던 그 '후후'도 '허허'도, 그렇다고 '히히'도 아닌 그 미묘한 웃음을 들을 때면 몸이 한쪽으로 쏠리는 것처럼 뒤틀렸다. 푸른 잠바는 방에 걸어두고 지금은 검은 반코트를 입었다. 아래는 황색 코르덴 바지였다. 걸어가는 뒷모습을 바라보며 방금 그가 한 말을 되뇌었다. 한 줄기 바람이 그의 뒷모습을 삼킬 듯이 불었다. 긴 머리칼이 앞으로 날렸다. 바람 속에 그의 진중한 모습과 어울리지 않는 웃음소리가 흩어지고 있었다.

저녁에 그는 시내 금학동에 있는 일본어학원으로 갔다. 좁고 번잡한 상가 이층에 자리한 일본어학원은 정유석 어머니가 원장으로 있었다. 유석을 만나러 항상 들락거렸지만 수강생이 그리 많지 않아서 한적한 느낌을 주는 학원이었다. 이층으로 올라가다가 마침 내려오고 있는 유석을 만났다.

"야, 마침 잘 왔다. 순호 자취방으로 가는 참인데 같이 가자. 거기에 조기춘과 도상훈이 최규훈도 와 있을 거야. 규훈이 어머이가 어제 환갑이었는데 남은 음식 갖고 순호 자취방으로 온다더라. 가서 한잔하자구."

경영학과 이학년인 최규훈은 그와 말 트고 지내는 친구지만 학과가 다른 그의 친구들과는 서로 존칭하면서 지냈다. 언젠가 규훈의 어머니가 일하는 시장터 술집 골목으로 같이 갔을 때 서너 평 좁은 어두운 술집에서 규훈 어머니를 본 적이 있었다. 그 좁은 가게가 규훈네의 생활 근거지였음을 알자 평소 그가 술만 마시면 고개를 떨구고는 이리저리 떠밀리고 찢어진 언어로 삶을 부정하던 모습을 조금은 이해할 수 있었다. 두 살 밑 여동생이 서울 근방 골프장 캐디로 일한다고 들었는데 어느 날부터 집에 와 있다는 말도 들었다. 술만 먹으면 규훈은 골목길에서 큰소리고 외쳤다. '야 이 새끼들아, 내 동생은 미혼모다아—! 야 현이. 어때? 멋있지 않아? 씨발노므 새끼들. 다 뒤질 노므 세상 새끼들아!'

그는 유석과 순호 자취방으로 가면서 규훈 어머니의 쪼그라든 몸집과 거친 얼굴의 주름을 떠올렸다. '환갑잔치'라는 말이 이상하게도 걸맞지 않게 다가왔지만 오래간만에 제대로 된 음식을 먹을 수 있다는 기대감으로 규훈 어머니의 모습을 자동차 와이퍼로 쓱 밀 듯 지워버리고 빈자리에 먹음직한 음식을 채웠다.

이순호는 남대천 건너 노암동 골목에 고등학교 다니는 여동생과 방 두 칸을 얻어 지내고 있었다. 부모는 주문진 항구에서 어물장사로 생계를 이어가는 형편이라 대학에 다닐 여유가 없었지만 아마 집안 장남이라는 점에 방점을 놓은 모양이었다. 순호는 주문진 인근 수산고 어업과를 졸업하고 한 해 재수를 하는 둥 마는 둥 놀다가 예비고사에 떨어지고 대학은 청강생으로 다니고 있었다. 당시 중소회사 입사 자격은 대학졸업 증명서와 성적 증명서만 있으면 가능했기에 예비고사에 떨어지고도 정원 외 입학하는 청강생이 꽤나 많았다. 사립대학으로서는 정원 외 입학생들이 많을수록 등록금 수입이 늘어나기에 청강생을 적극 받아들였다.

학과가 문제였다. 회사에 취직하려면 상경계로 진학해야 하는데 하필이면 굶는과라는 국문과에 들어와서야 앞길이 그리 밝지 못한 상태였지만 순호는 꿋꿋하게 다니고 있었다. 순호의 유일한 세상 걱정은 펑크난 학점과 집 인근의 골목 입구 술집의 외상값 걱정이었다. 둥글고 살집 많은 얼굴에 근심이라고는 티끌만큼도 나타내지 않았다. 세상 모든 풍파는 그 얼굴 앞에서는 비껴지나가고야 말 그런 태평스러운 얼굴로 항상 우리들의 찌푸린 마음을 거칠게 다듬어 주는 친구였다. 이와 다르게 여동생은 생글생글한 얼굴이 귀엽고 공부도 잘해서 고교에서는 드문 장학금을 받고 다닌다고 들었다.

유석과 순호 집으로 들어가자 이미 방안의 떠들썩한 분위기가 어지럽게 문 밖으로 새어나오고 있었다. 윗방 문을 열고 들어가니 도상훈과 조기춘 최규훈이 둘러앉아 담배를 피우며 시끄럽게 담소를 나누고 있는 방 한복판에는 이미 판이 벌어졌다. 방바닥에 깔아놓은 신문지 위에 음식이 가득 찬 박스가 있고 펼쳐놓은 대여섯 개 접시에 떡과 어물 육류가 가득 담겨 있었다. 자세히 살피니 떡살자국 선명한 흰 절편과 겨울에 귀한 쑥절편, 콩고물이 덮인 인절미, 먹음직한 쇠고기와 돼지고기 편육, 팔뚝만 하고 살집이 두툼한 어물 열댓 마리와 여러 종류의 부침개가 실하게 쌓여 있어서 예닐곱 명이 실컷 먹어도 남을 정도였다. 이 모든 것들 중앙에 먹음직스럽게 붉은 윤기가 흐르는 김치 두 포기가 큰 그릇에 담겨 임자를 기다리고 있는 중이었다.

"요것 봐라. 제법 풍족한데 그래. 술은 어딨어? 술이 있어야 판이 열리지."

유석은 술부터 찾았다. 순호는 부엌으로 나가서 술잔과 수저를 쟁반에 담아 들고 왔다.

"정형, 좀 참으쇼. 참아야 복이 온다고 했잖소. 이 판에 쐐주가 없을 리가 있갔소? 정형은 막걸리를 좋아하지만 여기 이 젠틀맨들께서는 간단하고 팍 돌아버리는 쐐주만 찾아서 내 열댓 병 잘 모셔놨으니께."

순호는 안방으로 통하는 장지문을 열고 들어가자 방학 중이라 집에 있던 순호 여동생이 꽥 소리를 질렀다.

"아참 오빠는 그렇게 막 문 열면 어떡해! 부엌으로 돌아다닐 수 없어?"

"집에만 있지 말고 좀 놀러도 가라. 오늘 좀 시끄러울끼다. 대신 인절미와 쇠고기 편육은 맘껏 먹여줄 테니 염려 뚝 해라."

"흥. 고기 못 먹어본 사람만 사나? 글고 내 방에 저 소주 박스는 또 뭐야? 저걸 오빠 방에 두면 어디 덧나?"

"야야. 부엌에서 옮기다보니 그래 된 거 갖고 너무 소리치지마. 여기 오빠야들이 오늘 잔치하는 날이니 넌 굿이나 보고 떡이나 먹으면 돼. 굿?"

굿! 굿! 구웃—!

기춘과 상훈이 목소리를 높였다.

"아이참, 숙제가 밀렸다고욧!"

"빈이 아가씨이. 오늘 좀 시끄럽더라도 쬐끔 참으쇼. 여기 용맹무

쌍한 꽈대표 정 선비가 그노므 숙제 정도는 낼 가볍게 해치워줄 수도 있응께 염려 탁 놓으시라고. 어허 으엇."

안방에서 여자애 말소리가 뚝 그쳤다. 순호가 술 박스를 들고 나왔다. 여섯 젊은이들은 술과 안주를 중심으로 빙 둘러앉아 술잔과 수저를 펼치고 굶주린 젊은 혼을 달랠 본 게임의 식전 행사를 준비했다. 모두들 앞에 술잔과 수저를 가지런히 놓았다. 집주인 이순호가 소주병을 비틀어 술잔에 가득 채우고 얼굴을 정유석 쪽으로 돌렸다.

"정형이 주사를 달아야 시작하지요."

"아뇨. 내가 아니라 이 풍족한 음식을 가져온 최규훈 씨 사설을 먼저 들어야 되잖겠소? 사실 규훈 씨 어머니가 어제 환갑을 맞이하셨다는 사실도 우리는 모르고 있었으니 아들 친구로서 죄가 큽니다. 어쩌겠소?"

"그냥 먹읍시다. 어머이 잔치는 큰형님이 다 주관했으니 우린 그냥 먹기만 하면 되지. 무슨 말이 필요하겠어?"

"좋소. 그럼 향기 나는 술을 준비한 디오니소스를 위해 자, 듭시다!"

"이렇게 풍족한 음식을 예비하신 옛 고시 씨를 위해. 고수레!"

"디오니소스 엄마 세멜라를 위해. 세멜라아!"

모두 말라붙은 위장 속으로 술과 떡과 고기를 집어넣기 시작했다. 가난한 젊은이들 입에 오래간만에 맛보는 풍족한 고기와 떡, 부침개는 사정없이 찢어져 입속으로 맹렬하게 들어갔다. 말없이 허겁지겁 먹고 마시다가 유석이 한마디 던졌다.

"어허, 이거 하나 빠졌네. 빈이에게도 보내야지. 순호 씨. 동생에게도 보내쇼. 속으로 우릴 얼마나 원망하겠소? 야박하게도 지들끼리만 먹는다고."

말이 끝나기도 전에 옆방에서 또르르 구르는 말이 들렸다.

"여기 있어욧. 벌써 제가 몇 접시 미리 챙겨놓았다고요."

크—! 상훈이 웃었다. 그러자 순호가 말했다.

"저 애가 요걸 미리 안 챙길 애가 아니지. 글고 소주는 친구 도매점에 가서 한 박스 싸게 들고 왔으니 더치페이하면 될끼요. 걱정 말고 마십시다. 참내, 이거 얼마만이야. 위장이 놀라겠네."

술잔을 쓰윽 비우고 고기 뭉텅이를 입에 넣고 씹으면서 양 볼을 실룩거렸다. 사실 이런 성찬은 이들에게는 정말 귀한 음식이었다. 평소 김치와 밥이면 감지덕지할 청춘들. 라면 한 개에 국수 반 묶음과 쪽파 반 단을 넣고 끓여 서너 명이 달려들던 헛한 뱃구레 앞에 산해진미가 펼쳐진 풍족함은 모두에게 포만감으로 몰아갔다. 잠시 말없이 먹고 마시면서 속을 적당히 채운 젊은이들은 불그스레한 눈빛을 반짝이며 서로를 쳐다보았다. 먹긴 잘 먹지만 이거, 이렇게 막 먹어도 되는 거냐? 눈빛은 말이 없어도 이심전심 서로에게 전해졌다.

"규훈 씨. 이거 정말 이렇게 막 먹어도 되는 거요? 환갑잔치 치곤 꽤나 거창한데, 식구들 말고 우리까지 이렇게 배불리 먹을 음식을 정말 집에서 다 만든 거요?"

친구들에 비해 음식에는 손을 삼가던 규훈은 앞에 놓인 술잔을 입어 털어넣으면서 말했다.

"다 큰형네 작품이라. 평소 어머이 근처에도 오지 않던 작자가 요근래 어머이 오막살이와 텃밭 부근이 도시계획에 들어가자마자 뻔질나게 드나들더니, 어머이 환갑이라고 거창하게 음식을 주문해서 집으로 밀어넣은 게 이거요. 우린 그저 먹고 마십시다. 아마 멍청한 큰형 작품은 아니고 여우눈알만 굴리던 형수 작품일게요. 상관없으니 먹어줍시다."

주위는 어색하게 조용해졌다. 한 가정사의 내막에 끼어들 건더기도 없는 젊은이들은 미안함과 어색함, 뭔가 불합리한 내막을 직감적으로 알아차렸다. 규훈 어머니가 시장터 구석 술집에서 새벽부터 자정까지 손이 부르트도록 일하고 계시다는 사실을 모두 잘 알고 있는 터였다. 대단한 돈을 만지지도 못하고 겨우 가족 풀칠에 바쁜 형편도. 그러면서도 규훈의 큰형 일은 처음 들어보는 말이었다.

"아버지는 돌아가신 지 오래고 어머이 이름으로 된 집과 밭 천오백평 정도가 도시계획에 들어갔으니 제법 큰돈 되겠지. 약삭빠르게 움직이는 작자들이 임자 아닌가? 흐흐흐."

조용했다. 아직은 집안의 경제에 대한 예비지식이 없는 이십대 초반의 젊은이들이지만 규훈의 이야기에서 무언가 억울함이 비집고 나오는 기운을 받아들이고 있었다. 잠시 후 그가 말을 이었다.

"항상 그렇지 않소? 정직하고 착한 흥부에게는 원래 돌아올 재산이라곤 쥐뿔도 없는 법이니, 약삭빠른 인간만이 세상을 딛고 산다는 건 예나 지금이나 마찬가지지."

기춘은 이미 적당히 취해 말이 리듬을 탔다. 기춘은 경북 구미 출신이었다.

“오래 전 우리 마을에 서울서 약사하는 둘째 아들이 농사짓는 부모를 모시고 가려다가 병들어 누운 형한테 도끼로 얻어맞은 일이 있었지. 그 집이 대농이었거든. 몇 만 평 토지가 무슨 공단으로다 편입되면서 땅값이 하늘 높은 줄 모르고 치솟을 땐데, 평소 시골엔 눈도 돌리지 않던 서울 약사가 약삭빠르게 늙은 부모를 모시고 서울로 가려고 수작을 하는 판에 건넛방에 병들어 누워 있던 형이 그 말을 듣고 비틀거리며 안방으로 겨우 들어와서 아무도 모르는 아비를 설득하는 동생놈 어깨죽지를 도끼로 내리쳐버렸어. 약사는 바로 병원에 실려갔지만 형은 원래 병이 깊어 병원에서도 내놓은 판이라 경찰도 오늘 낼 하는 사람을 입건만 하고 계속 관찰하고 있었더라는 얘기지. 몇 만 평 토지가 공단으로 들어가면 돈이 한 궤짝 돌아다닐걸. 흐흐. 돈 위에 더 뭐가 있어? 부모형제? 없어.”

술 취해서 터진 말이지만 화기 넘치던 분위기를 넘어버렸다. 고개숙이던 규훈이 분위기를 잡았다.

“옆집에 작년에 우리 학교 경영과 졸업한 유재훈이란 선배가 있는데, 그 형이 지금 제일은행 다니지. 그 형이 중소기업은행 입사 면접 볼 때 면접관이 묻더라는게요. 은행은 돈을 다루는 곳인데, 자네는 돈을 어떻게 생각하는가? 그 형이 바로 대답했대. 돈이란 없어도 좋고 있으면 더욱 좋은 게 아니겠습니까? 그 형은 정직한 대답보다 뭔가 비틀린 말이 더 독특한 인물을 드러낼 줄 알고 말했는데 자리가 서늘해졌다는 거요. 결국 떨어졌지. 그렇게 말하면, 이놈 인물이군,

하고 인정해주리라 생각했는데. 에이 쪼다 같은 면접관놈들. 흐흐흐.”

“맞는 얘기 아냐? 없다고 우리가 술 못 마셨나? 굶어죽었나? 있으면 더욱 좋다는 말이 왜 비틀린 말이야? 가장 솔직한 말이잖아.”

“야, 객기가 밥 멕이냐? 면접관 탓할 일 없어. 어차피 들어갈 회사라면 요구하는 틀에 몸을 맞춰야지. 맨몸으로 디밀어대면 그냥 튕겨나오게 돼 있어.”

“그 선배 참 대단한 사람이네. 지금 세상은 경직된 획일성 속에서만 살아갈 수 있어. 개인의 작은 일탈도 허용하지 않아. 엄숙한 은행 면접관들 사고에 따라 움직이지 않으면 빗나갈 수밖에 없지. 돈 따먹는 은행 입사에서, 돈이란 없어도 좋고 있으면 더욱 좋고? 당연히 떨어지지. 지금 서울서 애들 데모하는 거, 물론 그건 개인 일탈과는 좀 다르겠지만 개인이나 사회적 욕구를 조금이라도 비틀어 드러내면 징역살이도 갈 수 있는 세상 아냐? 획일화된 틀을 거부하는 그 애들이 용감한 거지. 이곳 대관령 너머 사는 촌놈들이 술집에서 내뱉는 말 들어봐. 만날 하는 얘기라곤 모조리 인형의 하품 같은 얘기뿐이지.”

그가 덧붙였다. 자리가 조용해졌다. 어색한 침묵 속에서 잠시 몇 잔 돌아가다가 유석이 말했다.

“그렇다고 우리가 뭐 못할 말 하고 다녔나? 철학과 문학 예술 종교 죽음 사랑…. 이 모든 형이상학적 현상에서 발 뺀 적은 없었어.”

“그럼 그 애들은 철학과 예술을 몰라서 그러는 게야? 서울서는 현상을 바라보는 시선이 빠르잖아. 이곳처럼 중심에서 멀어질수록 주요 핵심에서 벗어날 수밖에 없는 구조라고 말하면 좀 변명이 될까. 사실 우린 뭔가 5프로 부족한 의식에서 허우적대는 것 같아. 철학? 문학? 사랑? 지금 이 고기와 떡, 술 몇 잔 마시면서 우린 행복하지. 몇 점 음식에 이렇게 행복하다고 생각하는 잔챙이 사고로 미래를 대비할 수 있을까? 우리가 왜 책을 보나? 그 잘난 떡 한 쪼가리 나오지 않는 책에서 뭘 얻는다고 도서관엘 가는 거야? 결국 우리 발걸음의 방향을 거기서 얻기 위함이 아닐까? 지금 서울 애들이 몸을 던지는 행위도 미래에 대한 개인의 방향 설정도 있지만 그보다도 근본적인 우리라는 모임, 사회와 대한민국이 나아갈 방향을 설정하는 행위라고 봐. 데모하다가 잡혀가서 몇 년 형을 받고 취직도 못하고 인생 망가질 위험을 무릅쓰고 덤벼드는 재네들의 행위를 이곳에서는 너무 간과하고 있어."

"야, 그 말 재밌다. 그럼 우리들이 평소 떠들고 괴로워했던 개인적인 모든 고민과 사고는 그런 방향에서 떨어진, 한마디로 말하면 쥐뿔도 모르는 촌놈스런 행위였다, 이 말이야?"

반발하는 유석을 보며 그는 애성이 끓어올라 얼굴이 굳어지고 음성이 높아졌다. 이미 얼큰하게 오른 술기운이 바닥에서 뒤틀리며 위로 솟구쳤다.

"우리가 만날 말하는 문학과 사랑이 각박한 현실과 어떤 관계가 있는지. 관계라는 말이 좀 그렇다면 말을 바꿔서, 현실적 욕구에 싸인 민중들의 불만을 과연 얼마나 담을 수 있는가. 뜬구름 잡는 문학과 사랑이 춤추고 있는 우리들 가슴에서 잠시만 벗어나면, 진실과 자유와 정의로운 세상을 원하는 수많은 사람들의 외침이 지금도 한없이 터져나오는 모습을 우리는 보고 있잖아. 대학에 다닌다는 자칭 의식의 전위라고 자위하는 우리가 국민들에게 어떤 티끌 하나라도 도움이 될 현실적인 행동, 그 행동이 지금 우리에게 필요한 거지. 더 이상 구름처럼 날아다니는 언어로써는 역사의 미래를 담보할 수는 없는 일이 아니겠어? 정치 행위에 의식을 담는다는 것은 자신이 이 세상에 주체적으로 참여하고 있다는 가장 확실한 증거지. 너 나 우리가 정치에 눈을 돌리지 않는다는 사실은 이미 나는 세상이 정해주는 틀대로만 살겠다는 나약한 자들의 넋두리와 뭐가 다르겠어?"

평소와는 다른 그의 말에 모두들 입을 다물었다. 묵묵히 고개를 숙이고 있던 규훈이 편치 못한 얼굴을 현에게 돌렸다.

"현이 너, 그럼 우리는 그런 사실을 아예 모르고 또는 외면하면서 지내고 있다고 생각하고 있는 거야? 우리가 그런 사실에서 몇 천 리 떨어져 신선놀음하고 있는 것처럼 보이나? 그렇게 보고 있는 거야? 우리도 마음속에서는 세상 흐름을 재고 있다는 사실을 꼭 말로 표현해야 되는 거야?

그는 자신의 내뱉은 말을 되새김질하며 맛의 속성을 다시 해석하고 싶었지만 그럴 틈이 없었다.

"… 모르겠어. 모르겠다고. 우리는 북한의 구십구 프로 선거판을 비난하지만 왜 우리 현실에서는 유신헌법 국민투표율이 구십 프로가 넘을 수 있고 그 중 구십일 프로의 찬성이라는 세계적으로 희귀한 결과에 의문을 가질 수 없나? 어떻게 민주국가에서, 아무리 체육관 간접선거지만 그래도 대통령 선거라는 어마어마한 일에서 구십 프로의 찬성이 나올 수 있나. 체육관에는 모두 로봇만 모여 있었나? 규훈이 말도 공감할 수는 있어. 마음속으로는 다 알고 있다는 말. 하지만 그 말 참 무서운 말이야. 좀 무책임하기도 하고."

작년 말 국민투표와 유신헌법으로 치른 8대 대통령 선거 결과를 의식한 말이라는 것은 모두 알고 있었다. 잠시의 침묵은 무거웠다. 술기운에 잠긴 분위기가 어떤 폭력으로 뒤집히는 느낌이었다. 기춘이가 화가 난 음성으로 쏘아봤다.

"이 새끼는 평소에 잠잠하더니 뭔 소리여? 갑자기 투사가 된 것처럼 떠드네."

"야, 내가 뭐 틀린 말했나? 이건 최소한의 팩트잖아. 신문에 난 사실 그대로 얘기한 게 뭐가 그리도 귀에 거슬리나? 우린 신문 얘기도 하면 안 되나?"

"남 형. 정의라는 게 남 형에게만 있는 게 아니요. 개인 전유물도 아니고. 그러니 그런 말 그만합시다. 좋은 술 마시고 좋은 안주 먹으면서 할 얘기는 아니잖소."

"현이 이 쌔끼가 맨날 굶다가 뱃속에 기름끼 들어가니 갑자기 정신이 헤까닥하는 모양이네. 야 임마. 그딴 말, 그게 얼마나 무서운 말인줄 알기나 하고 씨부리는 게야? 치워 임마."

"남궁현 씬 소설 쓴다며? 도대체 무슨 소설을 씁니까? 만날 저런 데모에 정신놓고 그런 얘기만 쓰는 건 아니겠고."

"난 작가도 아니고 그냥 가끔 끌쩍거리는 놈에 불과하지만, 그렇다고 작가가 자신의 글쓰기와 이 사회와의 관계를 고민하지 않고서 도대체 어떤 글을 쓸 수 있겠어? 난 잘은 모르지만 그 시대 인간의 찌꺼기도 좋고 잉걸불도 좋아. 다 그런 인간의 전형을 글에 담는 것인데 현실을 외면하고 쓴 글이 과연 글이랄 수 있겠느냐. 난 모르겠소."

"야, 김소월 시는 그럼 시가 아니겠군? 너 말대로라면. 일제의 현실을 벗어난 서정시로 읽히니까. 그렇지?"

"아니, 그런 얘긴 아니야. 지금 서정 안 서정을 논하는 자린 아니잖아. 우리가 지금 이런 말을 주고받는 행위 자체가 바로 넓은 의미의 정치지. 지금 우리는 정치라는 담론 속에 있다는 사실을 부인할 순 없겠지. 안 그래? 항시는 아니라도 가끔씩은 이런 곳에 눈을 돌릴 필요가 있다, 이 얘기지."

"자자, 술이나 마십시다. 오늘 규훈 어머님 환갑 음식을 즐겁게 먹어야 어머님도 만수무강하시지. 자아 자, 한잔 합시다."

유석이 자리를 수습했다. 뒤이어 술잔이 어지럽게 건너다니기 시작했다. 모두 가벼운 목소리로 겨울과 술과 눈, 그리고 여자 이야기. 특히 유석은 특유의 진지성을 담은 표정과 음성으로 그녀와의 시간을 풀어놓았다. 물론 어색하게 흐른 분위기를 바꾸려는 의도가 다분히 섞인 말이었다.

"… 자취방으로 쳐들어갔는데, 그때 여기 도상훈 씨와 같이 갔지."

도상훈이 갑자기 엄숙한 표정을 지었다.

"주인집 뒷방이었어. 교내 시화전에 걸었던 액자를 갖고. 제목이

'황토'였고. 첫 행이, '황토는 네 이름이었다',로 시작되는. 그걸 갖고 문을 두드리자 임미숙이 걔가 얼굴을 내밀더군. 화들짝 놀라면서도 난감하게 변하는 얼굴을 무시하고 그냥 밀고 들어갔지. 상상이나 했겠어? 그렇게 갑자기 습격할 줄을? 인생은 원래 한순간에 결정되는 법이지. 안 그렇소? 흐흐."

유석은 손짓을 곁들여 진지한 사랑의 행각을 풀어놓았다.

"앞에 앉히고 딱 부러지게 말했어. 난 임미숙이란 여성을 잃어버렸습니다. 잃어버린 지 몇 달 됐고요. 처음 나는 세상을 무지개 속에 넣고 다녔습니다. 그런데 지금은 살아도 눈폭풍 속에서 숨만 쉬고 있을 뿐입니다. 그렇다고 누굴 탓하러 여길 온 건 아니고 단지 내 마음만 전해주십사 말하려고 온 것일 뿐입니다. 여기 제 시가 있습니다. 언제가 될지는 모르지만 만약, 만약에 말입니다. 혹시 임미숙 씨를 만나게 되면 이 시를 꼭 전해주실 수 있겠습니까? 비록 거칠게 보일지는 모르지만 제 진정을 진하게 풀어쓴 작품입니다. 그분을 만나걸랑 꼭 좀 전해주시길 부탁드립니다. 몇 달 전에 그분이 제 눈앞에서 사라져버렸지요. 아 이거 참, 갑자기 찾아와 너무 죄송하네요. 다른 분에게 이 시를 맡길 수도 없고, 내가 아는, 임미숙 씨를 가장 잘 안다는 생각이 들어 이런 부탁을 하는 겁니다. 그럼…."

"아니 정 형. 임미숙을 앞에 놓고 임미숙을 만나면 이 시를 전해달라고 했단 말이오? 거참 정 형스럽네. 흐흐."

"그대로요. 나도 그 자리에 있었으니 확실하지. 하여간 그 애 얼굴이 하얘지더군."

현장에 있었던 기억이 새삼스럽게 다가오는 표정으로 상훈이 말했다. 임미숙이란 이름은 우리 모두 알고 있었고 그는 임미숙의 얼굴까지도 뚜렷이 기억했다. 단체 미팅 때 만났으니까. 일이 년 늦게 간호대에 입학한 티가 나는 모습이었다. 몸이 갸름했고 목소리는 또렷하고도 가늘었다. 유석의 파트너였는데 그 후 둘은 잘 나간다는 소문이었지만 임미숙이 서울서 내려온 안경잡이 철학자연하는 녀석과 돌아친다는 소문이 떠돌고는 유석은 혼자 술만 퍼먹었다.

"잘하셨어. 유석 씨의 한마디에 그 애 가슴이 흔들렸겠네. 양심이 남았다면 말이야."

"하이고야, 남녀 관계에 무슨 양심씩이나 찾아? 그저 여자는 부패방지주사를 놓아야 안심이 되는 건데 거참."

순간 이순호는 검지를 구부려 안방 여동생 쪽을 가리키며 주의를 줬다.

"촉진주산지 방지주산지 난 모르겠고, 하여간 이제 일어납시다. 밤이 깊었는데 이 집도 좀 쉬어야지. 우리가 너무 오래 있어서 순호 씨 동생한테 미안하기도 하고. 자, 자."

상훈이 먼저 일어나자 모두 자리를 털었다. 밤 아홉 시가 가까웠다. 밖으로 나오자 새파란 추위에 취기가 싹 가셨다. 근처에 사는 도상훈과 조기춘은 각자 집으로 갔고 그와 유석과 규훈 셋이서 시내 쪽으로 걸어갔다.

"야, 현이. 너 아까 그런 말 어디서 함부로 지껄이지마. 까딱하면 징역 삼 년이다 임마. 술집에서 헛소리 떠들다가 소변보러 간 놈이

삼 년 후 돌아왔다는 얘기 못 들었어?"

"규훈 씨, 그만합시다. 현이도 뭔가 답답해서 한마디했겠지. 우리 어디 가서 한잔 더 하고 헤어질까? 저 골목으로 가면 안경집이니 그리로 갑시다. 뜨거운 국물이라도 좀 마셔야겠어. 가면 아직 동지들이 많을걸."

그도 술이 좀 부족하다가 느낀 터라 사양할 이유가 없었다. 바람이 세차게 불었다. 골목길은 아직 내린 눈이 채 녹지 않았고 좁은 길 양편으로 치운 눈 무더기가 허리 높이로 쌓여 있었다. 셋은 목을 움츠리며 골목을 한참 돌아 안경아줌마집으로 들어갔다. 둥근 원형 탁자 다섯 개 중 세 탁자가 비어 있었다. 한 곳에서는 직장인인 듯한 이십 대 말엽의 남녀 다섯이 닭갈비를 안주로 술을 마시고 있었고 다른 한 곳에는 또래의 젊은이 셋이 앉아 역시 닭갈비를 안주로 하고 있었다. 셋이 쑥 들어가자 아줌마가 반가워했다.

"아이구 주태백들이 납시었네. 오늘은 좀 늦게 출근하셨어. 내장탕 끓일까?"

"네. 국물을 좀 많이 넣어주세요. 찬 기운엔 뜨거운 국물이 젤 아닙니까?"

그는 옆의 젊은이들을 살피다가 한 명에게 눈길을 줬다. 서울에서 대학 다니는 고교 동창이었다.

"원길이 아냐? 오래간만이네."

"그래 남궁현. 이런 곳에서 늦게 만나네. 잘 지내나?"

"나야 항상 그렇지 뭐."

"안주 나오기 전에 여기 와서 한잔 하고 가. 오래간만인데."

그는 사양않고 자리에 비집고 들어갔다. 대학 친구라고 소개하는 두 앳된 청년들과 손을 잡고 인사를 나눴다. 원형 철판은 연탄불로 달아오르고 추위에 절은 몸은 후듯한 기운에 잠겨들었다.

"학과 친구들인데 강릉 겨울 맛을 본다고 내려왔어. 넌 어떻게 지내는 거야? 누구한텐가 너 얘기 잠깐 들었는데."

"그냥 여기 있지. 국문과에. 넌 성대 사학과에 다닌다고 알고 있는데, 맞지? 하여간 고교 졸업하고 첨이네."

조원길. 고교 2학년 때 같은 반이었다. 집은 주문진이었는데 홍제동 하숙집이 현의 숙소와 가까워서 자주 만나던 사이였다. 넷은 술잔을 주고받으면서 지나간 이 년의 시간 속에서 서로의 공통점을 집어내려고 애를 썼지만 서울과 강릉 생활의 두 그래프가 서로 만나는 접점은 너무 엇갈렸다. 고교 졸업 후 생활근거지가 다르면 서로의 그래프는 당연히 어긋나게 될 일. 만나는 부분이 있을 수가 없었다. 유일한 접점은 동창이란 사실과 젊음뿐. 실없이 술잔만 돌리면서 맥없는 분위기만 쌓여갔다. 그는 슬며시 원길에게 지나가는 투로 말을 던졌다.

"야, 박한서 알지? 우리가 일학년 때 같은 반 아니었나? 하여간 지금 서울대 사회학과에 다닌다는. 집은 속초 쪽인가 북쪽이고."

앞에 두 학생이 순간 눈을 반짝였다. 원길이는 몸을 앞으로 당겼다.

"한서. 대학에 입학하고는 개명해서 승연으로 바꿨다는데. 박승연."

분위기가 굳어졌다. 세 젊은이들이 서로 눈짓을 주고받았다. 잠시 고개를 숙이고 있던 조원길은 그의 팔을 잡고 끌었다. 그는 순간 뭔가 잘못된 일이 벌어졌음을 직감하면서 원길을 따라 밖으로 나왔다.

"너, 최근에 한서를 본 적이 있나?"

"왜 갑자기 그걸 물어? 걔가 뭘 잘못했나?"

"아니, 내 묻는 말에 대답만 해. 요즘 한서를 만난 적이 있어? 없어?"

그의 머릿속은 휙 돌아갔다. 풀리지 않던 숙제의 실마리를 잡은 느낌이었다.

"본 적은 있지. 한 달 전에 시내에서 밤에 우연히 만나 라면 하나 끓여먹은 적이 있었어. 근데 왜 그리 심각하게 분위기 잡아? 그 애한테 무슨 일이 있었나? 라면 먹으면서 별말 없었는데?"

원길은 주머니에서 담배를 꺼내 불을 붙였다. 그가 손을 내밀자 한 개비를 밀었다. 다 피울 쯤 원길이 말했다.

"이름 바꿨다는 건 거짓이고, 그냥 박한서지. 서울에서 사라졌어. 경찰이 찾고 있는데 강릉에서 너가 봤다니 이상하네. 넌 한서에 대해 아무것도 모르고 있구나. 그쪽 동네에서는 모르는 애가 없어."

"그쪽 동네?"

"그럼 운동권이라고 하자."

그는 매듭졌던 속이 풀리는 기분이었다. 그랬구나. 짐짓 모르는 척했다.

"그래에? 무슨 일이 있었는데? 내가 볼 때는 아무런 짐작도 못했는데."

원길은 잠시 망설이다가 조용히 말했다.

"서울대 운동권 선두주자지. 작년 초겨울에 거 왜 페퍼포그라고, 가스차 말이야. 장갑차처럼 생긴 괴물 앞에 최루탄을 지랄처럼 쏘아대는. 텔레비에서 봤을 거야. 그 위에 올라가서 화염병을 최루가스 나오는 주둥이에 던져 불을 질렀는데 그 사건 후 한서는 레전드가 됐어. 일급지명수배자. 그리곤 사라졌지. 경찰이 쥐잡듯 뒤졌지만 못 찾았다는데 너가 강릉에서 봤다니 묘하네. 이름 바꿨다는 건 거짓말이고, 아마 그렇게 가명으로 돌아다녔는지도 모르지. 하여간 그렇게 됐어. 그러니 이런 공개된 술집에서 그 애 이름 함부로 떠들지마라. 신상에 안 좋아. 요즘 무서운 세상이잖아."

그의 머릿속은 필름처럼 돌아갔다. 폭설이 내린 날 아침 학교 교정에서 만나 같이 라면을 먹으면서 계속 사방으로 눈을 돌리던 모습. 승연으로 이름을 바꿨다는, 나 만난 사실을 다른 애들에게 알리지 말라는 말. 매일 통금이 다 돼서야 방으로 돌아오던 일. 간단한 대화에서도 강릉 친구들과는 다른 언어들….

"나도 모르겠어. 우연히 잠깐 만나 헤어졌으니 그 녀석이 뭘 하고 있는지 어디 있는지. 그런데 넌 그런 사실을 어떻게 자세히 알고 있어?"

그는 짐짓 둘러댔다. 고교 졸업 후 이 년밖에 안 된 짧은 기간에 삶의 방식은 이렇게도 극명하게 갈리는구나.

"막말로 촌에서나 모르지. 알 놈 다 알아. 최루가스 안 마셔본 놈이

어딨나. 이 말, 화내지는 말고."

"그렇겠네. 이 시골형 도시 놈아 흐흐."

웃음으로 촌놈의 세상을 마무리하면서도 그의 속은 점차 어두워졌다. 지명수배된 인간이 친구로서 지금 자신과 숙식하고 있다는 난감함이 마음속에 꿈틀거렸다. 벌거벗고 차가운 허공을 날아다니는 기분이었다. 실내로 들어와서 유석과 규훈에게 집으로 가겠다는 말을 던지고는 이내 내곡동으로 향했다. 밤은 열 시를 지나고 있는 시간. 다니는 사람들은 하나도 없었다. 대관령에서 내리깔며 밀려오는 거센 바람을 정면으로 받으며 자신의 발걸음 소리에 귀를 열었다. 처벅 처벅 스벅 스발 쓰발 쓰발. 수배 수배 쑤배 쓰발.

얼어붙은 얼굴이 훈기로 가득찬 방안에 들어서자 화악 달아오르면서 온몸의 맥이 풀렸다. 세상이 갑자기 달라졌다. 차가운 냉골 위에서 두 겹의 요와 이불을 덮고 잘 때는 비록 춥고 배고팠지만 마음은 서리처럼 맑았다. 지금 백 장의 연탄이 쌓이고 세수할 수돗물이 흐르는 곳에서 목을 축이고 쌀포대가 구석에 박혀 있지만 '나'가 사라지고 '허깨비'가 방 안에 있는 것처럼 느껴졌다. 창 밖에는 세찬 바람이 소나무를 휘젓는 소리로 요란했다. 방안에는 손으로 잡을 수 없는 날카로운 칼날 조각이 날아다니다가 자신의 심장을 향해 달려드는 것 같아 견딜 수 없었다. 왜 이렇게 됐을까. 은수우, 그 애는 지금쯤 편히 자고 있을까. 책을 보고 있을까. 모두 촌놈들. 촌놈의 새끼들. 그저 개똥철학과 설익은 문학, 술과 여자, 외로움과 객기만 살아 날뛰는, 이 빌어먹을 동네에 기생하는 잡것들의 세상 속에 자신도 한몫

하면서 그동안 기고만장 떠들어댔다.

승연이란 인간은 애초부터 없었다. 박한서란 인간만이 지난 보름 동안 자신과 한 방에 기숙하고 있었다. 지명수배된 도피자를 보살펴 주고 동숙하면서 그 대가로 따뜻한 방과 약간의 쌀을 얻는 대신 혼자 자신을 살피던 외로움의 살결을 벗어던지는 어색함과 아쉬움도 맛봤다. 그리고 온몸으로 스며드는 정체 모를 불안. 언론에서 가끔 흐르는 기사가 지금 자신의 처지와 맞닿아 있다는 현실이 그를 맹렬히 공격했다. 지명수배자를 도와준 동조자들이 경찰에 체포되는 기사는 심심치 않게 볼 수 있었다. 이 방안에는 한서의 소지품이 조금 있었다. 잠바와 바지 한 벌. 소지품을 넣은 작은 가방 하나. 한서가 쓰던 칫솔과 비누 수건. 이상하게도 그와 다르게 한서는 깔끔했다. 밤늦게 돌아오면 양말이나 속옷은 부엌에서 반드시 빨아 널었다. 그냥 자는 법이 없었다. 꼭 세수하고 칫솔질을 한 다음에야 잠을 잤다. 한서는 지금 보이지 않는다. 어디로 간 걸까.

친구들 사이에서 그가 가장 과격한 말을 내뱉었다. '과격'이라야 평온한 냇물에 아기 주먹만 한 자갈 하나를 던지는 일이었을 뿐. 사실 그도 세상이 어떻게 돌아가는지는 알 수 없었다. 신문 헤드라인은 계속 반체제 인간들의 행태와 국가 안위를 저해하는 시국사범들의 죄목을 열거하고 있었다. 북과 연결되거나 추종하는 대학생들의 행동이 과격을 넘은 사회전복 행위로 온통 도배되고 있는 뉴스를 보면서, 태백산맥 동쪽에서 매일 문학 예술이나 사랑 타령에 젖은 동료들의 틈 속에서 그가 뱉을 수 있는 말은 기껏해야 변죽만 핥는 투덜거림뿐이었다. 진정한 현실이 어디에서 숨쉬고 있는지조차 알 수 없는 부연 안개 속에서 그는 가끔 술김에 현실 속으로 주먹을 내질러도 보지만 스스로도 명확한 의식은 없었다. 그냥 뉴스 속에서 '이건 아닌데' 하는 막연한 느낌으로만 친구들과 거친 언사를 주고받았을 뿐이었다. 그러나 지금은 확연하지 않은 회색의 언어가 가까이에서 숨쉬고 있음을 느끼고 있었다. 한서는 밤새도록 오지 않았다.

다음날 눈을 뜨자 한 뼘 정도 열어놓은 창문이 환했다. 거의 정오에 가까운 시간이었다. 머릿속이 어지러웠다. 그는 주섬주섬 옷을 걸치고 부엌에서 찬물로 세수를 하고 머리를 감았지만 어제 마신 술기가 말끔하게 가시지는 않았다. 밖으로 나오니 이월의 차디찬 기운은 사라지고 포근한 봄기운이 온 세상에 넘실거렸다. 길옆 보리밭에는 눈 녹은 흑갈색 틈으로 파란 보리싹이 자라고 있었다. 뱃속에서 맹렬하게 식욕이 솟아났다. 뜨거운 라면 국물.

학교 앞 학사주점으로 갔다. 속에서는 연신 후련한 그 무엇을 요구하는 위장의 성급함과 겨울답지 않은 포근한 봄기운을 받아들이는 마음이 걸어가는 발자국 소리와 교차되고 있음을 느끼면서 그는 학사주점 문을 열고 들어갔다. 연탄난로 옆에 앉았던 아저씨가 그를 보고 슬쩍 웃었다. 그 앞 큰 양동이에 생미역이 가득 담겨 있음을 보고 현은 침을 삼켰다. 짙은 흑갈색 해초류가 물기에 빛나며 속을 더욱 긁어댔다. 그가 말을 하기도 전에 아저씨는 진열대 뒤에서 라면 두 개를 들고 왔다.

"젊은 놈이 만날 라면이나 먹고사니 살 붙을 틈이 있나 흐흐. 생미역 좀 줄 테니 가서 먹어!"

넙죽 받아들고 소주도 한 병을 곁들여 방으로 돌아왔다. 라면을 끓이려다 미역과 라면의 조합이 탐탁지 않게 생각되어 방구석에 박혀 있는 쌀자루에서 쌀을 꺼내 밥을 지었다. 밥이 끓어 넘치면서 잦아지는 밥 익는 냄새에 속이 뒤집혀질 뻔했다. 밥은 됐지만 반찬이 없었다. 유일한 반찬거리는 생미역뿐. 생미역에는 초장이 필요한 법. 그는 주인집 부엌문을 약하게 두드렸지만 아무 소리가 없자 세게 두드렸다. 한참만에야 고교생 딸아이가 나왔다.

"어머니 안 계셔요? 미안하지만 초장을 좀 얻으려고 하는데요. 갑자기 생미역이 생겨서요."

여자애는 엷은 웃음을 보이며 부엌에서 한참 부스럭대다가 작은 종지에 붉은 초고추장을 가득 내왔다.

"방금 제가 만들었는데 맛이 어떨지 전 책임 안 져요."

맑게 미소를 지었다. 오늘 이렇게 가까이서 쥔집 여자애를 처음으로 봤다. 통통한 얼굴이 무척이나 선하게 생겼다.

"고마워요. 잘 먹을게요."

그는 초장을 얻어 돌아와서 방에 작은 소반을 놓고 소주와 같이 먹으려다 밖이 너무 포근해서 방안에서 밥 먹기가 아까웠다. 이럴 때는 포근한 날씨도 반찬이 될 수 있었다. 안뜰로 나가서 따뜻한 밥과 생미역과 소주 한 병을 화단 앞 큰 돌 위에 놓고 방안에서 의자를 내와 앉아서 먹기 시작했다. 소주 한 잔과 미역과 밥. 문득 혼자라는 생각이 들었고 성급히게 방으로 들어가 상반신을 비출 수 있는 거울을 들고 나와서 밥그릇 뒤에 세워놓고는 밥을 먹었다. 한 숟가락 밥을 퍼넣고 미역 한 줄기를 초장에 찍어 먹으며 틈틈이 소주잔을 입에 털어넣고. 햇빛은 봄날처럼 포근하고 바람은 집 뒤에서 불어 안뜰은 고요했다.

소주와 밥과 생미역을 입에 꾸역꾸역 밀어넣는 모습이 바로 앞에 놓인 거울 속에 있었다. 뒤편 블록 담장 구석에는 아직 녹지 않은 눈더미가 쌓여 있지만 집과 담이 바람을 막아 안뜰에는 포근한 봄기운이 도는 중에 그는 부지런히 밥과 미역과 소주를 먹고 마셨다. 혼자였다. 이 세상에 혼자 존재하는 것처럼 느꼈다. 그런데 혼자가 아니었다. 그가 넓은 세상에서 혼자처럼 술과 밥을 대하는 모습을 주인집 건넛방 창문으로 내려다보는 사람이 있을 줄은 꿈에도 몰랐다. 바로 초장을 준 여학생이었다. 어린 학생의 눈에 그 모습이 기이하게 보였던 거다. 추운 겨울에 방에서 먹지 않고 밖으로 나와 밥과 미역과 술을 대하는 그의 행위가 그렇게도 기이했던 거다. 커다란 거울을 밥그릇 뒤에 세워놓고 술 한 잔에 생미역 한 줄기를 초장에 찍어 밥을 먹으면서 그의 눈길은 다른 어디를 향하는 것이 아니라 바로 거울 속의 그를 향하고 있었다. 거울 속의 분신과 더불어 연신 술을 마시고 밥을 퍼넣으며 미역을 꾸역꾸역 씹어대는 그런 모습을 어린 여학생이 보았으니 정상적인 인간으로 보였겠는가.

"너무 충격적이었어요. 지금도 그때 생각을 하면 슬픔 같은 것이 뜰 안을 꽉 채우는 느낌이었어요."

정확히 구 년 후 아련함에 젖어 그 집을 찾았을 때 주인아주머니는 그를 기억하지 못하고 그 여학생, 갓 시집간 딸이 마침 집에 들렀다가 그를 기억해내고는 한 말이었다. 작은 행복 한 점이 박힌 쓸쓸했던 젊음의 겨울 하루는 그렇게 지나갔다.

청년은 긴 이야기를 풀어내고는 다시 냉수를 한 컵 들이켰다. 어둠 속에서는 계속 빗줄기가 도로와 건물에 부딪히는 소리가 들려왔다. 실내는 축축한 습기에 잠기고 간간이 밀려드는 바람의 긴 혓바닥이 출입문을 핥아댈 때마다 헐거운 출입문은 숨죽인 비명을 질렀다.

"승연, 아니 박한서는 그 뒤로 계속 집에 들어오지 않았습니다. 물론 학교 도서관에서도 보이지 않았고요. 그러던 한서가 어느 날 한밤중에 불쑥 들어왔습니다. 가볍게 한잔 걸친 표정이었어요. 아, 피곤하십니까? 눈을 감고 계시는군요."

"자네 얘기를 들으면 하품만 계속 나오니 어쩌겠나. 그래도 술을 마시면서 끈기 있게 듣고 있지만 이젠 정말 무료하다 못해 지겨워. 그런데 그 당시 강릉 사람들은 사회적 현상에서 멀리 떨어진, 그 뭐라나, 선한 방관자 입장이 대부분이었지. 그러나 박한선지 뭔지 하는 학생이 보수적인 사고에 묻힌 강릉에 숨었다면 그리 오래 견디지 못했을걸."

"그 얘기도 곧 나올 겁니다. 선생님의 삶은 그 일에서부터 꼬이기 시작했으니까요. 안 그렇습니까?"

청년은 상체를 앞으로 당기면서 눈은 살필 듯 현의 표정에 고착시켰다. 현의 눈빛이 순간 청년을 쏘아보다가 다시 밑으로 감겼다. 청년은 그 모습을 놓치지 않았다.

십여 일 동안 모습을 보이지 않던 한서가 어느 날 밤 불콰해진 얼굴로 방에 나타났다. 바람 탓인지 머리를 감지 않아선지 긴 머리칼이 까치집처럼 헝클어져 몹시 피곤한 형색이었다.

"야, 그동안 어딜 그리 돌아다닌 거야?"

"그래, 미안하다, 미안해. 휴우—."

길게 한숨을 내뿜으며 등을 벽에 기대고 앉아 다리를 앞으로 뻗었다. 입에서 텁텁한 술내가 풍겼다. 잠시 고개를 밑으로 박고 생각에 잠기던 한서는 머리를 번쩍 치켜들고는 양손으로 머리칼을 뒤로 밀어넘겼다.

"내일 떠날게. 가야 할 것 같아. 강릉에 너무 오래 머물렀어. 집에나 갈까. 가곤 싶지만 좀 그렇군. 그동안 강릉 여러 친구들에게 신세도 많이 졌고. 하여간 고마웠어."

"뭔 소리야, 갑자기? 툭 나타나서 하는 말이, 낼 떠난다? 도깨비놀음도 아니고, 뭔 일이 있었어?"

"일은 무슨 일. 갈 때가 된 것 같아 떠나는 것뿐이야. 별거 아니야. 이곳저곳 돌아다니니 남는 건 피곤뿐이고. 그건 그렇고…."

손을 바지주머니에 넣더니 천 원짜리 지폐뭉치를 꺼내서는 그 중 대충 반을 갈라 그의 바지주머니에 강제로 넣었다. 대충 봐도 거의 두세 달 방세에 버금갈 금액이었다. 갑작스런 행동에 그가 당황하여 손을 밀쳤다.

"신세 갚을 방법은 이것밖에 없는 것 같아서. 그러니 마음으로 알고 받아 줘."

막무가내로 쑤셔넣었다.

"정 그렇다면 받긴 받겠지만 이해불가네. 갑자기 나타나서는 이렇게. 또 낼 당장 떠난다고 통보나 하고 말야. 잠시 기다려. 내 빨리 가서 술 몇 병 사가지고 올 테니."

그는 뛰다시피 학사주점으로 가서 소주 세 병과 비스킷 몇 봉지를 사서 돌아왔다. 방바닥에 작은 소주잔을 놓았다.

"에이, 이거 답답하네."

한서는 부엌으로 가더니 수돗물 가득 담은 사기그릇과 밥공기 두 개를 가져와서 공기의 운두 끝에 소주 뚜껑 밑을 대고는 가볍게 힘을 주자 프억 하는 소리와 함께 뚜껑이 벗겨지고 이어 공기에 반 넘어 따랐다.

"자아, 이별주 하나는 거창하구만. 깡쐐주에 과자부스러기 안주라."

미처 그가 손을 내밀어 술잔을 맞부딪칠 틈도 주지 않고 소주를 주욱 마시고는 물을 한 모금 마셨다. 그도 한 잔을 그대로 마셨다. 싸아한 기운에 몸이 부르르 떨렸지만 한서는 까딱도 하지 않았다. 다시 술잔에 술을 따르자 소주 두 병이 순식간에 사라졌다. 앞에 놓인 비스킷은 거들떠보지도 않고 다시 물 한 모금을 마신 한서는 그를 빤히 쳐다보았다.

"남들은 나보고 그러더라. 서울대생이니 실력도 좋고 앞날도 훤히 펼 거라고. 이런 말 곡해하지마. 남들 얘기니까."

"상관없어."

"도대체 우리의 삶과 공부가 무슨 상관이 있어? 사방이 어둡고 찬 바람만 가득한데 편안히 강의실에서 공부만 해? 앞날이 보장되고 떵떵거리다가 민중들 위에서 군림하며 산다고? 이 무슨 개 같은 소리를. 숨도 못 쉬게 조이는 저것들의 행태를 가만 보고만 있으라고? 열심히 공부해서 저들 밑에 기어들어오라고?"

한서는 잠시 뜸을 들였다.

"국민생존권을 위협하는 참혹한 현실을 좌시하고 마지막 남은 양심마저 버리고 살라고? 그럴 순 없지. 이젠 무언의 저항을 넘어선 행동이 필요할 때야. 비겁하게 불의의 권력에 목숨을 구걸하는 패배주의 투항주의 무사안일주의와 모든 굴종의 자기기만을 과감하게 걷어치우고 불의에 저항할 수 있는 행동만이 지금의 나아갈 길이지. 정의와 자유와 진리가 실현될 수 있는 역사적 투쟁만이 현실을 타개할 유일한 길이라고 생각해."

한서의 고개가 점차 기울어졌다.

"넌 나 같은 애들을 보면 꽤나 답답하겠구나. 그런가?"

그는 이상하게도 속이 슬며시 달아올랐다. 무언가 새끼손가락만 한 거부감이 치밀어오름을 알았다. 입을 닫았다.

"아니, 그렇지는 않겠지. 넌 너대로 강릉의 친구들은 또 그들대로 현실을 잘 헤쳐나가고 있을 테니까. 꼭 그 대열에 앞장서야만 의미가 있다고는 생각지 않아. 그러나 알고는 있어야겠지. 우리 앞에 놓인 현실의 막막함과 험난한 길을. 혼자라도 서야지. 혹 아나? 너가 서고 내가 서고 우리 모두 서서 진실한 세상을 이룰 수 있을지. 강릉 분위기에는 도무지 의문에 다가가는 의식이 없어. 그저 위에서 시키는 대로 받아 써갈기는 신문쪼가리나 텔레빈지 허깨빈지에서 나불대는 뉴스를 보며, 그렇습니다. 맞습니다 하고 늘어지는 꼴이지. 조금이라도 의문을, 합리적인 의문을 갖지 않지. 그저 식통처럼, 던져주는 것만 넙죽넙죽 받아먹고 있어. 의문이 없는 세상에서는 진정한 미래를 향해 한 발짝도 나아갈 수 없다는 거. 합리적인 의문은 눈 밝은 청년의 힘이지. 흐흐. 이거 내가 너무 나갔구나. 이런 말, 미안하다. 피곤도 하고 좀 누워야겠어. 내일 일찍 갈게."

"집으로 갈 놈 같지는 않고, 어디로 갈 건데?"

"응? 아, 거 뭐, 그렇지. 내가 원하고 나를 찾는 곳."

한서는 등을 벽에 기댄 채 잠시 고개를 숙이는가 싶더니 옆으로 슬며시 쓰러졌다. 방에 들어오기 전에 마셨던 술 탓이었다. 그는 한서를 묵묵히 바라보다가 이불을 덮어주고는 썩 떨어져 누웠다. 술을 마셨지만 머릿속은 생생하게 돌아갔다. 패배, 무사안일, 정의와 자유를 향한 투쟁…. 저놈은 누군가. 나는 또 누군가. 합리적 의문이 사라진 세상이란 말이 계속 방안을 맴돌았다. 밤 늦도록 몸만 뒤척이다가 새벽녘에야 잠이 들었는데 깨어나니 한서는 없었다. 몇 벌 옷가지도 사라졌다. 몸이 빠져나간 이불만이 휑하니 놓여 있었다.

다섯 번째 이야기

한서가 새벽에 사라진 후 그는 휴학과 더불어 이사 준비를 했다. 휴학 후에 어떤 경제적 활동을 하려면 이 구석진 곳을 벗어나 시내 부근으로 가야만 될 것 같았지만 방세가 문제였다. 현재 있는 학교 부근 방세도 만만치 않았지만 시내는 더 비쌌다. 별수 없이 변두리로 돌 수밖에 없었다. 내곡교를 건너 최씨 고가 뒤편 오솔길을 오르면 산 밑 계곡 앞에 야트막한 밭이 있고 남대천으로 흐르는 좁은 계곡물 건너편에 농가가 서너 가구가 있었다. 전에 가본 곳이었다. 그곳으로 갈 마음을 굳혔다. 조용한 곳이 마음에 들었지만 그것보다 방세가 학교 부근보다 거의 반이나 싸다는 점이 더 크게 작용했을 것이다. 그 집 앞에서 보면 좁은 밭 아래로 남대천 물줄기가 훤히 보이는 곳이었다.

이월 북풍이 무섭게 불던 날이었다. 시내에서 친구들과 술을 취하도록 마시고 이차로 홀이 넓은 곳으로 옮겨 다시 막걸리를 마시기 시작했다. 마지막까지 남은 꾼들은 가깝게 지내던 친구들이 아니라 그와 그리 교류가 없던 같은 학과 두 명이었다. 그들은 이상하게도 그날 그에게 호의적이었다. 평소 대화를 잘 나누지 않은 사이였지만 그들은 그날 따라 그의 술주정 비슷한 넋두리를 참을성 있게 들어주며 때로는 맞장구도 치면서 휴학한 학우에 대한 인정을 흘렸다. 학교에 대한 불만과 경제적 궁핍, 젊음을 던질 현실을 눈앞에 두고도 보푸라기 하나 잡을 수 없는 불만과 슬픔과 비애가 현의 몸에서 흘러나왔다. 감정을 이기지 못한 그는 그대로 탁자에 엎드려 크게 울음을 놓아버렸다. 아마 그들은 망연했을 것이다. 꺼이꺼이 우는 그를 난감한 마음으로 묵묵히 바라보던 학우들의 참한 심성에서 한참만에 나온 일성은, '야, 현이. 일어서자. 밤이 너무 깊었어'였다. 그리고 양 겨드랑이를 추켜세우며 술집을 빠져나왔다. 그는 한참 걷다가 정신이 들었다. 술기운은 추위에 빠져나가고 혼자 골목을 걷고 있었다. 하루의 기억 끝머리에 마지막 술집의 넓은 홀과 술주정으로 울어대던 자신의 초라한 모습, 언뜻 보이던 난감한 표정의 그들이 살아 있었다.

금학동 골목 찬바람이 온몸 속으로 파고들었다. 이월 말의 대관령 바람은 인정사정없이 세상을 몰아치고 있었다. 머리를 바닥에 박고 걸었다. 남문동 좁은 골목길을 벗어나 내곡교를 건널 때는 우측에서 불어오는 얼음 깎은 차가운 강바람에 하마터면 왼쪽으로 넘어질 뻔했다. 다리를 건너고 우측으로 꺾어들면 저 멀리 내곡동 푸른 가로등 빛이 구원의 손끝처럼 희미하게 빛났다. 목표는 살아 있음의 표상이었다. 잘 떨어지지도 않는 두 다리를 힘겹게 움직여 바람을 정면으로 받고 걸을 수밖에 없었다. 두 귀를 맨손으로 막고 비벼댔다가 몸을 뒤로 돌리고 걷다가 갑자기 미친 기가 넘쳐 그대로 뛰기 시작했다. 추위에 뺨과 귀가 떨어질 것처럼 아팠다. 오직 푸른 가로등 빛에 온몸을 던지기 위하여 뛰었다. 학사주점 앞 추위를 빨아들일 듯 빛을 뿌리는 가로등 밑에 도착해서야 숨을 가다듬었다. 아마 밤 열한 시가 넘었으리라 짐작했다. 주점 앞에서 정면으로 뻗은 큰길은 구정마을로 향하고 우측으로 완만하게 돌아 언덕길을 오르면 대학 정문이었다. 깊은 밤에 주점에는 몇이 술을 마시고 있는 듯했지만 들어갈 마음이 없었다. 그냥 교문으로 몸을 돌려 올라가기 시작했다. 그때 뒤에서 달려오던 택시 헤드라이트 불빛이 정면에서 좌측으로 스치듯 감아돌렸다. 불빛 얼룩 속에 확 드러나는 대학 표지판!

교문 앞 삼거리 언덕 소나무 숲 앞에 가로세로 2미터 크기의 표지판이 세워져 있었다. 한글 대학명과 영문 표기가 흰 바탕에 검은 고딕 글씨체로 이곳이 대학임을 알렸다. 글씨가 아기주먹처럼 작게 붙었지만 오랜 비바람에 군데군데 칠이 벗겨지고 누런 녹이 흘러내렸다. 학사주점 앞 지하 하수도를 덮은 길에서 교문으로 올라가는 언덕 위 소나무 숲에 그냥 처박히듯 세워져서 오가는 학생들의 무관심으로 더욱 낡아가는 학교 알림 표지판이었다. 언제 세워졌는지도 알 수 없었다. 학교 행정관들의 무관심만큼이나 허무하게 세월에 낡아가는 표지판은 항상 그의 머릿속에 각인돼 있었다. 비록 마음을 던진 대학은 아니었지만 아무리 지방의 작은 대학일망정 그래도 대학을 알리는 표지판이 이렇게 초라할 수는 없었다. 현실의 자신이 몸담고 있는 곳이 아닌가. 그걸 볼 때마다 마음에 검붉은 녹물이 흘러내렸다. 언젠가는 저걸….

속에서 치밀어오르는 무엇이 있었다. 그는 주변을 살폈다. 살바람이 깎여 돌듯 휘몰아치는 야밤에 오가는 사람이 있을 턱이 없었다.

학사주점에서 술을 마시는 젊은이들의 실루엣이 신경쓰였지만 역시 그들도 그들의 이야기에 빠져 있을 뿐. 지금이었다. 그는 언덕 언저리에 있는 머리통만 한 돌을 빼들고 표지판 앞으로 다가갔다. 곧 한 호흡에 돌덩이는 앞으로 날아가고 와지끈 소리와 함께 그것은 허무하게 일생을 마칠 일이다. 그런데, 그게 아니었다. 돌덩이가 표지판에 강하게 부딪힘과 동시에 퉁 하는 거칠고 모진 소리를 울리며 돌덩이는 그의 발밑으로 튕겨져 나왔다. 전혀 예상하지 못한 일이었다. 두툼한 나무판자가 아니고 강한 철판으로 제작됐을 줄은 미처 예상하지 못했다. 그는 다시 사방을 살폈다. 아무도 없었다. 이젠 물러설 수는 없었다. 다시 돌을 들고 더 강하게 내리쳤다. 무거운 돌덩이를 맞은 표지판은 든든하게도 연신 돌을 튕겨내고 있었다. 다시 던지고 튕겨 나오고. 돌과 쇠의 충돌에서 생긴 둔탁한 소리는 어둠을 찢으며 사방으로 날아올랐다. 할 수 없었다. 손으로 힘껏 밀면서 잡아당겼다. 뿌리가 조금씩 움직였다. 계속 밀고 당기면서 드디어 뿌리는 뽑혔다. 그는 무거운 쇳덩어리 철판을 어깨에 걸치고 주변을 살폈다. 역시 고요했다. 순간 생각했다. 그냥 이곳에 방치하면 굳어빠진 행정관들이 다시 칠하고 챙겨서 그 자리에 세워둘 것이 틀림없었다. 아예 흔적을 없애야 될 일. 그는 무거운 철판을 끌고 학사주점 옆 도로까지 끌고 와서 도로 아래 하수구 밑에 내려놓고 한숨을 쉬었다.

"거 어떤 쌔끼야?"

가슴이 철렁 내려앉았다. 주점 옆 어두운 구석에서 한 청년이 슬슬 걸어나왔다. 아, 술 마시다가 소변보러 나온 녀석을 신경쓰지 않았구나.

"누구야? 뭣하는 거야?"

청년은 머뭇거리지 않고 가까이 다가왔다. 동시에 밖의 소란에 주점 문이 열리며 청년 둘이 그 앞으로 다가왔다. 주점에서 새어나온 빛이 그 중 한 명 얼굴을 비췄다. 순간 안도감이 확 돌아왔다.

"아니 이런, 남궁현 씨 아뇨? 한밤중에 뭘하는 겁니까? 밑에 그건 학교 표지판 같은데?"

총학생회 부회장이던 경영과 정준교였다. 평소 술집에서 안면이 있던 학생으로 선이 굵고 다감한 젊은이였다. 그는 숨을 고르면서 말했다. 그간 학교 표지판에 대한 쌓인 불만과 오늘 밤의 행동을 차분히 설명했다. 말이 끝나자마자 정준교는 오른손을 불쑥 내밀며 그의 손을 잡았다.

"남궁현 씨, 쾌거를 축하합니다. 정말 축하합니다. 우선 들어가 한 잔 합시다. 축하주를 마셔야 오늘 의거가 더욱 빛날 게 아니겠어요?"

넷은 표지판을 도로 밑 하수구 깊이 집어넣고는 학사주점으로 들어가 둥근 탁자에 앉았다. 이미 술판에는 뚜껑 열린 소주병이 서너 개가 세워져 있고 두부찌개가 바닥을 드러냈다. 주인아저씨는 그를 보고, 또 왔어? 하는 표정을 지으며 다시 술병 두 개를 가져왔다.

"이 사람들아. 곧 자정이 넘네. 빨리 마시고들 가게."

"염려마십쇼. 단칼에 처분하고 바람같이 사라지겠습다."

"그런데 이게 쾌거는 쾌건데. 이 일이 알려지면 곤란한 일이 생길 텐데?"

"사실 나도 그걸 볼 때마다 불만이었지. 대학 표지판이 그게 뭐야."

"자 자, 이 자리에서 모두 뚝. 이건 우리 넷만 알고 있는 일이야. 비밀은 무덤까지 갖고 갈 일이지. 잘못했다간 남궁현 씨 학적과 관련 있는 문제로 번질지도 모르는 일이니까."

"우리를 쓰러뜨리는 건 우리의 가장 친한 친구라는 말이 있어."

"흐흐. 제법 그럴듯한 말이네. 하여간 여기서 뚝!"

두 병은 바람같이 사라지고 모두들 어둠 속으로 분해됐다. 그 후 학생들 입에서 표지판이 사라졌다는 이야기가 돌았지만 그는 무관심한 척 지냈을 뿐이었다. 두세 달이 지나갔다. 하수구 바닥에 아무도 모르도록 깊게 쑤셔 박아버린 그 철판은 한동안 보이지 않았지만 얼마 뒤에 바로 그 자리에 다시 세워졌다. 하수구에 처박혔던 낡은 철판이 다시 말끔하게 분칠한 환한 얼굴을 달고서.

"그런 일도 있었지요. 진한 에피소드지만 선생님의 한 부분을 잘 보여주는 사건이었습니다. 후훗."

"누군가 꽤나 지사적인 사고를 가진 녀석이군."

"몇 년 후에도 재밌는 일이 있었지요. 선생님이 스물일곱의 만만찮은 나이로 삼학년에 복학했을 어느 봄날이었던가요. 일학년 갓 들어온 어린 후배들과 어울린 술자리에서 선생님이 그때 그 거사를 넌지시 말했을 때 한 애송이가 벌떡 일어나 소리쳤어요. '선배님, 명령만 내리십시오. 지금 당장 없애러 나가겠습니다.' 그때까지도 그 표지판이 그대로 붙어 있었지요. 하여간 답답하고 판에 박힌 학교생활에서 그런 일은 매운 양념과도 같은 귀한 추억일 겁니다. 안 그렇습니까?"

현은 묵묵히 천장만 바라보았다.

"박한서의 떠남, 그 뒤 선생님의 일상에 스며든 어두운 그림자 하나. 어떻습니까? 겨울방학이 끝나고 휴학을 한 후 선생님의 머릿속에는 계속 박한서의 흔적이 숨어 있어서 잠시 몸을 쉴 때에도 머리끝에서 그의 두 손길이 선생님의 얼굴을 훑고 있다는 상상이 떠나지 않았지요. 아무리 잊고 싶어도 잊을 수 없는 원죄처럼 가슴 속에 철인으로 박혀버렸으니까요. 혹시나 지명수배자와 같이 지낸 자신에게도 수사망의 더듬이가 올지도 모른다는 불안감. 당시 9대 총선도 있었어요, 정부가 삼 분의 이를 차지했고 야당인 신민당은 오십 석이 넘을 정도로 선전했어요. 물론 정부세력인 대통령이 지명한 국회의원인 유정회만 칠십 명이 넘었지만. 선거가 겨울에 치러졌기에 학생데모는 심하지 않았어도 물밑에서 활화산처럼 숨을 몰아쉬고 있다가 개학 후 다시 그들은 극렬하게 뭉쳐 대항했던 험난한 시절이었습니다."

현은 고개를 들었다.

"낡아빠진 정치 얘기. 때 묻은 걸레만도 못한 그딴 것들이 왜 지금 여기 나와야 되나. 쓸데없는 소리 말게. 이념은 한때의 바람일 뿐. 지금은 돈바람이 세상을 감싸고 세상은 자본 만능의 바람만 불지. 한때 젊음의 몸을 던졌던 수많은 인간들이 지금 뭘하고 지내나? 한 재산을 아파트에 묻고 카페에서 돈 흐름을 쫓는 옛 동지들과 커피를 마시며, 밤에는 쾌적한 술집에서 미인들이 따르는 위스키를 찾으며 밤새도록 포커에 고개를 묻고 지내는 꼴이 바로 자본의 찌꺼기에 희희낙락하는 그때의 그 젊음이 아닌가? 자넨 아직도 지금을 순수한 옛 바람으로 착각하는 모양이군. 하여간 난 당시 그런 바람에 한번도 몸을 던져본 적이 없었지만."

"맞습니다. 선생님은 당시 한번도 제대로 그 판에 뛰어든 적이 없었죠. 친구들과의 술자리에서 가끔 진취적 언어로 감싼 말을 던지기도 했지만 그건 자신을 던질 수 없었던 빈약한 의식을 보호하기 위한 겉옷일 뿐이었죠. 잘 알고 있어요. 물론 선생님도 인정하시겠지만."

"흐흐흐흐. 인정하고 말고가 없는 일이지. 난 극히 평범하고 가난한 학생일 뿐이었으니까. 그러나 이건 정리할 필요가 있겠어. 당시 강릉 지역 의식의 한계랄까. 대다수 사람들은 정부의 충실한 신민들이었어. 학생들이라고 다를 바 없었고. 그러니 서울의 학생운동이나 재야인사들의 언행에는 지극히 부정적이었지. 요즘 유행하는 말로 거의 일베 수준에 버금갈 정도로 기울어진 사람들도 많았고. 그 물결 속에서 허우적거리고 있는 모습을 지금도 자주 보곤 하지만."

"인간의 사고는 한번 형성되면 관성의 법칙에 따라 그대로 흘러가는 모습을 보이죠. 선생님이 현실을 정확히 표현하셨어요."

"굳어버린 의식의 관성은 무섭지. 한번 세포에 깊이 박히면 죽을 때까지 그대로 이어지니까. 강철처럼 형성된 세포 속에서는 다른 상황을 받아들일 여유 공간이 전혀 없는, 내부가 완벽하게 꽉 찬 상태로 평생 굴러가게 되겠지."

“그래도 선생님은 강릉의 모든 풍광, 심지어 일베충 수준의 사람들 조차 버리고 싶지는 않죠. 모순된 언행이 아닐까요?”

“사람을 그렇게 간단히 말할 수는 없어. 삶 속에서 부대끼며 헤쳐 나갈 수밖에 없는 긴 세월의 더께가 강릉 사람들 가슴에 깊게 자리잡고 있어. 이런 현상은 비단 강릉 사람들에게만 국한되는 일도 아니지만. 산맥 동쪽에서 이동이 별로 없는 강릉 특유의 정체된 정서에 평생 묻고 담그면서 살아온 사람들. 옛날에는 자연발생적으로 왕정에 순응했고 왕정 이후에도 정부를 하늘처럼 믿고 지내는 착한 사람들이지. 그들의 한 부분이 나에게도 전이되어 있고. 어쩌면 착한 심성이라고나 할까. 지금 나를 이루고 있는 전체 혹은 이성적 판단의 뿌리를 만들어준 곳이 강릉이야. 그러니 이들을 내 의식에서 베어내고 곪은 상처에 피 흘리면서 혼자 걸어가고 싶지는 않아. 나와 좀 다른 생각에 젖었더라도 그들의 근본은 참하다고 해야 하나. 하여간 강릉의 지식인이라는 대학교수나 평교사나 혹은 시장상인들이건 간에 한쪽으로 치우친 사고의 틀은 앞으로도 몇 십 년은 끌고 갈 걸세. 답답한 형상이지만. 가장 웃기는 부류가 대학교수들 아닌가. 우리가 일반적으로 생각하고 있는 지식인들의 냉철한 사고는 그들에겐 없어진 지 오래야. 조용히 현상만 유지되면 먹고사는 데는 별 지장이 없으니까. 가끔 진보적인 현상에 혀를 끌끌 차면서도 긍정하는 척하며, 다시 보수적인 사고를 은근히 두둔하는 교묘한 말 돌리기. 그게 나 같은 무식한 자의 시선에도 걸릴 정도로 어리숙한 행위라는 점을 그들은 모르고 있는지 알고도 떠드는지. 의식을 선도하거나 사회가 나아갈 방향을 제시하는 고전적 이미지는 벗어던진 지 오래인 간사하고 무식한 집단인 교수떨거지들.”

“뭘 그리도 깊게 말씀하십니까? 시골 유생들의 좁은 시선을 꼭 조선조에서나 찾을 필요는 없죠. 어쩌면 조선 유생들보다도 더 이해에 몸이 휘둘리는 작자들이 교수 아닙니까? 세력 깊은 곳으로 은근슬쩍 되잖은 의견을 포개면서 그들이 불러주면 얼씨구나 진영에 가담하고는 국회에 진출할 기회를 승냥이처럼 노리고 있는 그들의 행태는 말할수록 입만 씨겁죠. 그리고 강릉에 대한 선생님의 따뜻한 시선은 충분히 이해할 순 있어요. 선생님 사고의 뿌리가 형성된 곳에 대한 애정 깊은 말로 알아듣습니다. 하여간 강릉시민들의 사고 유형은 뒤에 다시 말할 필요가 있겠죠. 그럼 휴학 이후 그의 일상을 찾아가보겠습니다.”

여섯 번째 이야기

한서의 모습을 볼 수 없었던 2월 마지막 반 달간 일상은 단순했지만 마음은 등나무 줄기처럼 수없이 갈라지고 꼬여들었다. 현실을 벗어나 새로운 삶에 스며들기 위해서는 먼저 집을 옮겨야 했다.

휴학 서류를 접수시키고 난 후라 마음은 잠시 평온에 잠겼지만 당장 먹고살 일이 걱정이었다. 학교 도서관 일도 긴 겨울방학의 꼬리에서 끝났다. 그 사이에 은수우와는 서너 번 만났다. 찻집에서, 혹은 아는 친구들이 없는 변두리 술집에서. 그럴 때마다 항상 주머니에 손을 넣고 훑는 버릇을 버리지 않았지만 지폐조각은 얇아지기만 했다. 서늘한 정원 속에 핀 설악초처럼 청아한 수우의 흰 손을 단 한번이라도 잡고 싶었지만, 그러지 못했다. 머저리 같은 놈.

교정에 아직 겨울의 흰 손끝이 드문드문 쌓여 있는 3월 초, 학교는 갓 입학한 분위기로 흥청거렸지만 그는 바라보기만 했다. 휴학한 후 남아도는 시간을 어떻게 소비해야 할지 뚜렷한 계획도 없이 시간을 보내던 날 저녁 무렵 답답한 방을 벗어나 오래간만에 시내로 나갔다. 하늘은 회색 구름에 잠겨 사방이 어둑했다. 어둠에 빨려드는 시내는 아직 대관령 찬바람이 골목 사이에서 새파란 입김을 길게 불어대고 있어서 절로 목이 움츠려졌다. 내곡교 앞을 지나고 오른쪽으로 돌아 의료원 앞 제방을 따라 걷다가 둑 아래 삼거리국수집이 눈에 띄자 속이 갑자기 쓰려왔다. 아침부터 지금까지 속에 아무것도 넣어두지 않았다는 사실을 알아차렸다. 걸어오면서도 왜 그 사실을 모르고 있었을까. 쫄깃한 국숫발과 따끈하고 얼큰한 국물. 돌층계로 내려가서 국수집 문을 열었다. 그러면서도 주머니 속을 생각하고 있었다.

뜻밖이었다. 창가 탁자에서 정유석이 들어오는 그를 보면서 득의의 표정으로 실눈 가에 웃음을 흘리고 있었다. 그게 아니었다. 그 앞에 녹색 외투를 입은 긴 머리 여학생의 뒷모습. 퍼뜩 떠오르는 그림 하나.

"야, 이거 대낮에 도둑질도 함부로 못하겠네. 혼자야?"

그 여자는 몸을 돌리지 않고 고개를 조금 숙인 상태로 탁자만 보고 있었다.

"괜찮아요. 같은 과 친군데, 혹시 미숙 씨도 전에 한번 저 친구 본 적이 있지 아마. 하여간 현이 너 잘왔어. 이리 와서 한잔 하지."

임미숙? 그는 주춤거리며 마주 보고 있는 두 사람 사이에 의자를 놓고 앉았다. 탁자 위가 빈 것을 보니 두 사람도 방금 온 모양이었다. 그는 임미숙에게 가볍게 고개를 까딱했다. 미숙은 살짝 웃으면서 고개를 숙였다.

"언젠가 본 적이 있지? 단체 미팅할 때였던가? 모르겠네. 우린 지금 칼국수에 소주 한잔 시켰는데, 넌?"

"맞아, 그때. 그리고 몇 번 시내에서 본 적도 있고. 그건 그렇고, 아주머니, 여기 국수 한 그릇 추가해주세요."

주방으로 큰소리를 던졌다. 다분히 어색한 자리를 무마하는 말투였다. 그랬지. 임미숙은 간호대 과대표였지. 유석이 단체 미팅을 주선할 때 그쪽 대표로 나와서 인연이 이어졌던 사이였지. 서로 깊게 다가가는가 했더니 서울 안경잡이에게 몸을 돌려버리고 유석의 쓰디쓴 술에 원인을 부었던. '황토'라는 유석의 시를 받았다는 사실만 알고 있었을 뿐 다시 이렇게 두 사람이 한자리에 있을 줄은 전혀 모르고 있었다. 둘 사이에 무슨 일이 있었는지 유석의 표정은 느긋했다. 이 애는 서울 안경잡이와 붙어다닌다고 들었는데 다시 헤어졌나?

"야. 너 휴학하고 우린 첨이지 아마. 그동안 어디서 쑤셔박혀 꼼지락거리고 있었어? 시내로 좀 진군해라."

"시꺼. 그렇게 말하는 넌 강의 마치고 내 방에 들르면 어디 덧나나?"

"흐어 거참. 애들과 묻어나오다보면 너 방에 들를 여유도 안 생겨. 그건 그렇고, 무슨 일거리라도 잡았나?"

유석은 미안함을 무마하고자 이야기를 돌렸다. 임미숙은 그를 흘깃 쳐다보고는 창밖으로 얼굴을 돌렸다. 얼굴이 달걀처럼 타원이고 턱살이 없어 약간 날카로운 분위기를 전하는 타입이다. 어두워가는 하늘에 듬성듬성 눈발이 날리고 있었다. 겨울 마감눈인가.

"그노므 일거리. 뭔가 하긴 해야 되는데 걸리는 게 없어. 밥 얻어먹기도 바쁘다. 제기랄 거."

칼국수와 소주가 나왔다. 뜨거운 국물 냄새가 확 다가왔다. 유석은 소주병 마개를 오프너로 따고는 그의 잔에 붓고 자기 잔에도 부었다. 둘은 말없이 잔을 댔다. 가벼운 유리 마찰음이 탁자 위로 흘렀다.

미숙은 눈을 가늘게 뜨며 웃음기를 입 주변에 떠올리다가 지웠다. 그녀의 가늘고 긴 손가락이 작은 후추 병을 거꾸로 들고 칼국수 위에 몇 번 돌리자 회색 가루가 발그스레한 국물 위에 떨어졌다. 나무젓가락을 들고 칼국수를 조용히 젓고는 몇 가락 건져올려 입으로 불면서 먹기 시작했다. 옆에서 보면 흰 얼굴이 갸름하게 밑으로 퍼진 틈으로 엷은 입술만 옴직거렸다. 얼굴을 이루고 있는 수많은 실근육 조각들은 조금도 움직임이 없이 입만 옴직거렸다. 매끄러운 달걀 표면에 두 눈과 오똑한 코, 야무진 얇은 입술만 뛰어나온 모습. 입술의 작은 틈으로 쫄깃한 면발이 끈끈하게 나왔다가 다시 쏙쏙 들어가는 듯해서 그는 거부감이 슬며시 올라왔다. 어떻게 얼굴을 이루는 실근육과 살점 한 조각 움직임도 없이 입만 움직여서 음식을 먹을 수 있는지 의아스러웠다. 내면에서 겉으로 피어나는 마음을 철저히 감추려는 달걀귀신 같은 여자. 저 얼굴로 유석에게 붙었다가 다시 서울 안경잡이에게 다가섰다가 돌아왔구나. 유석도 젓가락을 들고 국수를 먹기 시작했다. 그는 잠시 둘을 바라보다가 말했다.

"닥치는 대로 지내는 게 내 특기 아냐? 그렇지, 닥치는 대로 막."

잔을 그대로 털어넣듯이 비우고는 앞에 탁 소리와 같이 놓자 유석은 다시 부었다.

"술하고 웬쑤진 놈처럼 마시네. 앞에 숙녀 생각도 좀 해라 흐흐. 식기 전에 어서 먹어."

그는 소주가 위벽을 훑으며 내려가는 짜릿한 순간을 즐기듯 잠시 숨을 고르다가 젓가락으로 국숫발을 뒤집으며 소리내어 먹기 시작했다. 조용히 몇 가락씩 입에 넣고 소리 없이 먹는 미숙과 너무 대조적인 그의 요란한 칼국수 먹는 소리에 유석과 미숙은 같이 씨익 웃었다. 그는 둘이 웃든 말든 상관없다는 듯 요란스럽게 국숫발을 후루룩거리며 먹고 있었다. 다분히 의도적인 태도임을 유석은 알아보았다.

"이젠 아주 칼국수와 웬쑤진 놈일세. 평소답지 않게 먹는 꼴이라니. 자, 술이나 더 마셔."

유석이 따르면 그대로 마시고 따르면 마시고. 사이사이 얼큰한 국물을 그릇째로 마셔가면서 한 병을 해치우고서야 그는 다시 천천히 남은 국숫발을 젓가락으로 감아 입에 넣으면서 몸을 주방으로 돌리며 말했다.

"아줌마, 한 병 더요."

"너 우리에게 무슨 불만이 있나? 후후."

"불만은 무슨. 속도 비었는데 이렇게 공짜 국수와 쐐주를 맛나게나 먹고 있구먼."

"그래에? 흐흐 내 눈은 못 속이지. 좋아, 그렇다고 치자. 내 오늘 다 계산하고 나갈 테니 실컷 마셔봐. 삼 일 굶은 놈 적선도 이럴 땐 기분 좋군."

그는 국물 한 방울도 남기지 않고 그릇째 들고 마셨다. 반쯤 먹고 젓가락을 놓은 임미숙이 그 모습을 보고 살짝 미소를 지었다. 그리고는 눈을 반짝이며 조용히 말했다.

"휴학하셨다고요? 그럼 휴학하고 뭘 하시려고요?"

"아무 생각도 없습니다. 그저 피곤해서요."

"그저 피곤이라고요? 푸훗."

"그러고 보니 내가 맞는 말 했네요. 그저 좀 피곤합니다. 그렇다고 무슨 거창한 계획이 있는 것도 아니고요. 살거나 굶거나 둘 중 하나겠지만."

"말씀 들으니, 지금 생각났는데, 이런 말, 해도 돼요?"

그는 뚱하니 쳐다봤다. 쓸데없이 말이 많구나, 이 애.

"작은 일이지만 사람에 따라 재밌는 일거리 수도 있어요. 남궁현 씨도 아마 좋아할 만한 일 같은데요."

"무—슨 일? 아무 일이든 상관없습니다. 날건달이 이거저거 따지겠어요?"

"에이 무슨 날건달은요. 제가 임시로 있는 집주인이 건축업자랍니다. 근데 그분이 홍제동 골목길 옆에 작고 허술한 빈집을 맡았다는데 그 집 전 주인이 만화방을 했어요. 지금은 이사 가고 만화방만 덩그러니 남았다네요. 그 만화방을 운영할 사람을 찾고 있어요. 곁방이 비어서 잠도 잘 수 있고요."

만화방이란 말을 듣자 아득한 추억이 물방울처럼 피어올랐다. 초등학교 시절 시간가는 줄 모르고 보던 만화. 라이파이·칠성이·진돗개. 무슨 잡지에서 본 왈순아지매…. 한동안 잊었던 초등학교 시절이 냇물처럼 머릿속으로 밀려왔다. 이사 가서 이 년 동안 다녔던 울진초등학교 시절이 만화와 가장 가깝던 시절이었다. 돈만 생기면 만화방에 갔다. 돈이 없으면 친구들과 아이스케키 공장에 가서 아이스케키통을 둘러메고 온 시장을 돌며 팔고, 남은 돈으로 만화방으로 달려갔다. 당시 아이스케키 열 개를 팔면 세 개에 해당하는 돈을 받을 수 있었다. 아직도 잊지 않는다. 시내 번화가 이발소 앞을 지나며, '아이스케키'를 소리높여 외칠 때 이발소 안에서, '저노마가, 아새끼 아새끼 하네, 하고 아저씨들이 와르르 웃던 소리.

"세가 비쌀 텐데?"

"아뇨. 집주인은 돈이 궁한 분이 아니에요. 집에 사람이 살아야 집이 보전되는데 만화방이 텅 비니 집이 망가진다고. 그냥 방세는 시세보다 허름하게 내고 만화방은 수입을 보고 그 수입 내에서 결정한다고 했어요."

"만화방 주인 남궁현이라. 좀 안 어울린 이름인데, 흐흐흐. 해봐. 당분간만이라니 재밌겠네."

유석이 흥얼대듯 웃었다.

달걀귀신이 알려준 정보는 매우 유용했다. 이거저거 따질 괘가 아닌 판이라 즉시 집주인을 만났다. 삼 일 후 그는 학교 뒤 정 깊은 세한도의 토담집을 벗어나 간단한 짐을 꾸려 만화방으로 주거지를 옮기고 본격적으로 만화방 주인 노릇을 하게 됐다. 찬바람 끝이 무디어지는 날이었다.

만화방은 강릉초등학교 뒷담 너머 무선국으로 통하는 넓은 골목길 입구에 있었다. 무선국 숲에서부터 흘러나오는 도랑물이 제법 깊게 초등학교 담을 핥으며 아래로 흘러가는 그 위에 든든한 나무판자로 덮어 두세 명이 오고가도 편하게 접근할 수 있는 곳이었다. 내부는 일곱 평 정도의 직사각형으로 벽에는 생철로 만든 회색 책꽂이가 삼 면의 벽에 빈틈없이 붙어 있었고 어지럽게 나뒹구는 만화책과 무협지가 이빨 빠진 것처럼 쌓이거나 비스듬히 꽂혀 있었다. 책상이 세 개, 어지럽게 널린 낡은 의자 예닐곱 개와 껍질이 벗겨진 소파도 있었다. 출입구 오른편 끝에 두 평 정도의 잠잘 수 있는 방은 아주 유용했다. 만화방은 꽤나 널찍하고 사방에 창문이 달려서 내부가 환했다. 중앙에 연탄난로도 있어서 당장 연탄불을 땔 수도 있었다. 모든 것이 마음에 들었다. 하루 종일 내부 청소를 하고 나니 어느 정도 정돈되었다. 방으로 짐도 다 정리했다. 짐이라야 대단한 게 있겠는가. 책과 이부자리와 옷 몇 점인 이삿짐.

너나우리만화방. 출입구 위에 붙은 상호였다. 후에 알았지만 주로 찾는 초등생과 중학생들은 그냥 '나우리방'로 불렀다고 한다. 어떻게 알았는지 며칠 후 짐자전거에 만화와 무협지를 가득 실은 아저씨가 와서 만화와 무협지를 진열해줬다. 강릉 시내를 돌면서 저 만화방에서 더 이상 읽지 않는 책을 모아서 다른 만화방으로 돌려주는 분이었다. 강릉 시내 모든 만화방은 이렇게 로테이션으로 돌아가는 모양이었다. 저녁에는 모르는 아주머니가 왔다. 번데기를 들이라는 말씀. 연탄난로에 번데기를 익히면 만화 보는 아이들이 잘 먹는다고, 모든 설비와 고깔봉지도 대준다고 했다. 거부할 리가 없었다. 그러고 보니 만화방에서 얻는 수입으로 먹고사는 사람들이 많았다. 우선 만화가, 소재 작가, 인쇄소 사장, 만화방 운영자, 번데기 아줌마, 로테이션 아저씨, 그리고 만화방 집주인까지. 그렇게 사슬에 엮인 구조의 한 끝에 그는 몸을 던졌다. 비록 한동안일망정

일주일이 지나고 조금씩 어린 손님들이 들어오더니 십여 일이 흐르고는 제법 덩치 큰 손님들도 들락거렸다. 초중고생과 때로는 청년들. 특이하게도 삼십 넘은 사람들이 만화책과 무협지를 많이 찾는다는 점에 놀랐다. 나이든 분들은 좀 부끄러운 듯 머뭇거리며 들어와서는 눈길을 사방으로 돌리다가 무협지가 꽂혀 있는 쪽에서 잠시 멈추고 몇 권 제목을 읽어본다. 그러다가 다시 만화가 있는 곳으로 와서는 열 권이 넘게 뽑아들고는 신분증을 보이고 돈을 내고는 무표정하게 나갔다. 무표정. 그들은 만화와 무협지를 보는 행위가 그냥 시간 때우기 위한 방편일 뿐이라는 점을 내세우기 위해 그렇게 무표정으로 얼굴을 가렸다. 저들이 만화를 보는 시간에 그는 널빤지로 앞을 가슴 높이까지 가린 구석진 곳에서 책을 읽거나 목적 없는 글을 낙서처럼 휘갈기거나 했다.

이십 일이 지나자 운영에 자신감이 붙었다. 자신감이라고 하지만 스스로 생각해도 자신이 어떤 영업적인 면에 소질이 있다고는 생각하지 않았다. 단지 부근에 다른 만화방이 없으며, 초등학교 바로 뒤편이고 중고등학교가 역시 근처에 있었고 주민들의 거주지 입구라는 점 때문이지 싶었다. 한마디로 좌청룡 우백호의 터에 시냇물이 아닌 도랑을 안고 흐르는 명당이었다. 삼월은 이렇게 하순으로 넘어갔다. 그는 자신에게 다가온 이런 수치레에 깊게 빠져들었다. 지난 몇 년 동안 가장 평온하게 흐르는 나날이었다.

겨울이 남긴 바람 끝이 아직 매운 삼월 말 밤이었다. 이날 따라 오후부터 손님이 별로 없었다. 마지막 아이 둘이 나간 후 아홉 시가 가까워오자 그는 실내를 정돈하고 난로에서 나온 연탄재를 도랑 건너 전신주 밑에 쌓아놓고 막 돌아서는 순간 골목 위쪽에 희미한 그림자를 느꼈다. 그곳은 곡선으로 돌아 올라가는 길이었기에 흐린 가로등 불빛이 거기까지 미치지 못했다. 하지만 언뜻 무슨 움직임을 짐작했지만 인근 주민들이거니 여기고 도랑을 건너 출입문을 열었다. 골목을 스치는 한 조각 바람이 목덜미에 차갑게 파고든 순간 그는 가슴속에서 성냥불처럼 확 번지는 뜨거움 하나를 본능적으로 느끼며 몸을 천천히 돌렸다. 아무 생각이 없었다. 손을 내밀고 차가운 골바람 속에서도 혼자만 간직하고 있을 따뜻한 두 손을 서슴없이 잡고 안으로 끌었다. 손을 잡은 자나 잡힌 자나 모두 가만히 서 있었다. 눈만 깜빡이던 그녀가 먼저 말했다. 손은 그의 손 안에 있었다.

"알고 있은 지 오래됐어요. 늘 이 앞을 오가며, 안에서 남궁현 씨가 뭘하고 있을까를 생각했어요. 알잖아요? 이 골목 끝 전신국 아래."

"알고 있어요. 수우 씨 집은. 전에 그 앞으로 자주 다녔어요. 그런데 갑자기 이런 곳에서 만나게 되다니 너무 뜻밖이네?"

"후후 모르셨구나, 제가 만화광이라는 거. 만화 보다가 대학도 떨어졌다는 기막힌 사실을. 크흑."

수우는 웃으면서 살며시 손을 뺐다. 그는 비로소 그 애의 손을 계속 잡고 있었다는 걸 알았다. 따뜻함이 빠져나간 손바닥이 허전했다.

"농담으로 들을게요. 잠시 가만 있어요. 나가서 뭘 좀 사와야지."

"아니, 지금 가야죠. 좀 늦었기도 하고."

"겨우 아홉 시밖에 안 됐어요. 하여간 잠시만 있어요."

그는 급히 밖으로 나갔다. 잠시라도 같은 자리에서 수우의 얼굴과 마주하고 싶을 뿐이었다. 골목 입구에 있는 작은 가게에 들어갔다. 사이다와 빵 비스킷 몇 가지를 사서 나오다가 다시 들어가 소주 사홉들이 한 병을 곁들였다. 급히 돌아오니 수우는 만화 진열대 앞에서 만화책을 뒤적이고 있었다.

"볼 만화도 없어요. 자, 오늘은 문 닫을 시간이고 손님도 없으니 잘됐네요. 여기 앉아요."

난로 주변에 의자 두 개를 마주 보게 놓고 그 사이에 먹을 것을 놓을 의자를 끼웠다. 난로는 따뜻했다. 이런 날이 있다니, 믿기지 않았다.

"크, 소주도. 꼭 술꾼처럼. 남궁현 씨는 어딘가 앉으면 반드시 따라붙는 게 술이죠. 나하고 몇 번 만나도 커피로 대화를 이어간 적은 별로 없었고 술집만 가면 현 씨는 얼굴이 펴졌어요."

그가 잔을 준비하고 작은 쟁반을 가져와 의자 위에 놓고 사온 것들을 올려놓았다. 사이다 뚜껑을 따서 컵에 따르고는 작은 술잔에 소주를 부었다. 수우는 사이다 컵을 잡았다.

"우연도 이런 우연이 자주 있었으면 합니다. 자, 오늘 이 자리의 우연을 위해!"

"우연이 아닌데요? 내가 작정하고 들어왔는데?"

현의 가슴이 확 펴졌다.

"동아리에서 휴학했다는 말을 들었어요. 그 전에 휴학한다는 말을 저에게 했었고요. 그 후에 뭘하고 지내는지 궁금했었어요. 밥은 제대로 먹고 지내는지 어쩐지. 후훗."

사이다 컵을 입에 조금 대고는 내려놓으며 살짝 웃었다.

"그래도 가끔은 밥도 먹습니다. 곡기를 끊고 지내볼까 했는데 날 약간 걱정해주는 사람이 내가 곡기 끊었다고 기절할까봐 그러지도 못하겠더라고요."

"오호. 현이라는 학생을 걱정하다 기절까지 할 분이 계셨군요. 예전엔 미처 몰랐어요."

"나를 그리 우습게 보면 섭섭합니다. 이래 봬도 젊은 나이에 이곳 만화방 씨이오에 오르기까지 얼마나 험난한 고비와 역경을 넘었는지 수우 씨는 정말 모를 겁니다."

"그러셨어요? 태백준령을 헤치고 이제 곧 정상에 오를 일만 남은 만화방 씨이오 님, 축하합니다. 한잔 하세요. 내가 산 술은 아니지만 몇 잔 따를 맘은 있어요. 최고경영자의 무궁한 앞날을 위해!"

둘은 잔을 맞대고 가볍게 부딪히며 얼굴을 마주 봤다. 까만 눈이 더욱 반짝였다. 그는 서슴없이 마셨다.

"혼자 마시지 말고 나에게도 한잔 주세요. 뭐, 난 술도 한잔 못 마시는 쑥맥으로 보시네."

"이런, 내가 수우 씨를 쑥맥으로 보다뇨? 그럴 리가. 자, 한잔 따릅니다. 역시 술은 함께 주고받아야 맛이죠."

"엎드려 절 받기도 어렵네요. 그럼 한잔 해볼까요?"

수우는 반이나 넘게 부은 소주잔을 들고는 서슴없이 마시고는 얼굴 하나 찡그리지 않고 내렸다.

"크아, 술맛 좋네. 그런데 소주 안주에는 오징어 다리가 제격이라는데, 큭."

"지금 다시 사오죠, 뭐."

"아 아니에요. 농담이고. 정말 섭섭하네. 남궁현 씨는 나를 술꾼으로 여겼나."

"그럴 리가. 두주불사의 애주가로 봤지만 그렇다고 술꾼은 아니고."

그와 수우는 서슴없이 농담을 던지며 술을 깔끔하게 비워버렸다. 마시면서 은연중 존칭을 빼버렸다. 서로 재수도 했고 나이도 같았다. '그냥 말을 던지면 어때? 존칭이 너무 번거로워서.' 서로 뒷말이 필요 없었다. 백육십이 조금 넘을 정도의 키에 다소곳하고 깔끔하면서도 조용하게 부드러운 미소를 흘리던, 항상 그런 느낌을 전하던 애였다. 동아리 하슬라에서 놀 때 우스꽝스러운 이야기가 나오면 모두 박장대소 깔깔대며 웃어도 잠잠한 미소만 잠시 보이던 그런 애였다. 함부로 농담도 건네지 못할 미묘한 느낌에 싸였던 그 애가 이날 밤 다른 곳도 아닌 만화방에서 술을 거침없이 마시고 오징어 다리도 원하는 애로 나타났다. 웃을 때마다 하얗고 가지런한 앞니를 가리지도 않았다. 물방울 원피스 끝단 아래 시원스럽게 뻗은 흰 종아리와 굽 낮은 검은 구두가 전과 다르게 발랄한 자유로움을 드러내고 있었다. 전에는 숨겨진 아름다움의 한 끝만 반짝 보였다면 지금은 다듬어진 원색의 내면을 스스럼없이 드러내는 순간이었다.

"한 병 더 사올까?"

"딱 한 병만. 사 홉들이는 너무 많아. 작은 거."

"좋아. 바람같이 돌아올게."

바람같이 돌아왔다. 혹시 알 수 없는 일이었다. 그 짧은 사이 그 애가 정말 바람 속으로 사라질지도 모르는 일이었으니까. 우리는 학교와 친구들과 교수들 이야기에 곁들여 서로의 생활에 대한 이야기 속에서 술을 마셨다. 그 애는 정말 잘 마셨다. 일 초도 허투루 쓰기 아까울 시간 속에서 우리는 이 홉 소주를 아주 천천히 마셨다. 이상했다. 이야기가 길어졌지만 그의 마음은 한쪽이 계속 허전함을 느꼈다. 모든 이야기는 다 나눌 수 있었지만 정작 중요한 그 무엇이 빠져 있었고 그것이 무엇인지 실체를 잡을 수 없었다. 가장 중요하면서도 실체를 명확히 드러내지 않는, 서로의 마음에 똬리 틀고 있음을 알고 있었지만 끄집어낼 수 없는 무형의 느낌. 인간이 풀어낼 수 없던 엉킨 실뭉치를 알렉산더의 칼날이 단번에 풀어버린 명확성을 그는 내면에서 미처 파악하지 못하고 있지 않았을까. 아니, 파악하고 있어도 그 실체를 잡아 끄집어낼 순간 손아귀에서 그림자처럼 빠져나가버리는 그것.

"너무 늦었어. 벌써 열 시가 빠져나가네."

"벌써 그렇게 됐나? 나도 몰랐어. 그럼 빠져나가는 걸 잡아야지."

"너가 잡게 됬어? 흐윽."

흑, 인지 크윽, 인지 모를 가벼운 웃음을 던지며 일어섰다.

일어서고 싶지 않은 그와 가볍게 일어선 수우는 밖으로 나왔다. 실내에서는 난로의 열기에 몰랐던 바깥 날씨는 삼월의 칼끝 속에 흔들리고 있었다.

"집 앞까지 모셔드려야겠지? 줄리엣을 어둠의 위험에 버려둘 로미오가 아니니까."

"사촌 티볼트 오빠가 어느 구석에서 눈 부릅뜨고 노려보고 있을지도 몰라."

"할 수 없지. 상황에 따라 결투도 무릅쓸 수밖에."

"키읏, 그래봐. 결국 우린 다 사라지겠지."

순간 그의 가슴이 끓어올랐다. 수우의 입에서 새어나온 '우리'라는 말이 파닥이며 현의 가슴 속으로 파고들었다. '우리, 우리라는 짧은 단어! 녹슨 쇠처럼 거칠게 굳어버린 말이 아닌, 형체가 변할 수 있는, 혹은 부서지거나 찌그러져도 다시 제 위치를 찾을 수 있는 형상기억합금처럼 탄력 깊은 단어.'

수우는 골목으로 오르다가 왼편 좁은 길로 빠졌다.

"혹시 가족이 밤 늦게 지나갈지도 몰라. 그러면 정말 아닌 밤중에 결투가 이 마을에서 벌어질지 누가 알겠어?"

"염려 탁 놓으시라고. 난 결투 경험은 없지만 실전엔 백오십 프로 능력을 안고 있는 싸나이라는 걸 알아줬으면 좋겠어."

그는 슬그머니 수우의 손을 잡았다. 뿌리치지 않았다. 무선국 골짜기를 내리 스치는 바람 속에서도 손은 따뜻했다. 그날 이후 수우는 삼 일이 멀다하고 방문했다. 밤 깊어 노크 없이 출입문을 슬며시 열고 들어오는 수우의 장난기 어린 얼굴을 보면 하루의 답답함이 일순간 사라졌다. 우리는 점차 속마음 한 끝을 공유할 수 있었다. 그러나

이룰 수 없는 희망 하나는 남겨둘 수밖에 없었다.

삼월 한 달은 개업한 지 얼마 되지 않았지만 나우리방이 새로 개업했다는 소식이 많이 전해졌는지 어린 손님들이 많았다. 어느 일요일 오후 군인이 들어와서 만화책을 십여 권 쌓아놓고 서너 시간이나 보고 있었다. 육군 중위 계급이 반짝거렸다. 아마 휴가 후 귀대 시간이 남아서 만화책으로 시간을 죽이고 있을 터였지만 현역 장교가 오랜 시간 이곳에서 만화책으로 즐긴다는 점이 아직 군복무를 하지 않은 그에게는 이질적으로 다가왔다. 잠시 근처 가게로 라면을 사러갔다가 돌아오니 장교가 보이지 않았다. 화가 치미는 마음을 누르며 급히 밖으로 나오니 없었다. 방금 자신이 다녀온 길 위쪽 꺾어진 골목으로 들어가니 그 장교가 부지런히 걸어가고 있었다. 그는 뛰어서 따라잡았다.

"저. 장교님. 육십 원이 미납되었는데요."

"아, 이런. 쥔이 없고 시간이 급해서 그냥 나왔는데, 미안합니다."

얼굴을 붉히면서 허둥거리면서 돈을 지불했다. 그는 장교의 체면을 봐서 그냥 보낼 수도 있었지만 눈에 잘 띄지 않는 골목길로의 '괘씸한' 회피에 화가 났던 것이다. 당시 짜장면값이 육십 원이었다. 그도 만화를 곧잘 읽었다. 특히 강토 캐릭터를 좋아했다. 허영만 작가가 창조한 스타인 강토. 그 중에서도 마음을 쓸어담을 만한 작품이 있었다. 제목은 '동래학춤'이었다. 상하 두 권으로 된 이 만화를 보고 마지막에 강토가 비명에 죽은 아버지와 그 가르침을 떠올리며 학춤을 추는 장면에서는 눈물이 핑 돌았다. 몇 번이고 거듭 읽었다. 명작

소설보다도 더 강렬하게 다가오는 이미지.

배경은 일제시대. 어느 시골 장터에서 천막을 두른 무대. 무대 앞은 멍석 몇 장이 깔려 있는 곳. 아버지는 동래학춤을 추는 광대였다. 그러나 먹고살기 힘든 세상에 돈 내고 들어와 학춤을 감상하는 관객은 드물었다. 단 한 사람 빼고는.

그는 일본인 고위직 공무원이었다. 넥타이를 점잖게 매고 들어올 때는 백동전 하나를 돈통에 던지고 바닥에 깔린 멍석 한복판에서 춤을 기다렸다. 그 한 손님이라도 강토 아버지는 최선을 다해서 공연했다. 손님은 춤에 완전히 몰입되어 자세 하나 흔들림 없이 정좌하며 감상했다. 그리고 춤이 끝나면 공손히 고개를 숙이고는 나갔다. 며칠에 한번 그 손님이 와서 백동전을 던지고 가면 아버지와 강토는 국숫집에 가서 두 그릇을 시키고 허겁지겁 먹었다. 며칠에 한번 먹는 국수 한 그릇이 그들의 유일한 음식이었다. 빈 시간에 아버지는 강토에게 동래학춤을 가르쳤지만 강토는 그까짓 국수값도 안 나오는 학춤에는 애초부터 정이 떨어졌지만 아버지의 강요로 할 수 없이 따라서 동작을 배우는 시늉만 하고 있었다.

어느 날, 역시 관객 없는 빈 객석에 부자는 배고픔을 참으며 관객을 기다리고 있었다. 갑자기 요란한 총소리가 들리고 반사적으로 아버지는 밖으로 뛰어나갔다. 연거푸 들리는 총성. 그리고 밀려오는 일본 경찰들. 천막 입구에 쓰러진 두 사람. 독립운동가와 아버지. 아버지는, 피를 흘리며 앞으로 오는 사람을 부축하다가 일경의 총격에 사망했다. 아버지를 잃고 얼마나 시간이 흘렀을까. 강토는 아버지가 그리웠다. 강토는 천천히 몸을 움직여 무대 위로 올라갔다. 그렇게도 배우기 싫었던 동래학춤의 전편이 아버지의 음성과 함께 생생하게 머릿속에서 떠오르며 몸에 재현되고 있었다. 오른발을 들어 왼발 무릎까지 올리면서 좌측으로 내딛고 두 팔을 천천히 허공으로 향하는 강토의 귀에는 돌아가신 아버지의 목소리가 들려왔다.

'강토야, 발끝에 힘을 주고 팔을 부드럽게 펴라!'

순간 강토의 두 눈에 눈물이 흐르기 시작했다.

사월 첫날밤은 일요일이었다. 거의 이십 일간 밖에 나가지 않았다. 술 마시며 친하게 지내던 친구들은 그가 개업 사실을 알리지 않아선지 어느 놈 하나 얼굴을 디밀지 않았다. 유석이 알고 있을 텐데도 모른 척하고 있는지도 몰랐다. 쌍, 의리 없는 나쁜 쌔끼. 밤 열 시가 돼서야 마지막 꼬마 손님이 나가고, 그날 따라 바람은 봄기운을 담고 창으로 시원하게 밀려들어왔다. 그는 내부 정리를 마치고 오래간만에 시내로 나섰다. 발걸음이 가벼웠다. 세상 두려운 일이 없는 기분이었다. 의식주에 대한 불안감이 사라지고 수우는 항상 곁에 있는 것처럼 그를 감싸안은 나날이 아니던가.

역시 발걸음은 안경아줌마집으로 향했다. 밤 열 시가 넘었지만 젊은이들의 홍겨운 대화는 풍성하게 가득 찼다. 앉을 자리가 없어서 주춤거렸다.

"아고, 헌이 아냐? 오래간만이네, 한동안 안 보이더니. 참 휴학했다면서? 얼굴 좋아보이네."

아주머니는 반갑게 말했다. 그는 씩 웃으며 머리만 긁적였다.

"야, 이거, 현이 아냐?"

구석 자리에서 한 젊은이가 손을 흔들었다. 고교 동창인 김재석. 서울서 대학을 다니고 있었다. 재석이 앞에 두 젊은이도 역시 동창들이었지만 이름이 기억나지 않았다.

"이리 와서 한잔 해. 야, 남궁현이 몰라?"

재석은 앞에 앉은 두 청년에게 물었다. 그들도 고개를 돌리며 아는 체했다. 그가 아는 한 그 셋은 모두 서울에서 재학 중이었다. 자리가 없어서 별수 없이 그들 사이로 파고들었다.

"이거, 이 년 만이 아닌가. 하여간 이렇게도 만나네."

"너 얘기 들었어. 강릉에 있다며?

"뭐 그렇게 지내지. 근데 너희들, 지금 학기 중 아냐?"

"잠시 쉰다. 곧 군대도 가야 되고. 너도 그럴 땐데?"

그러고 보니 그도 휴학 중이라 영장이 언제 떨어질지 몰랐다. 이십대 초반 젊은이들은 군과 떼려야 뗄 수 없는 일. 학교와 사회의 복잡한 세계 속에서 항상 밑바닥에서부터 젊음을 옥죄는 보이지 않는 철망인 군대. 세상과 하직하거나 이 나라를 뜰 날개가 달리지 않은 이상 그 철망을 피할 수 없었다.

"술이나 붜라. 아줌마. 여기 소주 두 병 줘요."

"너도 술 어지간히 마시는 모양이구나. 국문과라며?"

"그렇지 뭐. 그나저나 요즘 술 많이 굶었는데 잘됐네."

정말 술 마신 지 오래된 것처럼 느껴졌다. 그동안 술을 가까이하지 않았으니까. 수우와 마신 그날 이후부터 수우의 금주 명령을 충실히 따른 결과였다. 또 그 사이에 술꾼 친구들과 거리를 뒀으니까. 그는 친구들과 그동안 쌓였던 말들을 서로 던지고 부딪히면서 부지런히 술을 마셨다. 박한서가 떠난 후로는 서울에서 대학 다니는 동창들과 한자리에 앉아본 적이 없었다. 넷은 시시한 여자애들 이야기에서부터 학교생활 나부랭이를 가볍게 떠들었지만 그는 이야기 중심에 끼어들 수 없었다. 그들의 학교는 서울이었고 그 틈에 시골 캠퍼스를 들먹일 틈이 없었다. 여자애들은, 이건 다른 문제였다. 지금까지 가장 가까이 간 애는 수우뿐이었고, 친구들의 너절한 이야기에 그 애를 떠올린다는 것조차 수우에게 어떤 티끌 하나가 덧붙여지는 것 같았다.

"현이. 넌 왜 침묵이야? 술잔만 부서져라 잡고?"

"야, 내가 서울을 알 수가 있어야지. 너희들 얘긴 나와는 한참 떨어진 구름처럼 느껴지니까. 괜히 구름 타다가 떨어질까 불안하기도 하고."

"모르는 척하긴 녀석."

"모른 척? 임마, 술이나 붜."

모두 어지간히 취했고 시간도 열한 시를 막 넘길 참이었다. 출입문이 요란스럽게 열리며 한 젊은이가 비틀거리며 들어왔다. 한눈에 알아봤다. 조원길. 전에 박한서와 관련된 이야기를 나누던 성대 사학과 다니는 친구가 늦은 시간이 술에 떡이 된 상태로 불쑥 나타났다. 충혈된 눈으로 사방을 두리번거리던 원길은 우리들을 보자 천천히 다가왔다. 모두에게 손을 한번씩 잡고는 빈 의자에 앉았다.

"야 이거 분위기 좋구나. 앉아도 되겠지. 오래간만이야. 현이도 다시 만나네."

원길은 묻지도 않고 자리에 펄쩍 앉아서 그가 넘긴 잔을 쭈욱 들이켰다. 술에 많이 취한 상태였지만 붉게 타오르는 눈빛은 친구들을 한눈에 훑어내는 듯했다. 그 모습이 심상치 않게 느껴졌지만 모두 잔물결만 흔들리는 재미없는 좌석에 큼직한 돌덩어리가 굉음과 함께 떨어져 큰 물결을 이루게 될 어떤 기대감을 품었다. 재석이가 잠시 뜸을 들이다가 슬며시 낮게 던졌다.

"많이 마셨네. 뭐 좋은 일 많은 모양이네?"

"그래. 한잔 할 기막힌 껀수가 생기긴 생겼어. 세상이 좆같다지만 에잇 씨바, 주둥이 닥치자."

소주잔에 병을 들고 콱 붓자 술이 넘쳐 탁자 위로 흘렀다. 다시 그대로 입에 털어넣었다. 술은 혀뿌리를 거치지 않고 그냥 목구멍으로 직행하는 것처럼 보였다. 그리고는 탁자 위 냉수를 벌컥 들이켰다. 모두들 입을 다물어버렸다. 심상찮은 일이 그의 주변에서 일어났다는 느낌을 받았다. 그가 다시 술을 따랐다.

"무슨 일이 있었어? 너답지 않게."

"야, 현이. 답고 안 답고는 다 개소리고, 에잇 씨발노므 것들."

"애길 해야 무슨 일이든지 알 게 아냐? 그 씨발노므 것이 뭐야?"

취한 원길이는 현을 잠잠히 바라봤다. 그는 충혈된 눈빛을 피하며 술잔을 잡았다. 원길이 목소리가 갑자기 아주 낮게 잠겼다.

"씨발? 야, 전에 너 나한테 한서 얘기한 적이 있지?"

모두 입을 다물어버렸다. 서울 애들은 한서의 행동을 모두 알고 있을 터였다. 한서를 들먹인다는 무거운 불안감이 좌석을 휙 돌았다. 한 친구는 시끄러운 주변으로 시선을 돌렸다가 원길이를 쏘아봤다. 취한 원길이도 소리를 낮게 깔면서 말했다.

"쌔끼들, 뭘 그리 긴장하긴 흐흐. 간단히 사라졌지."

"사라져?"

"그래 쌔꺄. 사라졌지. 더 간단히 말할까? 죽었어."

모두 입을 다물어버렸다. 그는 가슴속에 거대한 돌이 쿠앙 떨어지는 소리를 들었다. 숨을 쉴 수 없었다. 한순간에 한서와의 짧았던 순간이 긴 필름처럼 스쳐갔다. 헤어지던 마지막 밤 술자리에서 어디로 갈 거냐고 물었을 때, 내가 원하고 나를 찾는 곳,이라고 말하던 목소리가 생생히 들렸다. 합리적 의문이 없는 세상은 한 발짝도 나갈 수 없어. 재석이가 조용히 말했다.

"뭔 소리야, 그게?"

"그냥 죽어버렸다니까. 부산 앞바다에서. 뭐라더라…, 구덕포라던가. 쎄멘덩어리를 허리에 묶고서. 뉴스에 났는데 첨에는 나도 몰랐지. 그저 변사체로 알았던 게 한서라고 서울 친구가 전화하더라. 씨발, 에이 끝. 경찰에서는 자살이라고 결론을 냈고. 썅노므새끼들. 자살 좋아하네 씨발. 에잇 정말 끝. 나도 몰라."

통금이 임박해서 모두 나왔다. 모두 입을 다물었다. 골목을 빠져나오고 각기 제 길로 갈 때 원길이는 그의 팔을 덥석 잡고, 집에 가서 한잔 더 하자고 말했지만 굳이 거절했다. 평소 같았으면 거절할 이유도 없겠지만 오늘만큼은 피하고 싶었다. 혼자 있고 싶다는 생각이 더 간절해서였다.

큰길을 피하고 계속 골목을 돌아 집으로 돌아가면서 그는 막막하게 다가오는 어떤 현상에 숨이 막혔다. 불과 한 달 전에 함께 술 마시고 밥 먹던 친구의 모습이 계속 앞에 어른거렸다. 자살? 허리에 스스로 쎄멘덩어리를 달고? 마지막 밤 한서의 모습은 당당했다. 나를 찾는 곳으로 간다던 한서가 자살이라니. 그럴 수가 없었다. 절망이나 분노는 아니었다. 답답함도 세상 부정도 아닌 것. 마음에서 회오리치는 그 무엇의 실체를 끄집어낼 수 없었다. 이미 한서는 갔다. 현실을 수용해라? 죽은 자는 곁에 없으니까 결국 수용밖에 없지 않을까. 도무지 받아들일 수 없는 결과를 어떻게 수용할 수 있을 것인가.

생생하게 숨쉬던 한 젊은이가 돌아올 수 없는 길로 가버렸다는 사실은 믿을 수 없었다. 싸늘한 바람 속에서 생생하게 돌아다니던 한서였다. 눈 쌓인 숲에서 담배 연기를 하늘로 뿜어내며 민중을 말하던 당당한 젊은이가 이 세상에서 사라지다니. 내가, 내가 어느 날 훅 사라질 수 있을까. 저 별과 밤길의 어스름과 전깃불 속의 삶, 꿋꿋하게 내딛는 발바닥의 감촉. 솔숲을 스치는 싸늘한 바람을 뒤로 하고, 이 세상 모든 이들의 얼굴을 버리고 저세상으로 사라질 수 있을까. 그럴 수는 없는 일이었다. 그런데 박한서는 사라졌다. 허망하면서도 무서웠다. 원길이는 타살이라고 말하지는 않았지만 그 자리에 있던 우리는 명확하게 파악하고 있었다. 명백히 공권력에 의한 타살이지만 이 세상은 그걸 원하지 않는다. 가장 부드럽고 유연하게, 자살이었다. 타살이나 자살이나 무슨 차이가 있을까. 분노가 향하는 대상이 명확한 게 타살이라면 자살은 절망과 허무를 버무린 말이었다. 죽음을 자살로 몰아가는 투명한 조직이 존재하고 있다는 현실. 아, 사라진다는 점에서는 같은 종류일 뿐이다. 단지 곁에 있던 자가 어느 날 사라져 버린다는 사실만 깊게 파고들 뿐.

만화방 출입문을 열고 안으로 들어갔다. 난로는 따뜻한 열기를 뿜으며 실내를 포근하게 데우고 있었다. 지난 두 달 전 한서가 떠난 이후 그는 마음속에 작은 어둠이 똬리 틀고 있었음을 알고 있었지만 애써 무시하면서 지내온 자신을 난로 옆 의자에 앉아 다시 살폈다. 그것은 비겁의 심장을 가진 손가락 끝마디만 한 생물체였다. 바쁜 생활 속에서는 숨도 쉬지 않고 마음 어딘가 숨어 있다가 몸과 마음을 풀어 놓으면, 고놈은 슬그머니 일어나 온몸을 돌아다니다가 마음의 끝자락까지 도달하고는 형체 없는 양심의 돌출부를 간지럽히는 작은 생쥐마냥 미세한 움직임으로 다가왔다.

만약 한서가 붙잡히고 그동안의 흔적을 불게 된다면 나는 어떻게 될까. 모진 고문 끝에는 멀쩡한 부모도 간첩으로 둔갑한다고 들었다. 나 역시 지명수배자를 도운 죄로 절벽 같은 감옥에 떨어지는 게 아닐까.

그는 지금까지 이런 생각이 들 때마다 스스로 묻어버렸다. 사이사이 가늘게 피어나는 숲속의 안개처럼 형체가 불분명한 생각이 떠오를 때면 존재와 정의를 떠올리며, 그 속에서 기생하는 비겁과 나약의 흔적을 확인하고 머리를 가볍게 저었다. 오늘 한서의 죽음을 확인하면서 분노와 절망 사이에서 꿈틀대는 그 비겁함을 감지했다. 한서의 죽음으로 자신은 운명의 천평칭이 어둠을 살짝 벗어나 밝음 쪽으로 조금 기울게 되리라는 사실을. 이런 비겁한 녀석을 몸에 지니고 두 달을 지내왔다. 확인하는 두려움을 애써 회피하면서. 친구의 죽음에 따라 어둠의 끝자락을 피하고 밝음의 가느다란 끈 하나를 움켜잡을 기회가 더 가까워졌다는 사실이 그를 몸서리치게 했다. 지명수배자와 같이 생활하면서 누구에게도 그 사실을 말하지 않은 수배자 은닉죄가 한 인간의 죽음으로 인해 사라졌다는 비참한 사실을 스스로 느꼈다. 자신의 지난 흔적을 뒤집으면, 주변의 친구들에 비해 혹은 이 지역 정서에 동떨어진 험한 언어의 조합을 투사인양 흘리면서 은근히 그들의 사회인식이 빈약함을 마음으로 조롱하듯 떠들었다. 부끄러웠다. 결국 아무것도 아닌, 빈약한 헛다리를 짚으면서 지금까지 지낸 비겁하고 부끄러운 시간을 지워버리고 싶었다.

마음이 심하게 울렁거렸다. 만화방을 나왔다. 전신국 골목길로 접어들면서 발길은 자연히 수우의 집 앞으로 향했다. 나무대문 앞에서 한참이나 서성거리면서 하늘을 쳐다봤다. 이날 따라 별은 너무나 밝았다. 그 애의 방은 정면에서 마루로 이어진 오른쪽 끝방이었다. 캄캄했다. 그는 집 뒤를 돌아 무선국 언덕으로 오르기 시작했다. 좁고 위로 휘어진 골목을 벗어나 거친 밭둑을 지나서 왼쪽으로 높게 솟은, 한아름도 넘을 벚나무 숲 옆으로 계속 올라갔다. 무선국 정문은 열려 있었다. 자갈이 깔린 곳을 피하고 잔디가 자라는 곳을 밟으며 우측으로 돌면 거기에는 집채만 한 바위가 있었다. 그 바위 끝에 올라 시내를 바라보았다. 멀리 시가지가 새벽처럼 희붐하게 졸고 있었다. 시선을 우측 아래로 돌리면 자신이 졸업한 이층의 고교 건물이 어둠에 잠겼고 바로 아래에 역사가 깊은 강릉초등학교 교사와 넓은 운동장이 보였다. 그 옆이 나우리만화방이었지만 나무에 가려 보이지 않았다. 바로 눈 아래에 그 애의 집이 어둠에 잠겨 있었다. 자고 있을까. 저 빛나는 별빛 밑에서 그냥 자고 있을까.

엷은 구름 밑으로 시가지 한 편을 가로지르는 남대천 뒤 남산 위에서 조각달이 희미하게 빛을 뿌렸다. 싸라기별이 점처럼 부옇게 붙은 하늘 중앙에서 조금 북으로 기운 곳에 북두칠성이 뚜렷했다. 손잡이 넷째 별과 다섯째에서 길게 눈길을 이으면 별 세 개의 굽은 작은사자가 있었다. 계속 시선을 내리면 사자자리가 힘찬 낫을 머리 위에 세우고 밤하늘의 잡기를 베어버리듯 솟았다. 북두칠성과 북극성을 지나 눈길을 내리면 닻별이 찬연하게 빛났다. 그 밑으로 꼬리별이 선명하게 흐르다가 순식간에 사라졌다. 그는 담배를 꺼내 불빛을 감추면서 불을 붙이고는 조심스럽게 연기를 가슴 깊이 빨아들였다. 숙직하는 사람에게 들키면 곤란한 처지에 빠질 것이었다. 담배 연기는 폐 깊숙이 들어와서 어둠으로 빠져나가면서 나근나근한 봄기운 속으로 몰고 갔다. 다 태우고 다시 한 개비를 꺼내 불을 붙였다. 하늘에는 비록 엷은 구름이 덮였지만 별과 달이 제각기 자신의 불빛을 온 사방으로 흩뿌리는 깊은 밤이었다.

"이해할 수도 있는 일입니다. 사실 한서의 흔적은 항상 그의 뇌리에서 떠나지 않았으니까요. 평범한 학생인 그는 한서의 정체를 알고부터는 그가 잡혔을 때 수사관들의 심문에서 남궁현 방에서 지냈다는 사실이 드러날까봐 은근한 걱정에 잠겨 있었으니까요."

현은 잠잠히 그를 보기만 했다.

"당시는 수배자를 숨기고 돌봐주는 행위는 바로 처벌됐던 시대였습니다. 뭐 지금도 마찬가지지만. 평소 그는 강릉의 학생들보다 시대를 어느 정도 소화시켰다고 할까, 아니면 그의 본질이 역사의 전개과정에 몸을 담글 수 있는 그런 체질이었던가. 하여간 학생들과의 대화에서는 항상 저들과 다른 사고가 툭툭 튀어나와서 주위를 당황하게 했습니다."

"이보게. 그들은 모두 착하고 정직한 학생들이라는 거, 자네도 알고 있잖아. 세상 돌아가는 곳에 눈길을 던지지 않았다고 그들을 비난할 수는 없는 일이지."

"물론입니다. 그러나 반동을 말할 수도 있습니다. 당시 강릉지역의 사고에 대한 반동. 바로 그와 같은 유형이겠지요. 너무 약했지만 말입니다. 인간은 바보가 아니니까요. 하지만 당시 강릉의 그들은 억누르면 튀어오르는 역작용의 힘조차 없이 현실의 무서움에 눌려버린 존재들이라고 말할 수도 있겠지요. 그들은 대부분 현실에 순응하면서 정부의 충실한 반공이념에 끌려간 인간들이었습니다. 민주와 자유라는 추상에 가까이 갈 수도 있었던 인간들이 억누름을 받아들이면서 의식주에 몸을 던졌던 이들. 좋습니다. 뭐, 다 좋습니다. 모두 평범하던 선한 사람들. 그리고 한서의 죽음에서 안타까움과 반동이 가슴속에서 끓었지만 다른 곳에서 들려오던 목소리. 올가미처럼 달려 있던 중요 수배자 은닉죄에서, 한서와의 연좌에서 벗어난 안도감. 역시 이해할 수 있습니다. 자, 이젠 마지막이 얼마 남지 않았군요."

다시 일상이 이어졌다. 만화방은 심심치 않았고 푼돈으로 들어오는 돈도 제법 쌓여갔다. 몰론 수입의 반은 마음씨 넓은 집주인 몫이었지만 그래도 기초생활에는 부족하지 않을 정도였다. 수유는 틈틈이 들렀다. 주로 내부를 정리할 밤 아홉 시 부근에 얼굴을 자주 보였다. 가끔은 소주에 오징어를 사오기도 했는데, 그럴 땐 자정에 가까워서야 일어섰다. 그는 수우를 볼 때마다 마음의 바닥에서 정수리까지 차오르는 부연 안개를 느끼곤 했다. 답답했다. 혼자 있을 땐 그 안개의 정체를 갈래갈래 나누어 분석해보기도 했다. 가까이, 더 가까이 가고 싶은 마음이었을까. 혹은 이런 상황이 언제까지 이어질지 모르는 불안감 때문이었을까. 불편함이 없다는 현실 생활도 뭔가 불안했다. 이러다가 훅 꺼져버릴지 모를 얇게 덮인 호수의 얼음판처럼 차갑고 어두운 시간이 다시 앞에 나타나지나 않을까 두려웠다. 거친 들판에서 돌부리에 채이고 까이며 지내도 겉으로는 당당하게 지내왔던 시간이 도리어 자신의 격에 맞을지도 모른다는 생각이 사이사이 솟아올랐다. 한서 사건을 의식적으로 깊게 묻어놓고 이렇게 시간은 사월 초입을 지나면서 날도 시원해져 갔다. 새벽이나 늦저녁에 가끔 찬

기운을 담은 골목 바람이 불기도 했지만 바람 없는 날이면 봄기운이 온 동네에 날아다녔다.

좁은 도랑 위에 걸친 나무다리와 만화방 사이 좁은 공터에 노란 다섯 잎을 가진 엄지손톱만 한 꽃이 한 무더기 폈다. 고향 물가에서 본 동의나물이었다. 그 옆에는 노르스름하고 둥글게 돋아난 꽃잎 사이에 연노란색 작은 꽃이 촘촘히 모여 낮게 폈다. 괭이눈이었다. 역시 고향 뒷산에서 흔히 보던 꽃이었다. 출입문 옆에는 아침부터 오후까지 햇빛이 비치는 곳이었는데, 삼월 말부터 아담한 잎이 흙 위에 번지다가 사월이 되자 톱니처럼 굴곡진 작은 잎 위로 노란 꽃이 예쁘게 폈다. 다섯 꽃잎의 양지꽃. 세상은 겨울의 자취를 말끔히 씻어버리고 봄의 화창한 온기 속에서 밝게 빛났다. 그는 오전에는 손목까지 내려오는 긴 소매를 팔꿈치 위로 걷어올리고 무선국에 주변을 오르내리며 분홍빛 꽃망울이 촘촘한 벚나무 사이를 돌아다니며 몇 년 만의 한가함 속에 잠겼다. 행복이란 말을 생각했지만 뭔가 어색했다. 이렇게 사월 중순에 접어들었다.

아이들이 올 시간인 오후 세 시 무렵, 담배를 사러나갔다가 도랑을 건너 출입문을 열면서 뒤가 무엇에 걸린 듯 몸이 자연스럽지 못했다. 무심코 뒤로 얼굴을 돌렸지만 그냥 하교하는 저학년 초등생들 몇이 골목을 올라가고 있을 뿐 별다른 일은 없었다. 다음날 오전에 시내에 갔다가 돌아와서 만화방 출입문 앞에 섰을 때 다시 뒤에 무엇을 남겨놓은 듯 꺼림칙했다. 슬며시 돌아봐도 아무도 없고 아래쪽 큰길로 향하는 골목 끝자락에 듬직한 청년이 앞자락을 열어놓은 채 뒷모습을 보이며 걸어가고 있을 뿐. 안으로 들어와 내부를 정리하면서 그는 가슴 한편에 작은 멍울이 생긴 것 같았다. 몇 번 젖가슴 아래를 두드리고 문지르기도 하고 크게 심호흡으로 진정시켜 보았지만 멍울은 지워지지 않았다.

"뭘 그리 인상 찌푸리고 있어, 이 환한 세상에?"

어느 새 들어왔는지 수우가 출입문 앞에 섰다. 들어오는 줄도 몰랐다.

"생쥐처럼 들어왔네. 오늘 강의가 없어?"

"누가 그러더라, 결강이 명강이라고. 흐흥. 근데 인상이 왜 그리 불편하셔?"

"아무것도 아냐. 가슴속이 좀 답답해서 그래. 앉아."

"천하의 남궁현이 속앓이할 정도로 마음을 찔러넣은 그 인간이 누굴까?"

"넌 몰라도 돼. 아는 척하지 말 것."

"흥, 만화방 쥔이 만화 속 주인공처럼 속 깊이 간직한 그녀가 따로 있을 줄은 몰랐네."

"항상 이쁜이는 근처에 있어. 몰랐으면 불행이지, 그나저나 웬일이야?"

"웬일이긴. 그냥 속앓이하는 젊은이 위로차. 한 시간 후 학교에 가야 돼. 그런데 정말 어디 불편해?"

바짝 다가와 얼굴을 빤히 바라보며 그를 살폈다. 드러내기 어려운 일이었다. 친구의 죽음과 자신의 비겁함. 방금 자리잡은 가슴 멍울의 느낌을 어떻게 표현한단 말인가. 수우의 얼굴에서 숨결이 느껴지지 그는 갑자기 얼굴을 앞으로 내밀며 수우의 입술에 자기 입술을 포갰다. 달보드레한 입술과 순간 떨어지는 수우. 눈 똥그랗게 뜨더니 손을 내밀어 그의 입술을 밀면서 이어 코를 잡아 흔들었다.

"이런 쥐도둑 같은! 대낮에 숙녀에게 무슨 짓이야."

"아아, 놔. 아파."

"흥, 무슨 일인지 말 안 하면 계속 이러고 있을 테야."

그의 막힌 코에서 코맹맹이 소리가 나자 수우는 손을 거뒀다. 화난 표정은 아니었다. 수우의 눈이 반짝였다. 그는 순간으로 스친 수우의 입술을 쳐다보다가 눈길을 창밖으로 돌렸다. 구름 한 점 없는 순청색 하늘 아래 햇빛이 창문으로 듬뿍듬뿍 밀려들어왔다. 다시 수우를 바라봤다. 계속 그를 찾는 눈이 크게 벌어져 그 속으로 쓸려들어갈 것 같았다.

"무슨 얘길 하라는 거야?"

"마음속에 가시 걸린 것 같아. 내가 빼줄까, 아니면 너가 스스로 뺄래?"

말하기 어려웠다. 부끄러운 내면을 수우에게 사실 그대로 전할 수는 없었다.

"말하기 어려우면 다음에 해. 그럼 나, 간다. 그리고 앞으로 도둑노릇 좀 작작하고."

"잠깐만 있어봐. 답답해서 그래. 나를 풀어놓기가 어려워."

수우는 몸을 돌리려다가 다시 앞 의자에 앉아서 그를 빤히 쳐다봤다. 그는 더듬거리면서 자신에게 일어난 일들을 될 수 있는 대로 자세하게 말했다. 자신의 비겁함. 한서와 헤어진 후부터 자신의 깊은 내면에 붙어 있던 불안한 어둠이 그의 죽음으로 조금 가셔버린 듯한 마음은 참으로 표현하기 어려웠다. 괴롭고 비겁하고 부끄러운 마음을 다 풀어버렸지만, 그렇게 생각했지만 진정 마음의 멍울을 청소하듯 다 내보냈는지는 자신도 제대로 짐작하기 어려웠다.

수우는 의자에 앉아서 한마디도 흘리지 않고 세밀하게 들었다. 때로는 그 상황을 묻기도 하면서 그가 겪었을 시간 속으로 깊게 잠겨 때로는 천정을 바라보기도 하고 창밖을 쳐다보기도 했지만, 긴 머리칼 속에 묻힌 예민한 귀는 그의 한마디 말도 놓치지 않고 빨아들였다. 그는 말하는 틈틈이 수우를 살폈다. 그의 눈 밑과 미간이 조금씩 주름졌다가 펴졌다가 하는 반응에 따라 말은 더욱 더듬거렸지만 한 번 풀린 말고리는 끝까지 이어졌다. 다 듣고 난 수우는 고개를 아래로 숙여 한참이나 숨을 고르고 있었다. 둘 사이에 침묵이 무겁게 가로막은 듯했다. 고개를 들었다.

"고마워. 나를 믿어줘서. 그 얘기, 너와 숙식을 같이 했던 애, 지나가는 뉴스에서 들었지만 바로 그 애인 줄은 몰랐어. 무섭네. 모두 무거운 얘기들이고, 또 너는 자신을 비겁하다고 하지만 평범한 사람이 현실에서 충분히 있을 수 있는 이야기라는 생각도 들고. 그러니 넌 결코 비겁하지 않아. 너무 무거운 얘기지만 무겁다고 견딜 수 없을 정도는 아니야. 어두운 면에 빨려들어갈 수도 있을 이야기가 나에게 전해지기까지 너의 힘들었을 마음도 이해해. 이건 우리 사이에서 해결될 문제는 아니고 또 굳이 해결해야 할 일도 아닌 것 같아. 결국 시간이 우리를 해결할 수 있을 거야. 말을 들으며 나도 너와 특별한 실오라기 하나로 끈끈하게 이어진 느낌이 들었어. 안 들었으면 몰랐겠지만 이젠 아니잖아. 전과 다른, 남녀 관계와는 전혀 다른 어떤 가늘고 단단한 실오라기가 우리를 연결하고 있다는 느낌. 그렇지만 거리가 있는. 아, 답답해. 일어설게. 갈 시간이 됐어."

수우는 일어서서 출입문으로 가다가 잠시 뒤돌아 그를 한번 훑듯하고는 출입문으로 다가갔다. 그는 가슴이 콱 막혔다. 몸을 던져 수우의 어깨를 잡으며 몸을 돌려세우고 그의 입술에 온몸을 밀어넣었다. 극히 짧은 순간. 수우는 몸을 빼고는 천천히 밖으로 나갔다. 그는 일어서서 창으로 바짝 다가가 그의 뒷모습을 좇았다. 고개를 살짝 숙이고 시내 쪽으로 걸어가는 수우의 머리칼이 바람에 잠시 날렸다. 좇아가서 다시 잡고 싶었다. 멀어질수록 그의 마음속 생명체가 끓어오르는 것 같았다. 계속 눈바래며 마음을 던졌지만 큰길로 접어드는 골목까지였다. 수우의 모습은 더 이상 볼 수 없었다. 마음이 다 빠져나간 것처럼 다리가 후들거렸다. 회색 구름이 하늘을 반 너머 가리고 있는 오후였다.

수우가 사라지고 그는 잠시 서서 수우의 말을 되감았다. 어떤 실오라기가 우리를 연결하고 있다는 수우의 말을 새김질하면서 작은 안도감에 잠기다가 휙 스치는 어두운 그늘 하나를 집었다. 그늘이 점차 자신을 천천히 감싸고 있는 상상에 빠져들었다.

세찬 바람이 바다 속으로 파고들어 해면 아래 잠겨 있던 수천의 흰 코끼리 무리에 생명을 불어넣자 코끼리 무리는 몸을 일으켜 해변으로 포효를 뿜으며 달려들다가 마지막 비명을 쏟아내며 거품을 풀고 물속으로 꼬꾸라지면서 생명을 다하고 잔파도로 변해 모래 속으로 잠겨들었다. 뒤이어 또 다른 무리들이 거푸 달려들었다. 동시에 짙은 소금기를 머금은 포말이 파도 표면을 깎으며 부옇게 허공으로 흩어져 그의 마른 몸속으로 스며들자 팔뚝에 잔소름이 돋았다. 깊은 바다 속 거대한 불가마에서 끓어오른 파도가 반팔로 나온 그를 수천 갈래의 혓바닥으로 빨아들이듯 넘실댔다. 하늘은 짙고 두터운 회색 구름이 낮게 깔려 살아 있는 모든 생명체의 세포를 샅샅이 녹여 없앨 기세로 무겁게 움직이고, 해변 언덕 상가 건물 뒤에 방풍림 소나무 숲은 스스로의 부피에서 벗어나려고 몸부림쳤다. 그의 헝클어진 머리칼이 뽑힐 듯이 사방으로 날리고 산산이 갈라진 마음은 회오리바람에 실려 까마득한 허공에서 흔적 없이 사라졌다.

시간의 흐름도 잊은 채 다가오는 파도 속에 마음을 몰아넣던 그는 빠져나갈 마음 한 줌도 남아 있지 않았음을 알았다. 바닷바람을 받으며 서 있을 기운이 사라지고 눈 주위가 시려 앞이 흐릿해지자 무릎을 꺾으며 그 자리에 주저앉았다. 만화방 문을 잠그고 시내버스로 경포해변에 온 지도 꽤나 오래되었을 법한데도 그는 지금의 시간을 인식할 수 없었다. 세찬 바람 탓에 선뜩한 한기를 체감할 어떤 신체 조직도 흐름이 멈춘 듯 미세한 움직임조차 스스로 감지할 수 없었다. 오래간만에 나온 바다였지만 흑운에 잠기고 바람에 찢긴 바다에서 그는 평소 평화로운 바다를 그리던 마음을 벗어던졌다.

은수우. 가슴이 조여왔다. 수우는 지금 강의실에서 진중하게 자신의 현재를 그리고 있을까. 우리는 서로에게 무엇인가. 나는 나대로 수우는 수우대로 서로의 길 위에서 자신의 시선만 바라보고 있지나 않을까. 나와 다른 개체로 이 세상에 존재하는 것처럼 막연함 속으로 잠겨들었다. 수우는 수우대로 저 멀리서 꿈틀댈 뿐 앞으로 그렇게 우리 사이는 서로의 시선이 엇갈리는 지점에서 자신만을 보듬고 있는 개체로 존재하지나 않을까. 젊음의 두 포물선이 맞닿은 곳에 우리는 잠시 안주했지만, 이제 서로의 포물선은 멀어질 것인지 다시 휘어져 같이 한 곳에 머물 것인지 아무도 모를 일이다. 둘 사이에도 저런 파도가 존재하고 있지 않을까. 수우는 우리 사이에 단단하고 가느다란 실오라기가 있다고 했다.

앞으로도 끊어지지 않을 실 한 가닥이 존재할 수 있을까. 해결할 수 없는 문제가 바로 자신의 가슴속에 멍울로 남아 점차 커지는 아픔을 수우는 시간만이 해결할 수 있다고 했다. 정말 그럴까. 만약 내가 잘못된다면 수우는. 나와 밀접하게 연관되어 있다는 것도 죄가 될까. 아, 이건 아니야. 그럴 순 없어. 수우는 그대로 순수한 생명의 결로 남아서 어지러운 밤길을 찬연히 빛낼 나의 별일 뿐.

원래 바다는 이렇게 광활하며 거칠게 날뛰던 존재였다. 어릴 때부터 폭풍에 몰아치는 산 같은 파도가 바로 집 앞 미역바위에 부서지는 소리를 자장가처럼 들으면서도 편히 잤다. 소년티를 벗어난 지금, 용감한 신화 속 용사처럼 삼지창 거머잡고 저 거친 바다 속으로 뛰어들어 아교처럼 질긴 검푸른 장막을 헤치고 수평선 끝까지 한없이 헤엄쳐나가는 거다. 다 벗어던지고 작은 수경 하나 쓰고 파도의 퍼런 이빨 밑으로 깊게 깊게 들어가는 거다. 마음결에 달린 아가미로 호흡하며 맘껏 헤쳐나가는 거다, 파도 껍질에 붙은 거품을 헤치고 순백의 몸으로, 맨몸으로 바다 밑바닥 수백 길 깊이에서 맘껏 유영하는 거다. 그곳, 짙푸른 아교 같은 심해의 탄력에 힘입어 아주 천천히 유영하는 거다. 인간과 자연을 갈라놓는 옷가지를 다 벗어던진 수우가 순수의 고갱이로 다듬은 매끄러운 몸으로 기다리고 있을 그곳.

모래를 털고 일어나 해수욕장 입구 이층 파도횟집 옆을 지나 호수순환도로를 건넌 후 호숫가 나무 밑에 잠시 섰다. 아찔했다. 대관령 검은 자태 위 갈라진 구름 사이에서 저녁 햇살 먹은 광선이 경포호수 위로 수십 갈래로 반짝이며 사선으로 쏟아졌다. 아득한 천지에 온몸을 던지는 기분이었다. 가슴을 누르고 숨을 고르면서 호수에 눈길을 쏟았다. 나뭇잎 같은 물결로 덮인 호수 표면 위로 윤슬이 눈부신 빛을 사방으로 날렸다. 속이 끓어올라서 견딜 수 없었다. 오른편으로 길게 이어진 상가로 들어가 소주 한 병을 사서 호숫가 바위에 걸터앉아 조금씩 병나발을 불었다. 짜릿한 알코올이 점심을 거른 식도로 내려가면서 누웠던 세포를 확 일으켜 세웠다. 한 모금씩 천천히 마셨다. 눈을 가늘게 뜨고 바라보는 무지갯빛 윤슬을 안줏감으로 당겨서 술병을 다 비웠다.

시내에서 다시 술집을 몇 곳 거치고는 밤이 이슥해서야 만화방에 도착했다. 만화방 안은 캄캄했다. 아이들이 왔다가 실망하고 돌아갔겠구나. 출입문을 열고 안으로 들어가자마자 뒤에서 인기척을 느꼈다. 누가 뒤에서 따라왔는가. 짧은 순간 몸 표피가 확 줄어들었다.

"남궁현, 우리하고 얘기할 게 있는데 같이 가야겠어."

"누구시ㅂ…?"

순간 뒷덜미에 깊고 강한 충격을 느꼈다.

일곱 번째 이야기

건장한 두 사람에게 양팔을 붙잡힌 그는 비명 한 조각 지를 틈도 없이 밖으로 끌려나와 승용차 뒷자리에 던져졌다. 동시에 부드러운 천 조각이 눈을 가렸다. 취한 머릿속은 그냥 어지러울 뿐이었다. 그를 사이에 두고 두 사람이 좌우에 앉아 양팔을 아프도록 감아쥐고 있다는 생각. 차는 약간 흔들리고 커브를 돌며 몸이 반대편으로 기울 때마다 장년 특유의 내음이 전해졌다. 어디로 가는지 묻지도 않았다. 막연한 느낌. 올 것이 왔다는. 삶이 뒤집힐 수도 있을 일이 나에게 다가왔다는, 부옇게 솟아나는 불안감. 구체적인 그림은 전혀 그릴 수 없었다. 이 와중에 만화방을 떠올렸다. 어떻게 될까. 집주인이 이런 상황을 모를 텐데, 문도 잠그지 않고 나온 만화방에 아이들이 와글대지나 않을까. 난장판을 만들지나 않을까. 수우의 모습이 파고들었다. 순간으로 다가온 부드러운 입술. 불과 몇 시간 전이었다. 이젠 입술에서 멀리, 도저히 다시 다가갈 수 없을 사건 속으로 빨려들어간다는 극한의 절망감 속에 허우적대는 현실을 생각하자 눈이 뜨거워졌다.

승용차 내부는 조용했다. 그의 양 옆 두 사나이와 운전하는 사람 모두 네 명이 내는 숨소리는 엔진 소음 속에 녹아들었다. 창문을 열지 않아서 어디로 가는지 알 수 없었다. 짐작으로 십 분 이상 달린 것 같았지만 계속 차는 앞을 뚫으며 나아갔다. 파도 소리가 들리는 듯했지만 명확하지는 않았다. 가끔 옆을 스치는 자동차 소리, 경적 소리. 어디로 가는 걸까. 강릉 경계를 넘어 서울로 데려가는 걸까. 소문만 듣던 그 무서운 서울 지하실로 가는 걸까. 자신에게 붙은 혐의조차 알 수 없이 무작정 끌려가는 정신적 무중력 상태에서 승용차가 흔들리는 대로 몸을 맡길 수밖에 없는 시간이었다.

얼마나 흘렀을까. 갑자기 옆 창문이 열리고 시원한 바람이 들어왔다. 확 밀려오는 바람이 아니라 세게 스치는 바람이었다. 그리고 라이터 소리에 이어 담배 연기가 구수하게 전해졌다. 담배를 피우려고 창문을 조금 연 모양이었다. 담배 연기가 코끝을 스치자 그의 마음 깊은 속에서 강한 의욕이 솟았다. 어떻게든 살아야 할 일이었다. 모든 것은, 시간이 얼마나 흐르던 결국 살아나서 다시 푸른 하늘과 숲과 수우의 부드러운 입술을 바라볼 수 있어야만 했다. 한서의 죽음처럼 결국 나에게도 어두운 세계가 가까이 다가왔다고 생각하면서. 그러나 난 지방 조그만 대학 휴학생이고 만화방에서 빌붙어 먹고사는 가난한 학생일 뿐 어떤 조직이나 단체에 들어가지도 않았다는 다소 긍정적 현실을 다가온 어두운 세계 속에 밀어넣었다. 조금 안심이 됐다. 나갈 수 있겠지. 시간이 얼마나 걸릴지 알 수 없지만. 그러나 결국 나가게 될 거다.

사방에서 승용차 스치는 소리가 심하고 가끔 클랙슨 소리도 가까이서 들렸다. 승용차는 천천히 움직이며 그는 왼쪽으로 몸이 기울었다가 다시 오른쪽으로 쏠렸다. 아래로 내려가는 듯 몸이 앞으로 조금 기울었다. 잠시 후 몸이 앞뒤로 흔들렸다. 창문이 열리고 단단한 손아귀에 오른팔이 끌리면서 그는 차 밖으로 나왔다. 두 팔이 등 뒤로 단단히 잡힌 상태로 그는 시멘트 바닥을 걸어가다가 다시 층계를 밟고 위로 오르고 옆으로 꺾여 걸었다. 그리고는 문을 여는 둔중한 소리에 이어 침침한 습기 냄새가 진한 곳에 와서야 걸음을 멈출 수 있었다. 두 팔을 아프게 밑으로 당기자 그는 무릎을 굽혔고 엉덩이는 바로 딱딱한 의자에 밀착됐다. 그리고 눈을 가린 그것이 벗겨졌다.

환하고 검은 색채에 눈이 어지러웠다. 처음 무지개처럼 수많은 색채로 빛나던 희미한 불빛이 차츰 눈에 익자 사방으로 검은 벽이 무겁고 침침하게 다가왔다. 실내를 그와 세 사람이 채우고 있었다. 바로 앞에 회색 잠바를 입은 중년의 사람이 구두 신은 두 발을 탁자에 겹쳐서 올려놓고 편히 앉아 담배를 피우고 있는 모습. 탁자도 역시 검은 색이었다. 그를 쏘아보는 회색 잠바의 눈빛이 그를 한번 스치고는 데리고 온 사람에게 말했다.

"저 새끼, 벗겨!"

두 사나이가 그를 일으켜세우고는 거칠게 옷을 벗겼다. 바지와 얇은 티셔츠를 벗기고는 신과 양말도 몸에서 벗어나고 마지막 남은 한 장의 천 조각만 몸에 붙었다. 그것에 손을 댔다. 그의 몸이 반사적으로 거부하자 눈에 불이 번쩍 빛났다. 팍 소리와 함께 왼뺨이 화끈거렸다.

"가만있엇!"

그의 몸을 감싸고 있던 마지막 조각마저 몸에서 벗어나자 거친 힘이 몸을 의자에 내리눌렀다. 그는 갑자기 싸늘해지는 공기에 몸에서 소름이 돋으며 몸체가 형편없이 쪼그라들었다. 아무 말도 행동도 할 수 없었다.

"남궁현. 1953년 생. 강원도 삼척에서 태어났군. 지금 00대학 국문과 일년 마치고 휴학 중. 만화방이라…. 재밌는 놈이군. 야, 저 새끼 뭘 멕였나?"

"그냥 끌고 와서…."

"라면 멕여라. 일은 내일 하자구. 피곤도 하고. 가서 쐐주나 한잔 해야지."

건장한 몸체에서 나오는 목소리가 어울리지 않게 동동 뜨는 것처럼 들렸다. 도리어 명령을 받는 두 사나이의 음성이 더 무거웠다. 잠시 후 다른 젊은 사람이 작고 납작한 냄비에 뜨거운 라면을 갖고 들어와 바닥에 놓고 나갔다. 나무젓가락은 냄비 안에 있었다.

"먹어!"

그는 바닥에 철버덕 주저앉아 라면을 후후 불면서 먹었다. 마지막 국물 한 방울까지 먹었다. 다 먹은 후 한 사나이가 그의 두 팔을 뒤로 돌려 굵은 밧줄로 묶은 후 나가면서 한마디 던졌다.

"화장실 가고 싶으면 소리쳐!"

그들이 나가고 혼자 의자에 앉아 주변을 찬찬히 살폈다. 회색 잠바가 앉아 있던 회전의자 앞에 큼직한 탁자가 있고 그 옆에 간이의자 몇 개가 가지런히 놓였다. 고개를 돌려 좌우를 살폈다. 왼쪽에 높이가 반 길 정도의 욕조 같은 장치가 있고 그 옆으로 나무로 만든 침대가 있었다. 오른쪽 구석에 어른 높이의 출입문이 있고 길고 뭉툭한 몽둥이 서너 개와 짧은 삼각 막대가 엇갈리며 출입문 바닥에 놓였다. 그들이 나간 출입문 외엔 자연의 빛이 들어올 어떤 창문도 없고 머리 위 형광등만이 맥없이 흐릿한 빛을 뿌렸다. 사방 벽은 검은 색. 습습한 공기에 퀴퀴한 냄새가 떠다녔다.

여기가 어딜까. 경찰서는 만화방에서 걸어 십 분도 안 걸리는 곳에 있었다. 강릉고등학교 정문에서 시가지로 통하는 길로 내려가면 고려시대 문화재인 객사문 바로 위쪽이 경찰서였다. 승용차를 타고 꽤 오래 돌아다닌 것 같았으니 경찰서가 아닐 수도 있었지만 그럼 서울인가. 서울은 대여섯 시간 이상 걸리는 곳이었다. 그럼 여긴 어딜까.

아무 소리도 들리지 않았다. 형광등 조는 소리가 모기 우는 소리처럼 가늘게 퍼졌다. 난 어떻게 될까. 만화방은 문을 잠그지도 않고 나왔지. 은수우, 그 애는 지금쯤 잠속을 유영하고 있겠다. 누구도 알지 못할 곳에 잡혀와 있다는 사실은 꿈에도 모를 것이다. 춥다. 옷을 모두 벗긴 상태에 습습한 실내가 피부로 파고드는구나. 손목을 밧줄로 너무 조였는지 묶인 팔목 부근에 감각이 없다. 손으로 의자를 만져봐도 감각이 없어. 그런데 추워. 너무 추워.

아침이 환하게 밝았다. 김 씨는 전날의 과음으로 끓어오르는 속을 누르려고 냉수를 거푸 마시고는 다시 잠에 떨어졌다가 정오에 가까워서야 일어났다. 요즘 건축 경기가 좋지 못하고 돈도 돌지 않아 은행 지점장을 방석집에 모시고 밤 늦도록 술자리를 가졌더니 속이 느글거렸다. 다시 냉수를 마시고는 옷을 입고 마당으로 나와서 골목으로 걸었다. 속이 좀 풀리는 것 같았다. 상쾌한 날이었다. 사월 중순의 훈훈한 기운이 골목 골골이 퍼져 그의 발걸음 소리조차 가벼웠다.

만화방은 아직도 문을 열지 않았다. 학생에게 운영을 맡긴 후 별로 간섭하지 않고 한 달 반을 지내왔다. 그 녀석은 제법 부지런하고 믿음직한 학생이었다. 아직도 잠에 떨어져 있지는 않겠지. 무심코 문을 여니 문이 스르륵 열렸다. 안으로 들어가자 실내가 가지런히 정돈되어 있었다. 탁자와 의자는 벽에 질서 있게 놓여 있었고 쓰레기 하나 없이 깨끗이 청소한 흔적이 드러났다. 창문 커튼을 열자 밝은 빛이 일시에 내부를 채웠다. 간이난로 위에는 식어버린 번데기 냄비가 있었다. 냄비를 들어올리자 연탄이 다 타고 하얗게 삭은 재가 보였다. 곁방 문을 두드리니 아무 느낌이 없었다. 몇 번 두드리다 문을 열었다. 윗목에 이불을 쌓아놓고 베개가 그 위에 보기 좋게 놓였다. 벽에는 옷가지가 걸려 있었다. 간이책장에는 전공서적과 소설책 수십 권이 꽂혀 있었지만 학생은 보이지 않았다. 어딜 갔을까.

다음날도 그 다음날도 학생은 돌아오지 않았다.

오후에 두 과목 수업이 있었다. 수우는 아침 겸 점심을 먹고 집을 나와서 골목 아래로 걸어갔다. 치마를 입을까 했지만 오늘은 오후 늦게 시내에서 친구들과 만나기로 한 약속을 떠올리며 검은 바지를 입었다. 바지를 입으면 활동하기 좋았다. 또 층계 올라갈 때도 뒤를 걱정하지 않아서 편했다. 골목 끝으로 돌아서자 만화방이 보였다. 오일 전 답답한 마음을 담고 만화방에서 나왔었다. 그 후 현과 나 사이를 생각했다. 어떤 관계일까. 현의 상황에 당장 자신을 밀어넣기가 거북했다. 지금 뭘하고 있는지. 앞으로 지나가며 흘깃 눈을 돌렸다. 그리고 다시 정면을 향하면서 이상한 느낌이 스쳤다 다시 고개를 돌려 출입문을 봤다. 주먹만 한 자물쇠가 달려 있었다. 덜컥! 가슴이 내려앉았다. 가까이 가서 살폈다. 차갑고 굳게 채워진 자물쇠. 창문은 커튼으로 막혀 내부를 볼 수도 없었다. 무슨 일이 생겼나. 서울 집으로 잠시 갔을까. 그런 말을 한 적이 없었다. 그날 내가 현에게 심한 말을 했던가. 당시 했던 말을 기억에서 다시 돌려봐도 그렇게 심한 말을 하지는 않았음을 떠올렸다. 무거운 발을 옮기며 학교로 향했다. 교수 강의가 한마디도 전해지지 않았다. 저녁 무렵 다시 출입문을 살펴도 역시 자물쇠가 자신의 마음처럼 무겁게 걸렸다. 다음날도 그 다음날도.

일주일 후 밤 늦어 집 대문으로 들어가는 수우의 어깨를 어떤 강한 손아귀가 잡았다.

시간이 얼마나 흘렀는지 짐작조차 할 수 없었다. 회색 점퍼가 정리하는 서류는 점차 페이지가 늘어갔다.

"네 친구 녀석들도 다 들어왔다 갔어. 네가 평소 떠들고 다니던 모든 대화는 다 정리됐고. 그 애들은 매우 현명하고 약은 놈들이었어. 다 불고 나갔거든. 그러니 한서란 놈이 너를 강릉총책으로 심어놓을 생각으로 의도적으로 너에게 접근했다는 사실을 인정하겠지? 활동

비도 넉넉히 받았고. 그리고 넌 은근슬쩍 친구들에게 북을 찬양하고 현 정부를 부정하는 발언을 의식적으로 흘린 것 맞지? 은수우란 년도 너에게 포섭당했다는 것, 다 알고 있어."

벌거벗은 상태로 추위와 싸우는 일은 견딜 수 있었다. 저들이 물을 채운 욕조에 머리를 집어넣겠다고 위협하는 무서움도 견딜 수 있었다. 한번은 몸에 물을 뿌린 후 나무 침대 위에 눕히고 전기를 흘릴 것처럼 협박했지만 아무 생각도 들지 않았다. 이상하게도 저들은 위협과 협박으로만 그를 들볶았다. 단 한 가지 빼고는.

쪼그려 앉히고는 벽에 세워둔 삼각 막대를 종아리와 허벅지 사이에 끼워넣고 구둣발로 허벅지 위를 넌지시 밟을 때엔 온 세상 고통이 자신에게만 쏟아지는 느낌에 정신을 잃었다. 종아리가 끊어질 듯 파고드는 고통. 눈동자가 뒤집어지다가 다시 정신을 차렸을 때는 아무 생각도 없었다. 저들은 그저 놀이를 하고 있을 뿐이었다. 히죽히죽 웃으면서 그의 고통을 즐기는 듯했다. 한 놈은 허벅지를 밟으면서 태평스럽게 담배를 피우기도 했다. 아무것도 아니었다. 그저 구둣발에 약간의 힘을 주고 지그시 누르기만 하면 됐다. 무엇을 어떻게 대답해야만 저들이 만족할 수 있을지 알 수가 없는 막막함이 그의 가슴을 채우고 넘쳤지만 저들을 만족시키기에는 결정적인 무엇이 부족했던 모양이었다. 그래도 자신에게 다가오는 모든 것을 어느 정도까지는 참을 수 있었지만 그러나 결정적인 사실에서 그는 무너져버렸다.

"지금 은수우란 년과 맞대면해줄까? 옆방에 있는데 말야. 그 년, 벗겨놓고 보니 몸매도 좋던데, 그 년과 그 짓할 땐 좋았겠어. 어때? 지금 데려올까?"

국가전복을 목적으로 서울서 내려온 박한서와 접선, 활동자금을 받고 강릉총책으로 지역 젊은이들을 포섭, 반국가활동을 해온 점에 서명하고 사인했다. 아무 생각이 없었다. 자신과 같은 처지에 놓인 수우를 구해야겠다는 생각뿐 자신의 앞날이 어떻게 되든 상관없었다. 서명할 때 흘렸던 뜨거운 눈물은 수우의 고통에 대한 회한의 감정이었다. 모든 사실을 인정하고 서명한 후 며칠이 지났다. 그는 처음으로 전과 다른 방에 불려갔다.

"보니까 넌 원래 그런 데 낄 놈이 아니었어. 그래서 우리가 많이 봐준 거니 그리 알아. 다른 놈 같으면 두 발로 곱게 나가지도 못해. 그리고 이거 명심해. 여기서 일어난 일은 입 밖에 내지 마. 알아들어? 함부로 혓바닥 놀렸다간 네 친구 한서 꼴 나는 줄 알아. 명심해 들어. 또 1심 판결에 그냥 눌러앉아. 판사가 얼마 때리지 않을 거니까. 항소니 뭐니 골 아프게 하지 말고. 무슨 얘긴지 알아들었지? 명심햇!"

그 후 저들은 옷을 던졌다. 처음으로 백반을 시켜줬으나 입에 들어가지 않았다. 지금이 며칠이냐고 물어도 대답이 없었다. 며칠 더 넘겨서야 그는 다시 눈에 안대를 찬 후 승용차를 타고 어딘가 갔다. 멀지 않은 곳임을 알았다. 강릉교도소였다. 오월 중순. 좁은 감방에 혼자 박혀서 몇 번 검사 앞에 끌려가 다시 복잡한 서류에 서명을 하고 판사 앞에 섰다. 육 개월! 항소하지 않았다. 판사는 증거가 빈약하고 자술서밖에 없는 젊은 학생이란 점을 고려했을 것이다. 간교한 국선 변호인은 가뭄에 콩 나듯 들락거리다가 항소 포기에 고개를 끄덕였다. 그로서도 편한 일이었을 것이다. 이미 조사에 한 달이 지났으므로 오 개월만 지내면 되니까.

십이월 말 밤 늦은 시간. 금학동 어질한 골목에는 찬바람에 날리는 낙엽과 휴지조각으로 어지러웠다. 힘든 한해를 미흡하게 마감하고 아쉬움에 술집을 찾는 취객들의 발걸음도 끊어질 연말의 자정 가까운 술집 골목 모퉁이. 한 술집 안은 아직도 술꾼들의 대화 소리가 김이 부옇게 서린 창문 밖으로 새어나왔다. 창문 밖에서 잠시 안을 바라보던 머리 짧은 청년이 초췌한 모습으로 출입문을 열고 들어갔다. 실내에는 연말을 맞아 죽이 맞는 친구들끼리 술잔을 맞대는 청년들로 가득했다. 그가 눈을 반짝이며 주방에 있는 아줌마를 향해 다가가자 그를 본 아줌마는 순간 멈칫했다. 청년의 눈빛이 반짝 빛났다. 아줌마 코앞까지 다가온 청년 얼굴에 엷은 미소가 나타났다가 사라졌다.

"이게 누구야? 하이고 그동안 참…!"

안경아줌마는 눈을 동그라니 뜨면서 코맹맹이 목소리로 낮은 비명을 지르며 말을 잇지 못했다.

"술 한잔 하고 가려고요."

"그래, 저 구석자리가 마침 비었네. 곧 가져갈게. 앉아 있어."

청년은 묵묵히 빈자리로 가 앉았다. 실내는 닭갈비 볶는 연기와 김치 내음으로 가득 찼다. 잠시 후 아줌마가 가져온 막걸리와 닭갈비볶음을 안주로 청년은 한 잔 가득 따르고는 쭉 들이켰다. 닭갈비 한 쪽을 집어 우물우물 씹었다. 그리고 다시 한 잔을 따랐다. 청년은 창가에서 떨어진 벽 구석에 앉아 막걸리 한 주전자를 거의 반 정도 마셨을 즈음 뒤통수가 아려왔다. 누군가 자신을 살피고 있는 느낌. 근래 생긴 버릇이었지만 이번은 달랐다. 실체가 느껴지는 기운. 그러나 뒤를 돌아보지 않았다. 떠들썩한 분위기 속에서 누군가 자신을 살피고 있다는 느낌에도 청년은 한 주전자의 막걸리를 거의 다 마시고는 담배를 물고 잠시 밖으로 나와 밤하늘을 쳐다봤다. 달은 없고 별들만 총총. 차가운 기운이 콧속으로 밀려들었다. 뒤에서 출입문 여닫는 소리와 동시에 귀에 익은 목소리.

"잠시 날 따라와. 아무 소리 말고."

그 목소리의 주인공을 알고 있었다. 청년은 그 얼굴을 쳐다보지도 않고 그가 몸을 돌려 옆 골목으로 스며드는 발소리 흔적을 따라 몸을 돌렸다. 발소리는 저 앞에 걸어가면서 뒤를 돌아보지 않았다. 청년도 굳이 말을 건네지 않았다. 한참 고개를 숙이고 걸어가던 발소리가 허술한 술집으로 들어가자 청년도 들어가서 발소리가 앉은 구석자리 앞에 앉았다. 검붉은 때가 덕지덕지 묻은 나무 탁자를 사이에 두고 서로 얼굴을 쳐다보았다. 조원길. 술을 시키고 안주와 술이 나올 때까지 서로 담배만 피우고 있었다.

"너 얘기, 들었어."

"별로 할 얘긴 없어."

"뭐, 별다른 얘길 들으려는 건 아냐. 안경집 안에서는 너무 시끄러워 너랑 한잔할 만한 곳이 아니다시. 요즘 어디서 지내나?"

“서울 있다가 내려온 지 며칠 돼. 연말 보내고 다시 올라가야지.”

“복학은?”

“나도 모르겠어. 복학이 될지 어떨지. 될 대로 되라지. 그깐 대학. 어차피 별 애착도 없던 학교였어.”

“그럼 너가 사라진 후 이곳 소식은 잘 모르겠구나?”

“알고 싶지도 않아.”

원길은 그를 물끄러미 바라보며 다시 담배를 물었다. 길게 연기를 몇 번 뿜던 원길은 나직이 말을 뱉었다.

“너가 원치 않으면 말하지 않을게. 단지 며칠 후 서울로 올라간다니 섭섭하군.”

그를 빤히 쳐다보며 다시 담배를 빨아들였다. 어떠냐? 얘기해도 될까? 하는 표정이었다. 청년도 그 뜻을 모를 리 없었다. 묵묵히 막걸리잔만 바라보았다. 속에서 끓어오르는 무엇이 있었다.

“그래도 알아야 할 일은 알고 있어야지. 물론 나중에, 훗날에 다 알게 되겠지만 말야.”

“뭘? 아무거나 말해도 괜찮아. 너 말대로 어차피 다음에 다 알게 될 일일 테니까.”

그는 속을 눌렀다. 원길은 차분히 숨을 들이쉬고는 막걸리를 반쯤 비웠다.

“내가 이런 말을 하는 건 너와의 작은 동류의식 때문이라면 답이 될까. 이렇게 말하고 보니 그것도 좀 그렇네. 하여간 자정이 얼마 남지 않았으니 간단히 말할게.”

원길이는 침을 꿀꺽 삼켰다.

"너 대학 친구들도 다 끌려갔다가 이삼 일 조사받고 나왔다더라. 아마 너의 행동을 파악하려는 것이었겠지. 그리고 너와 가깝던 그 여학생…."

숨을 쉴 수 없었다.

"그 학생은… 휴우우―. 이런 말하려니 속이 막히네. 그 학생, 죽었어. 집 뒷산 무선국에서 목을 맸어. 끌려가서 보름이 넘도록 고생했다더군. 풀려나고 심한 우울증에 빠졌다는데, 가끔 이상한 헛소리도 하면서. 이건 그 여학생과 친한 여고 동창이 나도 잘 아는 애라서 들은 거야. 그들이 자신의 몸을 함부로 대했다고 친구에게 말했어. 더 이상 자세한 얘기는 차마 못하겠어. 몇 마디 들었지만 너한테 어떻게 옮길 수 있을지. 아, 이만하자."

청년은 얼굴을 깊게 숙이고 두 손으로 술잔만 꼭 잡고 있었다. 원길이에게 표정을 보이지 않았다.

"이런 얘기, 미안하네."

그는 듣기만 했다.

"너도 뉴스를 들어서 알겠지만 세상은 더욱 험악해져서 함부로 입도 못 놀리는 세상 아냐? 특히 지난 여름 김대중 납치사건이 들통난 이후 재네들은 아주 발악도 그런 발악이 없어. 보편적 사고로는 이 세상을 보고 받아들일 수 없으니 그냥 집에 죽치고 술이나 마시며 지낼 수밖에…."

원길은 술잔을 야윈 손등으로 덮으며 입에 대고 한번에 마셨다.

탁, 소리를 내며 사기잔이 탁자에 떨어지고 다시 스스로 막걸리를 부었다.

"난 이월에 군에 간다. 삼 년 푹 쉬다와야 속이 풀리지. 이건 사람 말라죽이는 세상이야. 움직이는 사람들은 지금 모두 잠수탔어. 그럴 수밖에 없는 세상이니까."

에필로그

밤은 소리를 낸다. 시간이 어둠을 가르며 지나가는 속도에 따라 숨가쁘게 내뿜는 소리거나 그냥 제자리를 맴돌며 내는 흐느낌이거나, 이다. 밖에서는 빗줄기가 계속 시가지를 적시고 있다.

온 세상의 고갱이까지 빗물에 젖어드는 느낌이었다. 청년은 가쁘게 달려온 마라톤 선수마냥 연신 물과 술로 목을 축이면서 눈길은 현을 떠나지 않았다. 현은 입을 굳게 다물었다. 평소 주량을 훨씬 넘었고 꿋꿋이 몸을 지탱하고는 있지만 눈 주위는 심하게 풀어졌다. 입 주위에 비웃음을 그리는가 싶다가 넓은 이마에 몇 겹 주름이 진하게 그려지기도 했다. 그러다가 미간과 눈썹이 바르르 떨리며 눈을 굳게 감고 한참이나 정신나간 사람처럼 미동도 않고 앉았다. 흰 석고상을 앉힌 것 같았다. 하지만 두 사람 사이에 놓인 탁자 위로 수많은 침묵의 언어가 오가고 있었다. 청년이 침묵을 먼저 깨버렸다.

"무슨 이야기가 더 남았겠습니까. 당시 회색시대에 빠진 젊은이들의 삶을 지금 되돌리고 있는 제 혀도 굳어지는 것 같습니다."

문득 현의 눈이 가늘게 떠졌다. 입술이 조금 떨리는가 싶더니 결심한 듯 또박또박 말이 흘러나왔다.

"자네는 지금 무슨 얘기를 하고 있는지 알고나 하는 소린가? 당시를 살려내고 죽이고, 회색이고 흑색이고 간에 시대는 흘러가는 거네.

혹시 색깔이 조금씩 혼용되기도 하지만 어차피 그건 시대에 몸담은 사람들 시선의 방향일 뿐. 젊은이들은 과거에도 그랬고 지금도 다 마찬가지야. 과거 한무리가 시대를 부수고 뛰어넘음을 행동으로 세상 변혁에 몸을 던졌다면 지금은 또 다른 부류가 그들의 목표에 온몸을 던지고 있지. 그 방향은 자네도 잘 알고 있으니까. 자, 비교해보게. 그때 그들이 피를 던지면서까지 원했던 세계와 지금 젊은이들이 원하는 세계에 무슨 본질적 차이가 있는지? 사회 정의와 자유? 자본의 티끌이라도 잡아서 자신에게 주어진 삶을 즐겁고 의미 있게 보내고 싶은 현대 젊은이들의 사고와 행동을 자네는 한눈으로 흘려버릴 수 있는가? 이들을 당시의 피에 빚진 현대인으로 몰아간다면, 그건 자네의 생각뿐이니 내가 뭐라할 것도 없네. 유감이지만 자본 냄새를 담은 지금 젊은이들이 앞으로 십 년 오십 년 이 세상을 이끌어갈 것은 분명한 일일세.

어찌 젊은이들뿐이겠나. 돈에 몸을 담근 자들은 말할 것도 없고 노동자나 어민과 상인들, 회사원 공무원 모두 돈에 미쳐 날뛰고 있지. 그래도 전에는 폭력과 독재와의 투쟁에 직접 몸을 던지지는 못했지만 자유와 정의라는 추상에 어느 정도 동조의 마음은 가졌더랬지. 하지만 이보게. 지금은 이념과 변혁, 민족이란 낡아빠진 단어는 도서관 바닥에서 문사철과 같이 먼지 속에서 썩어갈 뿐이야. 젊은이들은 오직 의약계열에 박히거나 아니면 상대나 공대에서 외국어와 자격증에 매몰되어 밥 담는 식통처럼 지내고 있는 현실을 설마 모른다고 하지는 않겠지. 그 사고와 행동이 잘못됐다고 할 수도 없어. 원하는 행복을 추구하는 방법상의 문제일 뿐이니까. 지금 새삼스럽게 엉뚱한 사람의 과거를, 낡은 생고기 같던 시대의 꼬랑댕이를 끄집어내어 나에게 그 껍질을 뒤집어씌우고 있는 자네는 도대체 어느 시대 젊은인가?"

청년의 눈빛이 날카롭게 빛났다.

"생각했던 이상으로 선생님은 비겁하시군요. 유감이란 터무니없는 말을 던지면서 자신의 허약한 세계관을 희석시키는 비겁한 방법, 아니 획책으로 받아들이겠습니다. 그래도 유감이란 말로 자본에 물든 현대 젊은이들을 표현할 수 있는 선생님의 가슴 속 빈 곳을 저는 조금 이해할 수도 있습니다만…."

청년의 말을 끊어버렸다.

"자네 이야기는 지겹게 들었고, 사실 내 끈기도 대단하다는 걸 오늘 확인했네. 흐흐. 난 이 소도시에서 소시민으로 겨우 풀칠을 하면서 지내왔지만 그래도 누구에게 크게 비난받을 만한 언행은 하지 않고 살았지. 지난 과거는 나도 너무 오래돼서 기억이 가물가물한 나이도 됐고 또 거기에 매달리고 싶은 생각도 없어. 나는 몇 십 년 동안 쎄멘 만드는 회사에서 헛된 욕심은 버리고 가정과 아이들을 보살피며 살아왔어. 나야말로 가장 평범한 사람이자 한 집안의 성실한 가장일 뿐이야. 자네 같은 젊은이들이 이해하기 힘든. 자네 생각처럼, 쌓인 역사의 흔적이 남긴 찌꺼기라 말해도 상관없네만."

청년이 말을 끊었다.

"그런가요? 아니 그렇던가요? 그랬을지도 모르지만, 이젠 아닙니다. 그동안 쌓인 과거를 찌꺼기로 몰아서 현실에 물타기하는 선생님 마음 역시 비겁하다는 말밖에 달리 표현할 수 없군요. 당시에는 새파란 몸으로 시대에 항거했지만 세월에 닳아버린 현실이 자본에 흡수돼버렸다고 쉽게 단언할 필요는 없죠. 일 분 일 초의 시간에도 세포는 분화한다는 사실을 말하고 싶어요. 앞으로도 계속 한국이란 단위 조직이 이렇게만 흘러간다고 확언할 수는 없는 일이죠. 인간과 현실의 관계가 서로 맞물리면서도 엇갈려온 역사는 진전과 퇴행을 반복하면서 일정한 고지를 향해 꾸역꾸역 올라가겠죠.

가장 걱정되는 것은 소위 자칭 엘리트 세력들의 반동입니다. 그들은 지금도 하나같이 나라를 걱정한다는 말로 현실정치에 참여하거나 언론에 의견을 던집니다. 특히 선거철이 되면 더욱 기승을 부리는 무리들. 그들이 생각하는 나라 걱정의 내막은 무엇입니까? 해방 이후 모든 사람들이 불철주야 노력한 결과 지금은 세계 십 위의 경제대국으로 성장했고, 개인의 자유도 전과 비교할 수 없을 정도로 향상됐는데도 엘리트그룹은 여전히 나라 걱정이라는 허위의식으로 무장하고는 현실정치에 참여하고 있어요. 그들이 말하는 나라는 엘리트들의 기득권에 최적화된 구도를 말할 뿐이죠. 아랫것들이 감히 이러한 지배구조에 저항하는 꼴은 차마 못보겠다, 가난뱅이들이 어딜 감히 부자들의 언저리를 맴돌 수 있단 말인가. 이러한 사회가 걱정된다는 썩어빠진 엘리트 집단과 그에 맹종하며 떡고물이라도 노리는 눈먼 중하층 인간들의 의식이 혼재된 현실, 정말 걱정되지만 선생님은 지금 이런 현실을 외면하면서 자본증식에 온몸을 던지는 사람들의 행위를 긍정하고 있습니다. 도대체 어떤 의식의 껍질이 선생님을 몇 십 년 동안 지배해왔을까요?

선생님의 헛말, 그렇겠네요. 당시에는 시국사범이 복학하기 힘든 시대였지만 어찌어찌해서 겨우 복학하고 졸업. 옥살이한 사람을 받아주는 곳이 드물던 시대. 세상 돌다가 다시 고향에 정착해 작은 회사에서 새롭게 시작했죠. 결혼도 하고 자식도 두고. 말씀대로 가장 평범한 작은 사람으로 지내왔어요. 젊음의 배고픔과 우연한 관계에서 나온 행동의 결과로 콩밥을 먹을 수밖에 없었던 지난 흔적을 애써 지우고, 지금은 부수고 싶지 않은 성냥갑 아파트에서 세 끼 밥과 등 따시고 비바람 피할 수 있는 현실을 붙잡고만 있을 뿐입니다. 오직 평범한 행복을 유지하기 위해."

청년은 목이 마른지 냉수를 한 컵 가득 들이켰다. 붉게 충혈된 눈동자는 정면의 현을 날카롭게 쏘아보았다.

"하지만 지금부턴 아니죠. 이미 다 살피고 들추고, 잊고 싶었던 지난 더께를 지금 확인하셨습니다. 몇 번이나 말씀드리지만 이건 제가 하고 싶어서 찾아온 것이 아니라 선생님이 저를 불어냈죠. 자꾸 아니라고 딴청을 부려도 소용없습니다. 선생님의 내면에 눌리고 찌든 초자아가 고개를 내밀고 저를 부른 거죠. 인정하셔야 지금까지 제가 한 말이 헛되이 허공을 떠돌지 않을 게 아닙니까? 이런 사실 역시 선생님도 잘 알고 계실 거고요."

별안간 탁자가 깨어지는 소리가 났다.

"시끄럿. 이 짜식이 무슨 개소리를 지껄이는 게야? 다시 말하지만 넌 건방지게 앞자리에 허락 없이 앉아 공술이나 얻어 처먹으면서, 한 사람의 지난 흔적을 멋대로 재단해서 편히 술 마시는 사람을 괴롭히고 있어. 알아들어? 듣도 보도 못한 녀석을 내가 불렀다고? 초자아가 어쨌다고? 나도 이젠 갈 시간이야. 피곤해. 그러니 그만 잡소리 집어치고 꺼져!"

청년은 벌떡 일어섰다. 그 서슬에 탁자에 놓인 술병과 술잔과 안주 접시가 크게 흔들렸다.

"꺼지라고? 겨우 찾아온 나에게 꺼지라고 했어? 술만 취하면 그렇게도 나를 부르던 당신이 지금 가슴을 틀어막아버리고는 겨우 겨우 힘들게 온 나를 꺼지라고? 강릉의 굳은 땅에서 친구들에게 진실과 정의를 높이던 당신이 이젠 늙어 찌그러진 몸으로 뱉는 말이 자본? 유감? 우연의 실오라기에 얽혀 있던 한 여성의 죽음을 그렇게도 값싸게 돌려버릴 수 있어? 죽음의 원인을 굳이 말하고 싶지도 않아. 하지만 그 죽음의 흔적이 지금 당신의 발가락 끝에 조금이라도 묻어 있다는 생각은 왜 티끌만큼도 못해? 젊음 속에 숨긴 그 양심의 흔적이라도 남아 있으리라고 생각한 내가 정말 어리석었어. 그런 당신이 나보고 꺼지라고? 그게 당신이 말하는 평온한 생활 속 소시민의 본모습인가? 과거의 남궁현은 다 밟아버리고 몇 푼의 돈과 직장 틈바구니에서 갈리고 마멸된 당신의 지금 모습은 보기도 역겨워. 눈알이 삐어서 안 보여? 그 잡스런 꼬라지가?"

"먼 개소리야 이 쌔끼가. 난 성실했어. 그것뿐이야. 세상 속 죽음을 나와 연결시켜? 요 어린 개쌔끼놈아. 가죽이 짧아 뚫어진 게 주둥

아린 줄 알아? 이런 개쌔끼는 죽여 씨를 말려야."

"죽여? 나를 죽인다고? 그래, 은수우의 죽음도 모자라 나까지 죽인다고? 평생 무선국 벚나무 잎을 쓸어담아도 모자랄 인간이 뭐야? 이 더러운 시키야. 그래도 양심 한 쪼가리는 남았을 줄 믿었는데 결국 넌 더러운 잡놈이었어. 수우는 너 같은 잡놈 때문에 깨끗한 몸만 억울하게 망친 거야. 이 개새꺄. 억울한 죽음에 양심쪼가리 하나도 없는 개썅노므쌔꺄."

현은 벌떡 일어나 주방으로 가서 식칼을 집어들고 자리로 천천히 다가갔다. 눈에서 새파란 빛이 청년에게 날아갔다. 청년은 피하지 않았다. 그를 똑바로 쳐다보고 있었다. 서 있는 자세에 조금도 동요가 없었다. 현은 눈을 감으며 청년의 가슴 한복판에 망설임 없이, 식칼을 찔러넣었다.

누군가 어깨를 흔들었다. 눈을 뜨기 싫었다. 어깨를 흔드는 힘이 점점 강해졌다. 머릿속이 깨어지는 것처럼 쑤셨다. 온몸에 힘이라곤 다 빠져나간 것처럼 몸을 제대로 가눌 수도 없어서 탁자에 엎드린 채로 눈을 뜨자 주인 부부의 걱정스런 얼굴이 보였다.

"선생님, 자정이 넘었습니다. 이젠 일어나셔야지요. 오늘 약주를 너무 드셨어요. 몇 번이나 말렸지만 워낙 요지부동이라 어쩔 수 없이 일곱 병이나 드렸어요. 일어설 수 있겠습니까?"

"으음?"

두 팔을 탁자 위에 올리고는 힘을 줬다. 온 신에 힘이 다 빠져나간

듯 순간 팔이 휘청거렸다. 남자 주인이 그를 붙들었다.

"어디 갔어?"

"누구 말씀입니까?"

"아, 나와 마시던 젊은 녀석 말이야."

"젊은 녀석요? 무슨 말씀이신지?"

"그 그, 나와 계속 함께 마시던, 요 앞에 앉았던 건방진 새끼 말야."

"무슨 말씀을요. 오늘 이상하게도 선생님 외엔 손님이 한 분도 안 오셨는데요? 선생님은 이 자리에 앉아 계속 혼자 중얼거리면서 끊임없이 술을 드셨을 뿐인데요?"

"어엉? 나 혼자 마셨다고?"

"네, 혼자요. 평소와는 너무 다른 모습에 은근히 걱정이 많았습니다. 무슨 뜻인지 알 수 없는 말을 심하게 중얼거리면서 드셨어요. 하여간 이젠 집에 가셔야지요. 걸을 수 있겠어요? 댁까지 갈 택시라도 불러드릴까요?"

"아니야. 있었어. 분명히 있었어."

이럴 수 없었다. 현은 혼탁한 머릿속을 흔들며 기억을 되살리려고 애를 썼다. 이럴 수는 없었다. 분명 그 어린 녀석과 수많은 이야기를 나누었고 마지막에는 격분에 사로잡혀 그에게 칼을 꽂지 않았던가. 그런데 이 무슨 일인가. 내가 혼자 중얼거리며 술을 마셨다니. 그 녀석은 누구인가. 이 세상에서 나를 그리도 속속들이 알고 있는 그 녀석은 도대체 누구였던가.

"냉수 좀 줄 수 있겠소?"

"네, 그러지요. 정신 차리시고요. 택시를 불러드리겠습니다."

"아니요, 냉수면 됐소. 택시는 필요 없고."

시원한 냉수를 한 컵 다 마시자 속이 가라앉는 것 같았다. 현은 비틀거리며 탁자에서 일어나 출입문으로 걸어가다가 휘청거리면서 벽을 손으로 짚었다. 주인이 황급히 부축하며 만류했다.

"아무래도 택시를 불러야겠습니다. 이래서는 무린데요. 지금 비가 심하게 오고 있는데 어떻게 걸어가시겠어요?"

"아니, 괜찮아. 그냥 가겠소."

현은 출입문을 열고 밖으로 나왔다. 빗살이 사선으로 들이치면서 현의 얼굴과 머리가 순식간에 빗물에 젖었다. 자정을 넘긴 거리에는 다니는 사람도 차량도 없었다. 세상은 빗소리로만 채워진 듯 소란스러웠다. 현은 비를 정면으로 받으며 휘적휘적 걸어갔다. 빗물 속에 횡단보도가 잘 보이지도 않았다. 가로등 불빛 속 보도블록 위에 잠시 서서 주변을 살피다가 사차선 도로를 건너기 위해 몸을 밀어넣었다.

엉망으로 취한 손님을 보내고 술집 부부는 서로 걱정스럽게 바라보았다.

"저 선생님이 오늘 참 이상했어. 평소면 소주 두 병이 맞는데 무려 일곱 병이나. 그리고 뭔 소린지 알아들을 수 없는 소리를 중얼거리다가 때로는 마구 소리치고. 참나. 단골손님이지만 저런 모습은 첨 보네."

"그러게. 아무래도 당신이 좀 따라가봐. 한밤중에 비바람도 이렇게 심한데 불안해."

"아무래도…. 어느 쪽으로 갔는지 알 수가 있나."

남자 주인이 우산을 쓰고 출입문을 나서자마자 낡은 우산 살대가 비바람에 뒤집혀버렸다. 빗줄기가 온몸으로 파고들었다. 선득 솟아나는 불안감. 빗줄기에 몸을 맡기며 시내 중심부 사거리 쪽으로 계속 걸었다. 자정을 넘긴 거리는 오가는 사람도 차량도 없이 희미한 가로등 불빛만 빗살을 안고 사선으로 흐르고 있었다.

어둠 속 정면 신호등이 꺼진 사거리에서 트럭 크기의 차량이 맹렬한 속도로 빗속을 뚫고 달려오는 것이 보였다. 빗줄기와 헤드라이트 불빛이 엇갈리는 틈에 어떤 움직임이 희미하게 보였다고 느낀 순간 끼이익- 하는 급정거 소리와 함께 검은 그림자가 허공으로 튕겨져 가로수에 부딪히는 것 같았다. 우산을 내던지고 급히 그쪽으로 달렸다. 다가갈수록 선명하게 드러나는 인영. 한아름이나 되는 벚나무 가로수를 허리로 감아 완전히 꺾인 검은 인영 밑으로 빗물과 다른 검은 액체가 멈춰선 차량 헤드라이트 불빛 속에서 흘러내리고 있었다. 더 이상 가까이 갈 수 없었다. 그냥 빗속에 멍하니 서 있는 것이 주인이 할 수 있는 유일한 일이었다.

어떤 폭풍도 이길
아무도我無島에서 살아보는 꿈

밤 늦어 인근 주점에 앉아 술잔을 대하면 온갖 상념이 떠오른다. 시간의 저편을 이룬 점과 선을 되돌리는 일은 간단하지 않다. 광영과 회한이 뒤섞여 있지만 손은 항상 어두운 면으로 뻗게 마련이니 시간 속으로 잠길수록 속만 쓰리다. 가슴을 좀먹는 쓰림을 치유하는 방법을 찾고 헤매다가 결국은 지나간 나와의 대화 속으로 잠겨들어 자신을 낱낱이 분해하고 재결합하는 일에 슬며시 빠져버렸다. 아주 깊게. 결국 매듭을 하나씩 연결시켜 깊게 가라앉은 나를 끌어올리는 일에 몰두할 수밖에 없었다. 이렇게 연결된 매듭을 다듬었고, 앞으로 다가올 날의 자취를 미리 당기는 힘도 확인할 수 있었다.

늘 오는 삼척 작은후진 바다에는 모래사장과 열 걸음 정도 떨어져 작은 돌섬이 숨 쉬고 있다. 섬은 대략 열 평 되려나.

나는 돌섬이 내려다보이는 정면 3층 카페에서 항상 같은 꿈을 꾼다. 저 작은 섬에 역사각형 10층 건물을 올리리라. 아래는 좁고 위로 오를수록 넓게. 창문에 낱말로 주렴을 엮고 그 사이로 낮이면 먼 바다 뜬구름을 잡던가, 밤이면 파도를 핥는 달빛을 마시며 형체 없는 미래를 엮던가.

역사각형이라 위태해 보일지는 모르지만 단단하게, 어떤 폭풍도 이길 수 있는 건물. 맨 위층 하늘빛 내리는 곳에는 내 서실로 꾸미고 맨 아래층은 파도 높이와 같으니 아마 친구들과 술과 담소를 나눌 방으로 적당하겠지. 나머지 2층부터 9층까지의 쓰임새를 고민해야겠다. 이건 독자의 몫으로 남겨둬야 될 일.

아무도我無島.

비 오거나 바람 부는 날이면 거세게 밀려드는 바람과 파도에 온몸을 내놓은 섬. 거친 바위 옆에는 따개비와 홍합 새끼들이 수도 없이 다닥다닥 붙어 있는 우리나라 최대의 다가구주택지. 그 위에 냄새나는 인간의 거주지가 가당한가만은 삐뚤어진 내 욕심에 어쩌겠는가.

언제가 될지는 모르지만, 누구도 없고 나도 없는 섬 위로 희망을 꿈처럼 올려 세워야겠다. 파도에 밀려오는 말이 마르기 전에.

2022년 봄

박문구

박문구 장편소설
강릉, 겨울 그림자

지은이_ 박문구
펴낸이_ 조현석
펴낸곳_ 북인
디자인_ 푸른영토

1판 1쇄_ 2022년 05월 31일
1판 2쇄_ 2022년 09월 21일
출판등록번호_ 313 - 2004 - 000111
주소_ 121 - 842 서울 마포구 서교동 460 - 34, 501호
전화_ 02 - 323 - 7767
팩스_ 02 - 323 - 7845

ISBN 979 - 11 - 6512 - 049 - 8 03810

이 책은 강원도 강원문화재단 후원으로 발간되었습니다.

책값은 뒤표지에 있습니다.
저자와 협의 아래 인지를 생략합니다.